サラリーマン常磐満作の時間

大木邦夫

鳥影社

サラリーマン常磐満作の時間

目次

導入部

1、常磐満作の職場

二〇〇三年十二月の夜、東京渋谷道玄坂にある雑居ビルの二階、ある中小の住宅建設会社の営業部の部屋で、ほとんどの社員が退社した後、営業部次長、坂口一男と営業課長、常磐満作五十六歳、それに営業課員、矢作《やはぎ》多恵子が残って、それぞれ仕事をしている。

〈常磐満作〉

しかしあの坂口のやつ、自分を何様だと思っているんだ。俺より五歳も年下なのに次長になりやがって。さぞかし部長らに胡麻すったんだろうよ。なんやて？　今日は俺に話がある、少し残ってくれんかだって？　つまらん得意先の話やないか。部長が大事にしとるお客やから、何とかせいだと？　そんなのお前がやれよ。いつも机にふんぞり返っているだけやないか。それに俺との話が終わったんやから、はよ帰ればええのに、まだ机でパソコン見とる。それにしても多恵ちゃん、今日も残業か。年下の若い連中までもがあんたにアタックしよるのに、いまだ誰も相手がおらんとは！　多恵ちゃん！　もう三十半ばになるのに、まだ独り身。仕事もよう出来るし、あんたが幸せになれんのはほんとにつらい。上司としてやないぜ、男としてやぜ。ああ、俺とて家族がおらなんだら、こない歳でも、あんたにアタックするぜ。何やぎょうさんコピーしよる。明日の資料らしいが。おうおう、あの腰を曲げたときの後ろ姿！　ああ、何とも言えんお尻ちゃん！　たまらんなあ！　矢作さん！　もうええよ。明日の資料はみんなで午前中作業すれば間に合うよ。ああ、でも彼女はやるんだよな。いえ、もうあとこれだけですからって。事務的なんだがな、あの毅然と答えるところがなんともいえん！　そんなら俺も帰らん。次長と二人きりにはさせんからな。

〈営業部次長〉

常磐課長も俺の話少しは分かってくれたのかな。あれでも優秀な大学でとるし、それなりの仕事してくれんと困る。若い頃は建設労連の幹部とかで組合活動やっとったようだが、何とかあの歳でもようやく課長になれたんだから。しかしそういう中途半端なとこが気に食わん。人事もなんでこういう男を我が社でも要の営業課長なんかにしたのかな。うちの企業も人材不足いうことか。とにかく来週中には、例の大口の話をまとめてくれんことには。俺が課長の時には、こういうときは全員残業させて目を光らせたもんだが、なんだ課員で残っとるのは矢作だけじゃないか。それも課長のやつ、鼻の下長くして矢作の方ばかり気にしとる。

矢作もあの歳でまだ独り身とは。彼女男をまだ知らんのかな。まあ、仕事はようやってくれるから、そんなことはどうでもいい。とにかく来週中にけりをつけんことには、俺が直接あんたの部下をしごくしかないからな。それと部長の話では、うちは大手との合併の話もあるらしい。しかしそうなると我々合併させられた方は隅に追いやられるか、場合によっては人員整理の対象にならんとも限らん。まあ、そうならんように我が社としてはここが踏ん張りどころだ。じゃあ、俺は帰るから、課長、例の件、頼むよ。矢作さん、もう明日にしたら？ではお先に。

2、居酒屋で

常磐満作が渋谷のいつもの大衆酒場で一人酒を飲んでいる。

〈常磐満作〉
やれやれ、次長が出ていってせいせいしたと思いきや、多恵もさっさと帰ってしまう。課長、お先に失礼します、だってさ。ああ、たったそれだけ、それだけでもほんま、品がええんや。多恵ちゃん！　あんたの帰り際に、おれぐっとつまったんや。課長の特権で、ちょいと冒険しようかなと。矢作さん、ご苦労さん、どや、ちょっと近くで夕食でも、ってな。そしたら彼女なんて言うかな。ありがとうございます、でも今日は用事がありますから、失礼します。そんなとこかな。そんなとこを予想して何も言えん俺なんだな。なんともなんとも。それにしても次長のやつ、話しながら俺の名前にさんざんいちゃもんつけよる。あんたの名前、えらいめでたいんやから、これからこそ出世街道やて！　何を抜かす、てめえこそ出世街道まっしぐらやないか。だが何とも嫌な名前だ。植木屋さんですかと聞かれたこともある。なんかそんな名前の花があったなとか。いやなこった、誰がこんな名前つけたんか。冨美子が生まれて最初に覚えた言葉がマンサクサンとは！　マンサクサン、マンサクサンて俺の後を追いかける冨美子を、女房のやつ、おもしろがってたな。四人も子供を産むと本気で旦那をからかう余裕も生まれるもんか。四人、それも男二人、女二人、これ、なんか変やないか。どうもすわりが悪い。男一人に女三人、あるいは男三人に女一人。これはいい。しかし男と女が二人ずつてのは、あんまり聞かんな。それもうちの場合は長女と次男がどうしようもない。信子が子供たちをいいようにさせたのがこの結果だ。そのくせ担任の教師から呼び出しがあると、俺を行かせやがるんだから。体育館の裏でタバコ吸っとった、登校せずに町をうろついていたとか、そんなこんなでいちいち俺が教師に頭を下げに行かされて。そのガキどもも、理恵子は大学中退してなんか得体の知れん会社を渡り歩いているらしい。佐久平は何とか二流の大学に入ったはいいが、ろくに勉強もせずに遊び歩いている。まともなんは長男の孝雄と末娘の富美子か。それにしてもどうも落ち着きが悪いな。うちの子供たちの構成は！　構成と来たな、構成でなく構造がいい。構造主義だ。構造主義的に何かがおかしい、うちの家族だけではないぞ。会社も、社会も何もかも、なんか分からんが、しっくりと解釈できん。おい、おかみ！　構造主義的に今日は不満だらけだ。何？　構造主義とはなんぞやだと。構造主義とは、なんか忘れたがフランスかなんかの文化人類学者の造った言葉さ。また学生紛争の頃の思い出に浸ってるって？　そんなもんはない。そんなもん何もない。あるのはイラク戦争と多恵だけさ。イラク戦争とあんたの部下の多恵ちゃんとやらと何の関係があんのさだって？　おかみ！　大有りだよ。どっちとも構造的に何かがおかしいんだ。おかしい、俺はどっちともどうもいたたまれん。そやからおかみ、もう一杯。

3、三軒茶屋にある常磐満作の自宅

常磐満作の妻、信子が食後一人でこたつに入り、お茶を飲みながらテレビを見ている。二階では次女の高校生富美子が大学受験の勉強をしている。

〈常磐信子〉

今日は早く帰るって言ってたのに、お父さん、またどこかで飲んでるんだから。勝手気侭な男だこと。昨日も遅くなって、咳をぜーぜーこいでたし、あーあ、富美子に風邪うつさないでほしいな。今が大事な時期だし。昨日は佐久平も珍しく早く戻ったと思ったら、ステレオがんがんならして冨美子に怒られてた。うちの男どもは大事な娘や妹のことまるで頭にないと来ている。佐久平だって三年前十校も大学受けてやっと一つ受かっただけ。それでも浪人しなかったぶん助かったけど。冨美子は、見た目は勉強してるけど、どうなんだろ。お兄ちゃん達みたいに良くはないと言っているけど。ま、孝雄は特別だし、あそこまでいい大学いく必要はないけど、せめて公立で、この近くの大学に通ってくれると助かるな。それにしても孝雄は卒業の時、引く手あまたの企業から勧誘があったのに、あんな群馬の田舎の高校の教師になったりして。お父さんは、本人が望んだことだからって言ってたけど。お父さんは孝雄と冨美子には甘いのよね。理恵子と佐久平にはやたらと風当たりが強く、子供たちと大げんか。それでどういうわけかうちの空気は静と動に二分されるのね。あたしは両方を行ったり来たり。子供産むの、二人くらいにしとけば良かった。理恵子はどうしたのかしら、最近音沙汰がないけど。洋装店ではデザイナーになるんだって張り切ってたけど、結局重役さんと変な関係になっちゃって、奥さんがうちに怒鳴りこんで来た。それで今度は化粧品の卸の会社に就職したらしいけど、またいつまで続くのかしら、いつも上役達と喧嘩して辞めちゃうんだから。あれじゃあ当分独り身だわね。あら、もうこんな時間。韓国ドラマ終わっちゃうじゃない。こっちのイケメンのドラマも見なくちゃ。ではこっちはビデオに撮っとくとして、このあいだ、ビデオ、うまく撮れなかったじゃない。ねえ、ちょっと冨美子、ビデオの撮り方教えてよ！　ねえ、お茶持っていこか？

〈常磐満作の次女冨美子〉

あああ、私数学大嫌い。孝兄ちゃんがいてくれたらいろいろ教えてもらえたのに。もうだめだ、受験科目に数学なしの大学も申し込まなくちゃ。数学やめた、今日は英語にしよう。英語ね、英語も何となくつまんない。ああ、せっかく今夜は佐久兄ちゃんがいなくて静かなのに、気分乗らないなあ。孝兄ちゃん、この前帰って来てたのになあ。でもお兄ちゃん、群馬にもどったらまたすぐ、大阪の方に研修に行くみたい。県立高校の教師なのになんでまた大阪まで行くのだろ。一週間大阪の教育研修施設に宿泊して何かお勉強するみたい。その間に奈良のお寺のお坊さんと会ってくるって言ってたっけ。そのお坊さん、なんでもお父さんの大学時代の知り合いで、教育者になるんだったら彼の話聞いといた方がいいってお父さんがお兄ちゃんに勧めたんだって。でもお父さんがお坊さんと知り合いだなんて面白いな。お兄ちゃん、いいなあ、仕事で旅行に行けるなんて。あたしも大学どこか受かったら海外旅行してもいいってお父さん言ってたな。そうだ、あっちゃんとパリに行く約束してたっけ。パリに行くぜよ、あっちゃんと。なら、あっちゃんもどこかに受からなければ。二人して頑張ろうね。えっ？ なに？ お母さんまたビデオの使い方忘れたの？ 途中からだったら、下のほうの赤いボタン押せばいいのよ。お茶？ お茶はいらない、もうちょっと頑張るから。

4、常磐満作の職場

〈常磐満作〉

昨日はちと飲み過ぎた。あの最後の一杯がまずかったな。それでも気がついたら家にたどりついとるんやから。おもろいもんやな、人間の体いうもんは。渋谷で出発前の電車の中で眠っとっても、ちゃんと三軒茶屋で降りて自分の家にたどり着く。母さんは既にお休み、冨美子はまだ二階で勉強しよった。上がっていって、よう頑張るな、言うたら、酒臭いから近寄らんどいて言われたな。そのくせ知念坊主のこといろいろ聞きやがる。孝雄が大阪で会うことになっているお父さんの友達はどんな人かって？　そういえば孝雄にそんなこと言ったな。坊主と言っても学生時代は俺と一緒に大学で暴れ回ったもんだ。それが何か知らんが卒業後やくざ絡みの抗争に巻き込まれて、のどを傷つけられ、今は筆談かパソコンみたいので声を出しよる。それで有名になって仰山参拝者が増えたと苦笑いしとったが、あれから俺もとんと彼とはご無沙汰だ。それで、孝雄が研修で大阪行く言うとったから、寄れるんやったら、彼の寺訪ねてみてくれ言うたんやが、なんや行ってくれるみたいやな。さて今日は午後から外回りだ。朝一番で部長室に呼びつけられて、あほ、課長自ら率先してお得意回ってくれんと困るとどやされた。俺より三つ年上なんやが、腹が出て肘付きの椅子に体がはまりこんどる。合併の話があってからは、そわそわ、椅子ごと部屋をぐるぐるまわっとる。アホはお前のほうや。それにしても多恵ちゃん、どしたんや。俺のエンジェル、どこ行ったんや。橘君、矢作さんは？　何？　朝一番でB商会に出かけた？　もうじき帰ってくる？　そんなん、急がんでええのに。デパートでもショッピングして昼飯でも食っててくればええのに。やっ！　帰ってきよった。矢作さん、朝早うからご苦労さん、B商会、どやった？　そうか、それはよかった。なんだ、どしたんだ、その紫色のワンピース、わおっ！　多恵の白いむちむちの肌に、ぴったりくっついたその鮮やかな紫！　なんやええ男でも見つかったんか！　そんなわけない、そんなわけない、許さんぞ。

5、群馬にある常磐孝雄の県立高校

常磐満作の長男孝雄が生物の授業で生徒達を教えている。

〈常磐孝雄〉

そういうわけでメンデルはエンドウ豆の掛け合わせの結果に一つの傾向性があることを発見したわけです。掛け合わせのやり方とその結果の傾向というか法則をメンデルはどうやって発見したか、それを分かりやすくまとめたビデオがあるのでプロジェクターでみんなに見てもらおう。窓際の人はカーテンを閉めてください。やれやれ、後ろの生徒の半分は眠ってるな。これで暗くしたからもう少し増えるだろう。大学受験にとって生物なんぞお呼びじゃないってわけか。まあこれが現実なんだから。本当は面白いんだけど。遺伝によって生命は生死と言うものを生んだ。遺伝によって生の中に死が生まれ、死によって生が未来に向かって持続した。死が生まれるという表現はおかしいな。生が持続するとは、生の何が持続するんだ。優性の法則？　いや、優性という言い方には誤解がある。しかし何かが受け継がれて持続していく。なんだろう。でもまあそんなこと生徒達に教えてもなあ。教えるのが仕事なのに、まだ勤めて一年も経っていないが、これから先一体俺は何が教えられる？　大阪で開かれる全国高校生物教師の研修でそこらあたりをゆっくり考えようと思うけど。お父さんはそこらあたりの俺のちぐはぐさに気づいたのかな。お坊さんに会ってみろって。坊さんは苦手だな。でもお父さんの大学時代の友達だからということで、その寺に連絡を取ったら、早速そのお坊さんから手紙が来た。ずいぶんと丁重な書き方。お父さんがお勤めになってから一度お会いしたけど、もうここ数年会っていない。お父さんには大学時代大変お世話になった。なんだか優秀なお子さんだということで、あなたのことを自慢されていましたよ。ご指定のあった日は、寺にいますので是非お立ち寄りください。私は故あって声が出ないので筆談でご迷惑をかけますが……。なんかやさしそうなひとだな、お父さんは都合がつかなければ会わんでもかまわんぞと言ってたけど。とにかくここまできたら会わなければ。

6、常磐満作の自宅

常磐満作の長女理恵子が夜、久しぶりに満作の自宅に帰る。自宅には満作の妻信子、次男佐久平、次女冨美子が食卓についている。

〈常磐理恵子〉

ただいま、お母さん、あたしの分も何か食べるものある？　急に家が恋しくなってさ、うん、何でもいいよ。冨美子、夜食にケーキかって来たぞ。しけた顔してんな。大学受からなかったら働けばいいさ。何も人生の一大事じゃないさ。そんな本人を動揺させること言うもんじゃあないよって？　でもお母さん、どのみち大学出ても親父みたいな凡庸たるサラリーマンになるか、兄貴みたいに一流大学出ても田舎教師におさまってんだから。人生なるようになるさ。なんださっぺい、おまえ、まだ家にいてんのか。アルバイトでがっぽり儲かったって言ってたろ。どうせ大学さぼってんのなら、早く家出て、今のうちからまともなこと考えろよ。馬鹿、もうケーキに食らいついてる。

〈常磐満作の次男佐久平〉

うるせえな、あねきはいつもこうなんだから。自分のことは棚においてさ。おめえはどうなんだ。アパレル会社の重役のひもになりさがって、挙げ句の果ては相手のかかあがうちまで怒鳴り込んで来て、会社はやめさせられるわ、親父からも家追い出されるわ、今の会社だっていつまでもつか分からん。俺はそんな会社勤めはごめんだ。親父を見てみろ。朝から晩まで会社、会社でご苦労なこった。まだ兄貴の方が利口だよ。しかしあいつもだんだん教師面になっていくんだろうな。それもごめんだ。俺は事業を自分で立ち上げるんだ。今のガソリンスタンドのバイトで出会った男がロシアとかに中古の車を売る仲介業をやってえらい儲けとる、お前も手伝わんか言ってたな。そんなうまい話にはご用心。だが結局俺もそういう類いのことをやるんだろな。そういうふうに生まれついてんだ、俺は。家のことは兄貴に任せればいい、俺はとことん風来坊。家族持ちも嫌だな。ガソリンスタンドの男から中古のハーレー買って、千鶴を後ろに乗せて、どこまでもかっ飛ばす。千鶴、待ってろよ。

〈妻信子〉

理恵子も佐久平も。お母さん、あんた達には疲れるのよね。でも理恵子、顔色いいようだね、何とか元気そうで良かった。もう金輪際不祥事はおこさないで。あんたの好きなシャケの切り身あるから、今焼くからね。お父さん？　お父さんは最近遅いのよ。なんだか会社で合併の話があるんだって、人員整理の話もあるみたい。首切り？　それはないだろうけど、どこか子会社の隅に追いやられて、給料も減るかもしれないって言ってたわ。景気も悪いから働けるだけでもありがたいご時世かもね。何とか無事定年まで勤めてもらって、年金もらわなきゃ。後四年か。あんた達はあんた達でしっかり自分の生活は考えてね。孝雄？　孝雄は群馬で教師生活順調のようよ。この前家に帰って来たわ。なんでも近々大阪に研修で出張するみたい。

〈次女冨美子〉

お姉ちゃん、その口紅どこで買ったの。今度の会社でもらえたの？　面白い色ね。変に似合うよ。違うよ、褒め言葉だよ。ああ、お姉ちゃんは背が高くてスタイルもいいし、何でも似合うし、いいなあ。なんで同じ姉妹なのに、あたしは背が低くてこんなにまるぽちゃなんだろう。きっとあたしだけお父さんに似たのね。お姉ちゃんも佐久兄ちゃんも気ままに生きてていいなあ。ああ、早く受験が終わって、あっちゃんとパリ旅行！　でもお父さん、会社大丈夫かな。旅行のお金出してもらえるのかな。

第1話

第1章　孝雄と知念坊、満作とおかみ

1、研修施設の寮で

大阪の研修施設で常磐満作の長男、孝雄は年が明けて二〇〇四年一月の半ば、昨年から教師を務めている群馬の高校から、定例の研修を命ぜられて大阪の研修施設に滞在している。研修に入って最初の休日に孝雄は父満作から会うように勧められた知念坊と出会う。知念坊は大阪と奈良の境界にそびえる二上山《にじょうさん》の麓の小さな寺の住職を務めている。孝雄はその寺で数時間を過ごした後、研修施設の寮に戻り、知念坊との出会いを振り返っている。

〈常磐孝雄〉

あの知念坊さんがお父さんの友人とは驚いたなあ。なんだか訳の分からないものがあのお坊さんの芯から出ているような気がする。何というかちょっと不気味な感じだけど。しかし笑顔がのぞく時は、そこに安心して溶け込まれそうな気もする。何だろう。声が出ないからだろうか。それだけではないような気がするけど。ノートにすらすらと書いてくれたメモを自分に見せる仕草も手慣れたもので、決して異様な所作ではない。それにメモの内容もありきたりのことが書かれているだけで……。まあいいや、お父さんとの約束は果たしたんだから。ああいう人もいるということ、それだけだ。ああ、そうだ、気味が悪いと言えば、知念坊さんに付き添っていたおばさんが何とも奇妙な顔だったな。岩切さんて言ってたっけ。彼は声がでないんで、私が寺の大まかのことはお話しします。私は寺に住むお手伝いのものだと言っていたけど、何かもっと知念坊さんとは深い関係があるような気もした。しかしあの顔は奇妙だ。小さな体に不釣り合いな大きな頭、大きな口と大きなギョロ目。開口一番、彼女が言うには、彼自身は知念坊と呼ばれることがいやで仕方がない。知識も知恵もあるわけではないので、ただの坊主と呼んでくれ、ということだった。そう言いながら、彼女はけらけらと笑っていた。最初はただありきたりの挨拶と、父や自分の現在の生活のことを聞かれて、その後はなんだか奇妙な沈黙が続いた。すると彼が穏やかな顔をして、今ずっとお考えのことがあるようですねと、メモに書いて来た。それで俺は突然言い出したんだ。人間は、地球上に住むことが出来る限り、昔からいつまでも同じようなことを繰り返して生き続けるのでしょうかと。そしたら知念坊さん、さあ、分かりません、といとも簡単に書いてきた。それでこっちも、それはそうですよねといったようなことを話して後が続かなかった。彼はただ笑ってたけど、おばさんがお茶とお菓子を出してくれて、後は世間話で終わってしまった。別れ際に知念坊さんは、先ほどのお考えのこと、何か分かるようになったらまた教えてくださいと書いてきた。何だこの坊さん、分からないから聞いたのに、でもまた自分はなんであんなことをしゃべったのだろう。人間はいつの時代でも同じような愚行と同じような多少はましな行為を飽きることなく同じように繰り返してきたのか、そしてこれからもそうなのか。何でまたそんなことを。まあ、人間とはそんなもんだ、うちのお父さんだったら、そんな答え方でおしまいだろうに。知念坊さんは、分かりませんと来た。そりゃあ分からないよなあ。誰だって、先のことは。でもお坊さんだから、何か宗教的な知識で答えてくれるのかと期待してたけど。まあいいや、俺も初めての県外研修で少し疲れてるからだろうか。お互い尻切れとんぼの質問と答えだ。でもまあこれで一段落。すぐ近くの二上山にもハイキング気分で登れて良かった。研修は後三日か。しかし群馬に戻って気がかりなのはいつも山本のことだ。担任のクラスなんてなければいいのに。あの生徒はどうしてこうもいじけているんだろう。頭はいいんだけど、ずる休みも多いし、このあいだは他のクラスの女生徒を自宅に連れて行って監禁したんだって？　監禁だなんて、それはきっと噂だろう。そんな卑怯なことをする生徒ではない、山本は。それでも教頭に呼ばれて、常磐先生、大阪の研修から帰ってきたら、山本の指導お願いしますよ、彼はもう全校的な問題児ですからって言われた。どうする？　とりあえず放課後本人を呼び出して話をするしかないな。しかし荷が重いなあ。生物の授業だけ、淡々とやらしてもらえないのかなあ。

2、居酒屋で

常磐満作が渋谷のいつもの大衆酒場でおかみを相手に酒を飲んでいる。

〈常磐満作〉

正月早々また部長から呼び出されて、小言小言、それもおかみ、あんたと同じように俺のこと、満ちゃん、満ちゃんと呼びやがる。あの脂肪太りの塊に、そう呼ばれると気味悪いことこの上ない。ようがす、なんとかしましょうと部長の言う得意先を俺も訪ねてみたがどうもうまくいかん。うまくいくこともあるが、今年は最初から何やってもうまくいかん。これはどういうことか。俺だってばかじゃないから一通りの手順を踏んでいる。それでもうまくいかん。それはだな、つまり運不運ちゅうやつだ。今年はどうもなにやってもすべてがうまくいかん。いや、そのうちなんとかなるだろう、あるいは運がむくこともあるだろうちゅう気分でもないいんだ。なんちゅうか、感覚で分かるんや。今のところは何やっても、自分に都合悪いように世の中が進むちゅうのが。おかみ、あんたにもそんなことあるやろが。そうやろ、そういう袋小路みたいなところにはまり込んどるんや。そのうち抜け出せるって？　そやな、生きてる限りはそのうちそういうこともなきゃ生きていけん。それはそれでいい。俺の言いたいのは、この気分というか感覚というか、何も出来ん、何をやってもうまくいかん、それもなんか分からんがそうさせてるものが俺に覆い被さっとるような気分なんや。おかみ、分かるかこの感覚。仕事疲れやだって？　それも否定は出来んが、それだけやったら休めばいいという解決策はある。そやない。重い気分。どっかから俺を押さえつけてる重い気分なんや。部下の何とかちゃんとうまくいってないだけではって？　多恵子のことかい？　そうさな、多恵ちゃんに男として面と向かおうとするときの気分と確かに似とる。こう、みぞおちのとこがぐっと来て、そのあと力が全然入らんなって、足が地に着いたまま上がらなんだ。青二才じゃあるまいし、たかが女ひとりを相手にして、この歳でいい恥さらしだ。なあ、おかみ。それでも、ここでも俺に覆い被さっとる何かがある。何かとは、ものというより、なんか、生き物みたいなもんや、生き物というか、人間みたいな人格というか。なんか、俺を欲求のままに動かさんぞと抵抗するもんがある。それで世の中うまくいってんのよ、だって？

そうさな、おかみ、それだけかもしれん。うちの息子は大学で生物学勉強したみたいやけど、人間も他の動物と大して変わらん、社会生活が高度化してそれに適応するために、欲求のままに行動させせん道徳いうもんが育って来たに過ぎん言うとったが。偉そうにな。だがそれだけならこの重い気分はなんなのだ。社会的人間の約束事として道徳的なもんが我々の頭ん中に築き上げられて、そういう気分にさせとるだけかな、道徳に反することをやってしまうとこの社会からはじき出される、はじき出されると生きていけん。だから欲求の猛進を躊躇させる重い気分が形成されてきた。生物学的にはそういうことか。そうかも知れん。生物学的いうか、構造的にな。またあんたの好きな構造的なにがしが始まったって？　そや、俺は構造的に行き着いたどうしようもない社会に絡められた哀れな男だということよ。この歳になって何の取り柄も財産もない。おかみ、あんたの言うとおりや。世の中うごかすためにチッポケな歯車を演じとるに過ぎん、この俺は。そやから息子にはもう少しましな生き方してほしいんや。女房は孝雄にはせっかくいろんな会社からいい話があったのに言うとったけど、民間企業なんか行くもんじゃない。薄給でも公務員でええやないか。その分、自分の時間をしっかりつくって、俺みたいにはならんようにしてほしいだけや。俺は東京の大学出た後、結婚するまで大阪で働いとったから、こうして大阪弁やら何か分からん言葉で分からん話ばかりしとるが、チンプンカンプンはようない。孝雄には先を見据えてほしい。それで知念坊にあわせたんやが。知念坊？　うん、俺の大学時代の友人や。今は奈良で坊さんやっとるが、大学時代は俺よりずっとまともで哲学勉強しよった。息子が高校で生物教えよる言うたら、ぜひつれてこい言うとった。それで息子が研修で大阪行った時、彼に会わせたんやが。何かこの間の電話ではたいした話は出来なかったみたいやな。知念坊いうのは故あって声が出んのや、いや大学時代は普通やったんやがな。それで彼に付き添っとるおばさんに聞いたら、彼は息子との会見にえらい満足したそうな。どうやって話したって？　もちろん知念坊の方は、ノートにメモして息子に見てもらうのさ。耳は聞こえるからな。今度あったら息子の答えを聞くのが楽しみだ言うとった。何の答えだと聞いたが、おばさんはそれは覚えていないらしい。まあ、最初の顔合わせとしては上々やないか？　孝雄の方は何とも煮え切らない様子やったが。あと焼酎もう一杯、今晩はそれでおしまいや。疲れたんかな、酔いのまわるのが早いな。おかみ、あんたもやってくれ、ビール？　いいよ、ビールでも。

〈居酒屋のおかみ〉

満ちゃん自慢の息子だね。あんたはいいよ、会社では部長さんや多恵ちゃんとやらと格闘してるみたいだけど、家ではいい家族に囲まれてるじゃない。うらやましいよ。あたしなんか子持ちの娘と二人だけだよ。他に身内はいやしない。遠い親戚はいるだろうけどさ。まあ、赤の他人だわね。毎日毎日が仕事に、借金に追われる生活。それだけだわね。他に何があると言うんだい。満ちゃん、わがまま言っちゃいけないよ。あたしゃ産まれた時からこんな生活さ。ろくに学校も行かないで働かされたさ。男どもには早くからだまされて捨てられてさ。ようやくあたしのことを本気で思ってくれる男と一緒になってこの店やるようになったら、だんなは階段から転げ落ちてあっという間にあの世へ行っちまった。ほんとだよ。酔っぱらって階段を真っ逆さまに転げ落ちて頭を打ったんだね、打ち所が悪かったんだよ、大して血も出てなくきれいな死に顔だったよ、前の日までは二人してこの店をきりもりしてたのに、あっけないもんだね。借金と娘とこの店だけが残って。娘はどこかの御曹司と駆け落ちしてどこかへ行っちまったが、産まれた子供とこの店に戻って来たよ。捨てられたってわけさ、あたしゃその馬鹿御曹司のどでかい家に怒鳴り込んでいったよ。本人とか家族は出てこない。あたしみたいな水商売の女とは会う必要がないってことさ。弁護士みたいな男が出て来て、娘との手切れ金だと一千万を差し出したよ。あいつらの金の価値からしたら一万円くらいのもんだろ。ふざけんじゃあないよ、子供まで孕ましておいて一千万とは何だ。あたしゃあ気が狂うように怒鳴ったね。でもそれきりさ。悔しいさ。娘まであたしと同じような目にあって、あたしらの世界はどうしてもこの世の普通の人たちと違うんだと改めて思い知ったさ。あたしは満ちゃん、あんたとこうして話してるけどさ、あんたとはほど遠い世界の人間なんだよ。あんたらには想像できないけどさ。何だよその顔は？　そんなもんかだって？　ふざけんじゃないよ。あたしゃあんたより十年以上長生きしてんだからさ、このおかみを見くびっちゃあいけないよ。あんたなんか、こわっぱさ。その多恵ちゃんとやらをものにする勇気もないんだから、ものにした場合のいい夢見て楽しんでいるだけさ。あんたらの世界はそんなもんさ。あたしなんか気に入った男を見つけると、みせるべきところをちらつかせてさ、いくべきところまでいったわさ。そのあとにはどーんと地獄も待ち構えている。あんたはそこまで行きようもない。哀れと言えば哀れな世界なのよねえ、満ちゃん。あんたらの世界も。でも確かに娘を孕ませた御曹司の世界はあんたにも届かんところにある。一家で年に何十億も儲けるようなうさんくさい世界さ。その下にあんたらのような中間階級みたいな連中がわんさといるわけさ。上のうさんくさい連中に文句をいいながらも、あんたのように幸せな家庭をお持ちの階級だね。その下にあたしらのような、毎日働いても出口が見いだせない連中がいる。それで終わりじゃないよ。あたしらのまた下には、もうどうしようもない犬のような、欲望の固まりのような、他人を蹴落としても殺してもどうということはない人間のくそのたまり場みたいな世界もある。そこんところは、あんたらには全然理解も、見ることも出来ん世界なのさ。そんなこと知らんでも、お目出度いあんたはうちで安い酒を飲んで、こうやって愚痴をいいながら酔いつぶれる。いいご身分だよ。そう言うあんたらをうまい具合安い酒と調子を合わせたおしゃべりで囲い込んで、あたしらも何とか食わしてもらってるってわけさ。それもいつまで続くことやら。あんたはまだ五十代の男だから体のことも心配しとらんけど。女にとっちゃ五十を過ぎると大変だわさ。女でなくなる旅路の始まりというわけさ。体が思うようにならなくなってさ、ようやくホルモンの変調から脱したと思ったら、もう六十、そして六十五、六十六歳になるとね、こら、満作、聞いとんのか、六十五歳を過ぎると人間はがくんと体力が落ちる。それがよくわかるよ。今いくつかって？ 六十七やんか。店はあたしと娘と雇いの圭ちゃんの三人だけだし、深夜に店じまいして、片付けが終わるともう何もかもほうって寝るだけさ。昼頃のここ起きてまたその日の料理の仕込みが始まる。この繰り返し、この繰り返しで体のいろんなとこにがたが来て、そのうち引退、この店も閉じて、あたしはどっかの安アパートに引っ越して、そこでお陀仏になるのを待つだけさ。そんな分かりきった人生さ、そういうもんさ。満ちゃん、大丈夫かい？ もう少し飲めって？ あたしかい？ これ以上飲むとあたしもっとむきになるよ。怖いからね。まだこの歳でもあんたに絡み付いてみせるよ。これでも若い頃はそこいらのあんちゃん滅多切りにしてたんだからね。あんた、あたしの娘をかわいがってくれてるけど、若い頃は娘より十倍もスタイルがよく、魅力的だったんだから。馬鹿にしちゃあいけないよ。口説き方はまだ健在なんだから。この商売やってればね。でも今日はこのくらいにしとこ。ほんとに馬鹿みたいになっちまう。さあ、そろそろ店じまい。圭ちゃん、そこの鍋はもういいから処分しちゃってよ。明日仕込み直すから。ほんとに馬鹿みたいになっちまうんだね、結局。産み落とされて、馬鹿みたいに生きて。そしていつの間にかお陀仏さ。そんなもんだよ。いつになっても人間の人生ってものは。ねえ、満ちゃん、満ちゃん、どしたん？　もう寝ちまってる。ええ？　うちへ泊まるかい？　へへーっ、あたしが得意のテクニックであっためてあげよか。男と寝なくなってもう何年だろ。満ちゃん、寝顔が可愛いね。満ちゃん、奥さん待ってるよ、起きなよ、圭ちゃん、タクシー呼んどいて。

第2章　知念坊と孝雄の往復書簡

1、知念坊から孝雄へ

先日は寺までおいでいただきありがとうございました。遠くからおいでいただいたにも拘わらず、私の声が出ないため、またたいしたおもてなしも出来ず申し訳なく思っております。その後如何お過ごしですか。研修はお役に立っていますか。さっちゃんとは今でもあなたのことを思い出して話題にしています。さっちゃんとはあの時同席させていただいた岩切佐知世さんのことです。私が大阪で以前勤めていた会社の同僚だった人です。寺の敷地内の別邸にご主人と一緒に住んでいます。ご主人は電子機器メーカーで働いていますがお子さんがいません。それでさっちゃんは家にいて何かと私の手伝いをしてくれているのです。ご主人も声のでない私のためにパソコンのキーボードのようなものを打つとすぐに声が出る機械を作ってくれました。でもせっかく作っていただいたのに私はどうもそのようなものは苦手です。

実はあのときもちょっとお見せしましたが、さっちゃんと私は手話が得意なんですよ。だから余計私は寺の外の人々と交わる時に、さっちゃんのお世話になってしまうというわけです。そのさっちゃんがあなたのことをずいぶん気に入っていたみたいですよ。根掘り葉掘りあなたやあなたのご家族のことを私に聞くのです。そういえば、あの後お父さんから電話があって、さっちゃんに出てもらうとあのときの私たちの会話が実りあるものだったとお父さんに話していました。もちろんそれは私の考えでもあります。こんな寂しい寺にあなたのようなお若い方がおいでになることは滅多にありませんし、それも、あなたがお父さんの自慢されているように、しっかりしたお考えをお持ちだと分かって私たちも久しぶりに高揚した気分に浸ることが出来ました。

あなたが人類の進歩とは何か、あるいは人類に取って進歩はあるのかということを話された時には、私も仏教徒の端くれとして、何かお答えしなければいけないと思いつつも、声が出ないのを幸いにあなたのお話の後を繋ぐことが出来ず大変失礼いたしました。ただ私のような愚坊にとっては、大変難しい問題です。でもあなたはきっとこの問題についてお考えをさらに深められていかれることでしょう。お仕事もこれから大変でしょうが、機会がございましたらぜひまたお遊びにいらしてください。簡素ですが数人がおとまりいただける部屋もございます。

常磐様のこれからのご活躍を心からお祈りいたします。
どうかお父さんにもよろしくお伝えください。

平成十六年二月八日

二上山玉泉寺　知念愚坊

常磐孝雄　様

2、孝雄から知念坊へ

先月はお寺にお邪魔して楽しい時を過ごさせていただきありがとうございました。私の方からお礼の手紙を差し上げなければならないところ、ご丁寧なお手紙をいただき恐縮しております。私はお寺の中で一時を過ごさせていただいたのは今回が初めてでしたが、貴寺の簡素で落ち着いた雰囲気が大変気に入りました。また岩切様にも丁重なおもてなしをいただき感謝しております。大阪での研修は一週間ほどでしたが、授業の進め方や組み立て方について先輩達の講義を聴いて少しはこれからの授業に役立つのかなと思ったりしています。ただ私が教える生物の授業についての研修でしたので、クラスの担任教師としての生徒への対処の仕方などは、これから実地で研修していかなければならないと思っています。実は高校生ともなると一筋縄ではいかないいろんな生徒がいますので、私のように判断がのろい人間はいつもおろおろしてしまい、それが生徒にも伝わってますますクラスが混乱するように思えて困っています。しかしこれもこれからの教師生活の試練だと思っています。

ところで、お手紙にもお書きになっていましたが、知念坊様が、私が今問題にしていることは何かとお聞きになったとき、私はなんだか中途半端なお答えをしたような気がします。太陽の下に新しきものなし、と言いますが、人間は、地球上に住むことが出来る限り、いつまでも同じようなことを繰り返して生き続けるのでしょうかと。実は我ながらあの時どうしてあのようなことを口走ったのかよく分からないのです。父から知念坊様は学生時代、哲学を勉強されていたと聞いておりましたので、何か哲学的な話題を話せば、その方面からいろいろと教えていただけるものと、かってながら考えていたのも事実です。私は哲学の方はあまり勉強してこなかったものですから。しかし知念坊様はあまりお話しにならないどころか、私がこれから何らかの答えを見いだすようなことをおっしゃられたので、ますます困惑しております。

私は大学時代、理学部で生物学、動物学、自然人類学などを学んできました。文化人類学や社会学、政治経済学と比べて、どちらかと言えば地味な学問です。しかし私は社会的な現象や状況を言葉で定義づけ、解釈し、評価するような作業が元来苦手です。どうしても、実験や物理的な事実に裏付けられた科学的な評価をもとに、論理を積み上げていくやり方しか出来ません。ですから様々な哲学的、文化人類学的な概念を駆使して、様々な現象を表現力豊かに解釈していける人々がうらやましくも思えます。それとは違って、私はホルマリンがぷんぷん臭う暗い実験室で、植物や動物の標本を見てひとつひとつ事実を確認するような悠長な作業が向いているようなのです。ですからあのような質問は到底自分では答えを見つけられない、自分でも意外な質問でした。

生物学的な次元からいえば、地球上に生命が誕生して以来、生物は単細胞から多細胞、無性生殖から有性生殖へと明らかに進化を遂げてきました。しかしほ乳類が生まれた時代以降は進化の概念はそれ以前と様相を異にしてきます。自然淘汰説などもありますが、それによってほ乳類の中から人類が誕生してきたとはなかなか言い切れないものがあります。そこで人類の誕生をまず前提とした上で、では人類は未来に向かって何らかの進化を遂げつつあるのかと言われると、それも難しい問題です。身長が伸びてきた、言語が発達して脳が大きくなった、顔が長くなってきたなどということを進化だと言うとしたら、それはそうだと言えばそれだけのことです。ですから私が扱う分野では、人類は地球上でこれからも生きていく限り、進化というものはない。今のような人間が遠い将来でも右往左往して生きていくとしか言いようがないのです。よく有性生殖の本質は、無性生殖と違って、生殖細胞の合体により遺伝子を残すことによって、より改良された強い資質を将来に受け継がせていくことだと言われていますが、それも私には疑問に思われます。確かに様々な遺伝子が結合しあう機会が高度な生物ほど、その資質が多様化してくるのは事実です。それに環境の変化によって遺伝子が複雑に変容していくのも事実です。が、それがよりよい種の保存へとつながっていくのかどうかは分かりません。そもそもより良い種とは何なのか私にはよく分かりません。今まで以上に強靭な体を保持して長生きすることでしょうか。しかし有性生殖が体細胞の死を前提とする限り、強靭さや長生きも程度の問題に過ぎなくなります。生殖細胞の役割は、そうした体細胞の死を乗り越えて、出来るだけその体細胞の種を長期にわたって保存していくということなのでしょうか。そうだとしたら、この地球上では人間より数が多く、人間より長期にわたって種を保存してきた生物は数えきれないくらい存在します。こうしてあまり議論しても成果が見いだせない問題を整理していけば、人類は地球上に住み続けることが出来る限り、このままの姿で推移していくと言っていいような気もしてきます。少なくとも生物学的にはそう答えるしかないのです。なのに何故私はあのような質問をしたのでしょうか。なんだか、私とは縁のない文化人類学のような、人類の未来を思い描くような想像力たくましい世界に無意識に引きつけられているからでしょうか。そんなことはないと思うのですが。

何よりも私は一介の高校教師に過ぎません。それもまだ教師の成り立てで、目先のことに追われて日々を過ごしているにすぎません。私の担任のクラスには全校生徒の中でも指折りの問題児がいます。最近女の同級生を自宅に連れ込んで監禁したという噂が広がり、上の方からも担任教師としてなんとかしろというお達しが来ました。先日も彼を放課後に呼んで話を聞きましたが話し方がとても攻撃的で私の言うことを素直に聞こうとはしません。他の先生達の評判も良くないのですが、私はどういうわけか彼の中に非常に独創的な、想像力豊かな才能が隠されているように思えて仕方がないのです。それなのに彼をもう少し違った方向に導いていける教師としての能力が自分にないことを情けなく思っています。人間の生というものは、こうして目先の様々な難題に四苦八苦して死に近づいていくのかもしれませんね。なんだか知念坊様に笑われそうな、お釈迦様みたいな言い方になってしまいましたが、生物学者の端くれとしては、生まれて、四苦八苦して、やがて生を終える、これがいつの時代でも人間を含めて有性生殖をする全ての動物がたどる道筋だと思ってしまいます。

すみません。こじつけがましい言い方で。これは私の癖なのかもしれませんが、人間にとって将来に向かっての課題を明らかにしておく必要があるとしたら、今整理できることは整理しておきたいと言う欲求だけが大きくなって、こんな未熟でわけの分からないことを書いてしまいました。どうかもうお忘れになってください。

短い時間でしたが貴寺で過ごさせていただいた静謐な一時は私にとって忘れがたいものです。機会がありましたらまたお邪魔させていただきます。岩切様にもよろしくお伝えくださ い。

皆様のご健勝とお寺のますますの御繁栄をお祈りいたします。ありがとうございました。

平成十六年二月十一日

常磐孝雄

知念坊　様

3、知念坊から孝雄へ

早速お返事をいただきありがとうございます。教員生活にはいろいろとご苦労があるようですね。寺に引きこもっていますと、私なんぞ外の世界にまったく疎くなってしまいます。

ただ、お手紙だけですと具体的な事情はよく分かりませんが、あなたがお書きになっていた生徒さんの件は、是非お考えの通りに進めていくべきだと思いました。若者の攻撃性は大人達にとってはともすれば厄介扱いされそうですが、そんなことはありません。あなたのおっしゃるようにそこに豊かな創造性へ転化する産みの苦しみの可能性もあるからです。あなたがその少年にそうした可能性を見ておられるのなら、もう次の段階に進んだことになります。あなたもその少年も、これから大変な苦痛を伴うこともあるでしょう。しかしもう後戻りは出来ません。しっかり見守ってあげてください。私は必ずその少年もあなたの教え子としてより良い方向に向かうと確信しております。

ところで、人間は様々な意味合いで進化しつつあるのか、というご提言についてですが、前にも述べさせていただいたように、私にとっては大きな難題ではありますが、しかし考えなければならない問題でもあります。それにあなたがお手紙で生物学的にお話しくださったことは、決してこじつけがましいお話ではなく、その方面に疎い私にとっては大変有益なものでした。有性生殖によって体細胞は死滅するが生殖細胞は遺伝子を伴って生き続ける。このことから人間の進化をどう位置づけるべきか。体細胞側、つまり我々一人一人の一生の側から考えると、この短い生の間に成し遂げられることは、特に様々な欲求に駆り立てられて悲喜こもごも生きるしかない人間にとっては、たいした成長は期待できない、つまりいつの時代でも同じような人間の生き方をしていかざるを得ない、まさしく太陽の下に新しきものなし、ということでしょうか。一方、生殖細胞あるいは遺伝子の次世代への継承にしても、それが果たして進化と呼ばれるような成果を残せるのかは生物学的にははっきりしない。あなたから教えていただいた生物学的な考え方はこのようなことでよろしいでしょうか。そうであればそれは私にとっては決して忘れて葬り去るようなことは出来ない、貴重なお考えです。ありがとうございました。

学生時代、確かに私は哲学を専攻していましたが、当時は学生運動が華やかなりし頃で授業を受けた記憶はほとんどありません。強いて言えば一人で大学の図書館に通って勉強したことで哲学のての字くらいをかじった程度の知識しかありません。そのような私が知っている限りでの哲学というものは、人類の進歩と言う問題に関しては今まで大したことは語られてこなかったように思えます。あなたのお話しになられた生物学的な解釈の方が、いや解釈と言うとあなたに叱られますね、解釈ではなく科学的な事実に裏付けられたお話の方がずっと説得力があるように思われます。今までの哲学は解釈なのです。物事の考え方の基礎となる言葉を整理して科学と同じような論理を構築しようと思っても、それだけでは無味乾燥な学問になってしまいます。人間が客観的に知り得ないことは知り得ないことだと同義反復的なことを言っているに過ぎなくなります。そこで哲学者達は、一般的には知り得ないけれども、ある言葉を創造して、その言葉によって知り得ないことを知ろうとする試み、あるいは自分の人生体験を駆使して一般に知り得ないことを解釈しようとする試みがずっと行われてきたのです。例えばギリシャの哲学者プラトンは不死の魂という言葉を自分なりに解釈して世の中に表明しました。永遠に続く不死の魂というようなものが限られた生を生きる個々の人間という者の生きる精神的な力を支えている。つまりあることを配慮し、企画し、あるべき姿へと物事を高めていこうとする意志、これらは不死の魂に支えられているというのです。ここから西洋哲学の歴史は始まったようにも思われます。この配慮し、企画し、未来を指向する人間の意志というものを自分の言葉でどう捉えて解釈するかが哲学者達の仕事になっていったのです。近代以前の哲学者達は不死の魂を神の概念と結びつけて解釈してきました。しかし現代では神の概念は神学の領域に追いやられ不死の魂の概念は川の流れのような我々の日々の生活現象を常に支える川底のようなものに形を変えてきました。その後、世界に産み落とされ、死に向かって流されていく人間は、産まれた時点でその人間特有の生と死の広がりを前もって与えられている。だから流されながらも人間は自分特有の生と死の意味を問おうとする存在である、そういう解釈も生まれてきました。これとて私には不死の魂を前提とした解釈だと思えてきます。解釈解釈と述べてきましたが、知的職業として大学が大きな勢力を持つに至った今日では、哲学科の教授達は自分なりの解釈による言葉を考えださなければならない。それで名を挙げ、本を書き上げ、職業的な仕事人としての自己実現を図らなければならない。現代の哲学はそうした言葉の解釈で満ちているように思われます。

解釈は際限なく更なる解釈を積み重ねていきます。確かにそこには解釈する人間の深い人生が刻まれている場合もあるでしょう。解釈がだめだというのではありません。しかし、あなたが私にお話しくださった問題は、もはやそのような職業的な解釈家の手に委ねられては、一向に答えを見いだすことはできないような気がします。彼らは素朴で単純な、大衆的な欲望や浅薄な意識については、なかなか解釈の対象にしようとはしません。どうしても抽象的な概念だけで完結する世界が必要なのです。例えば「志向性」という概念を表明しても、それは決して「欲望」と同一視しては困るのです。しかしながら彼らとて、学者としての名声や、他の学者の論理を打ち負かす欲望や、自らの気高さや潔癖さを外部に示そうとする欲望など、巷《ちまた》の人間と同じような欲望にさらされた生活を現に日々送っているのです。そこのところの自覚が見失われてしまうと哲学的な解釈も人々の心に響くような成果をあげることは出来なくなってしまいます。生物学的、動物学的な単純な欲望から逃れることの出来ない普通の人々の生活の中でこそ、未来に向かって考えるべきことが明らかになってくるのではないか。あなたからそう教わったような気がいたします。

私もあなた以上にいつもの私ではないようなことを書いてしまいました。私自身驚いています。しかし私は少しも後悔していません。あなたの真摯な問題意識がこの愚坊の頭に新鮮な刺激を与えてくださったのです。この寺の宗派は真言宗ですが、私はたまたま巡り合わせでこの寺の住職になったに過ぎません。毎日般若心経を唱えていますが、皆さんにお話しできるほどの理解力を持っているわけではありません。私にとっては、ただ唱えることが気持ちのいい修行でもあります。それで毎日やっております。お釈迦さん自身が、お経のようなものを唱えたのかどうか分かりませんが、当時はインドでヴェーダなどの教えをひたすらサンスクリット語で唱えることが行われていました。お釈迦さんも無心に唱えることの心境を理解していたように思いたいのですが。つまり難しい解釈めいた話は必要ない。ただそれぞれが正しいと思う道を今、この場所でしっかりと生きなさいと、お釈迦さんはそれだけしか述べてはいないような気がします。ですからあなたが提起され、私も考えなければならない人類の進化の問題は、現代の哲学や私どもの仏教とは次元の離れたところに解答への糸口があるように思えてきます。だからといって残念がる必要はないのです。哲学のように同じ現象を違う言葉で表現したり、仏教のようにただ、今を正しく生きよと言うだけではつまらないですよね。私たちには素朴に知りたいことがまだまだたくさんあります。それを普通の生活者として、専門の先生方からは見向きもされない、ダサい問題ではあったとしても、生活に根付いた単純な言葉でひとつひとつ解き明かしていきたいものです。あなたのおっしゃるように少しずつ整理をしながら時間をかけても解き明かしていきたいものです。そんな中で人間の人生というものは、いつの時代でもこんなものだとも思えてくるし、いやそんなことはないとも思えてくる。どちらなのでしょうか。しかしまだそこのところはもう少しそのままにしておきましょう。一息いれて、まだまだ結論を見いだす先は長いと考えてみると、常磐さんは当分私の生物学の先生であり、同じ問題を考えていく同志でもあります。

寺の周りは今朝うっすらと雪化粧です。この辺りは大阪の方と比べて二、三度気温が低いのです。年を取ると冬の寒さも少々こたえてきます。それでも庭の隅に早咲きの水仙のつぼみを見つけました。毎年、春は一気に二上山の麓に広がります。暖かくなって、またお越しいただける日を、佐知世おばさんと楽しみにしています。

高校のお仕事、どうか良い方向に進みますようにお祈り申し上げます。

知念愚坊

平成十六年二月十七日

常磐孝雄　様

4、孝雄から知念坊へ

寒い日が続いていますが、お元気でしょうか。群馬の方はここのところ毎日雪が降り学校でも雪掻きが朝の日課になっています。哲学に関する丁寧なご教示、ありがとうございました。それも私の粗雑な思いつきめいた考えを考慮されてのご説明に恐縮しております。顔が赤くなる思いです。私が知念様の先生でもあり同志でもあるなんてとんでもないことです。「人生いつの時代もこんなものだと思えてくるし、思えてこないこともあるし、まだそこのところはもう少しそのままにしておきましょう。」そう書いていただいたのですから、なおさら私こそ知念様の愚直な弟子でありたいと思っています。

言葉による日々の現象の解釈という問題については、私にはこれから学ばなければならないことがたくさんあります。しかし、人間が言葉を持つことによって、人間の知能が発達し、道具を発達させ、技術を身につけ、社会や文化を築き上げてきたというようなことが他の動物と違う、人間故の飛び抜けた特質だと言うのなら、ほんとにそうなのかなという気もします。そういう文化を築いてきた人間の目で他の動物達の世界を見ているに過ぎないと思うことがあります。言葉がない分、人間以外の動物達には瞬時に周辺の環境を把握し、瞬時に敵や味方とコミュニケーションをとる機能が発達しています。また同じ種の動物でも人間と同じように悪賢いものや良心的なもの、とんまなもの等様々な個性、性格の個体がいます。そのように人間と同じように多様性をもつ彼らは言葉がなくとも、それぞれの表現手段を持ち、かつ瞬時に仲間や周囲の環境を判断できます。たとえ言語を持つ人類がこの世から完全に消え去ったとしても、彼らは彼ら独自の多様な世界をこの地球上で繰り広げていくことでしょう。ですから人間の進化という問題を考える上で重要だと思うことは、人間が言葉を持つ以前に他の動物と同じように持っていた、周囲の環境を瞬時に全体的に感じ取り理解できる能力が、言語を持つことによってどう変貌してきたのか、あるいはそうした感覚が他の動物達と比べてなぜ弱まってきたのかということです。それとも人間とはそもそも言語を持つ存在であって、言語を持つ存在が前提となった動物なのか。ここらあたりが哲学と生物学、動物学との次元の違うところなのかもしれません。どうも言葉は単に生まれてから学ばなければならない社会的な約束事というわけではなさそうです。人間という生物学的な存在にインプットされているような気もします。しかしもちろん私には今すぐそのような問題を展開していく能力はありません。知念様から様々なことを教わりながら徐々に学んでいきたいと考えています。

前にお話しした生徒については、知念様が私の考えを支持してくださったので大変心強く感じております。実はその後その生徒が自宅に連れ込み監禁したとされる女生徒の自宅に副校長とお詫びにいくことになり、もう一度彼（山本一馬という名前です。）を呼び出し、話を聞きました。相変わらずふてぶてしい態度ではありましたが、相手の自宅に私が行くことが分かった後は、すこしずつ自分から話をし始めました。最初は相手を無理矢理裸にして眺めたと言いながら、先生だったらどうする？　いくとこまでいくしかないじゃないか、とにやにやしながら話すのです。でも私は山本の目をじっと見つめながら、彼が話を続けるのを待ちました。するとバンと両手で机をたたくと立ち上がり後ろを向いたまま語り始めました。そうしようと思ったが出来なかった。二人で少し離れてソファに座ったが何も出来なかった、そのまま黙って時が過ぎた。すると彼女は顔を覆ったままわっと泣き出した。泣き止んだ時に外へ出ようと言って、そのまま別れた。ただそれだけだ、体には近寄りさえもしなかった、だから相手の家に謝りにいく必要はないというのです。それでも君は誰もいない自分の家に彼女を連れ込んだんだから、それだけでも憶測を呼ぶ行為だよと私は言いました。すると彼は私の方を振り向いて顔を真っ赤にしながら叫びました。ああそうさ、先生の言うように俺は彼女を犯そうと思って家に連れ込んだんだ。だが何も出来なかった。それに彼女は家に誘ったら何の抵抗もなくついてきたんだ。彼女が拒否したのならそれで終わりさ。無理につれてこられるわけないだろ？　でも彼女はついてきたんだ。だが俺は家につれてきて、何も出来なかった。それだけだ、と。一時の沈黙が走りましたが、やがてニヤニヤ笑うと、先生好きな女いるのかと聞いてきたのです。そりゃあ男だからと答えると、欲しくないのかと来ました。そりゃあ欲しいけど、なかなかすんなりとはうまくいかないさ、君と同じだよと答えました。すると彼は少し考え込んだようになってしゃべり始めました。あの時、彼女は自分の意思でついてきたのに、自分は何も出来なかった。今考えると何か俺の意思じゃないようなものがそうさせた。それが俺にはよっぽど悔しい。先生、分かるかこの気分。俺を躊躇させたものが俺に覆い被さってきたのははっきりしている。それが何なのか分からないのが腹が立つ。道徳的な感情だとは言わせないぞ。絶対そんなもんじゃない。そんな生易しいもんじゃない。何なのか分からないのがしゃくに障る。それだけだ、先生。彼女の家に行くがいいさ。彼女だって嘘はつかないさ。親が騒ぐのなら彼女の体全体をまさぐってDNA鑑定でもとったらいいさ。でも俺はもう彼女を追いかけたりしないし、そんな気持ちは何故だか吹っ飛んじまった。そう言って教室を出ていきました。

翌日の夕方、私は副校長と相手の自宅を訪れて両親に頭を下げました。その折私は山本本人から娘さんとは何もなかった旨を聞かされたと話しました。そうすると父親は声を荒らげて怒りました。副校長が私を叱ってその場は何とか収まりました。翌日放課後に山本が廊下で私を待ち伏せしていました。どうだったと聞いたのでありのままを話しました。すると彼は笑いながら、先生も馬鹿だな、俺を悪者にしたほうがよっぽど利口なのに、将来校長は無理だなって偉そうなことを言うのです。それから一週間経った休日の日、私がアパートでまだ寝ている時にドアのベルが鳴ったので出てみると山本が立っていたのです。先生、学級新聞をつくる編集委員がいないって聞いたけど俺やりたいからさ、学校の印刷機、使わしてくれないかな、もう原稿は自宅のパソコンでつくってきたというのです。確かに学級新聞用のA3版の印刷機は学校にしかありません。私は答えました。でも君一人でつくるわけにはいかないよ。まず編集委員をつのって、その上でどのような記事を書くのかみんなで提案して、クラス全体にはからないと。そう答えて彼がいつものように口を尖らせるのを待っていると意外にも、先生、分かった、じゃあそうするよと言って帰っていったのです。翌日放課後彼は有志を集めて何やら編集会議らしきものを始めているようでした。クラスにとっては一匹狼だった彼がこうも変貌したのは驚きです。また新聞の内容で一悶着起こすような気もしますが、ままよ、そこは彼と一緒に乗っかった船です。大海にのまれようと乗り出すしかないようです。どうなることやら。しかし知念様も応援してくださった、私の関心事ですのでこうして長々とお話しさせていただきました。

春は、学校は行事がかさんで休みが取れるかどうか分かりませんが、一泊くらいなら何とかなるような気がします。ぜひ桜の咲く頃のお寺にお邪魔したいと思っています。

それではまた。

平成十六年二月二十六日

知念坊　様

常磐孝雄

第3章　満作と多恵子、富美子の合格

1、常磐満作の職場

二〇〇四年二月二十五日の夜、営業課長常磐満作と矢作多恵子、橘和夫等営業課員数人が残業している。

〈常磐満作〉

ここんところ残業続きでみんなには迷惑かけとるな。年度末までにあと大口二、三件受注せんことには今年のノルマは達成でけへんということらしい。会社のお偉方にとっては。しかしいくら金利が下がって資金がだぶついても、この不景気では、でかい新築ビルには用はないいうことだ。東京に集まる新規事業者は皆中古ビルの一角を借り上げてせこい商売をするしかないんや。それを次長の野郎、お前等なんとかせい、と机にへばりついたまま叫んどる。

営業課といっても俺を含めてたかが六人、男どもは格好を付けて飛びまわっとるふりしとるがそれこそ旅費の無駄遣いや。そこで橘のやつが俺に提案してきよった。課長、この際年度内の目標達成にこだわるのは無理だということを、次長にあげてみましょうよ。もう少し長期的な視点からの対応策が必要だということを、それなりの資料を作って上にあげてみたらどうですか。その資料作成の担当を私と矢作さんにやらせてもらえませんか。彼女も同じ考えのようですから、だと！　彼女も同じ考え？　お前が多恵ちゃんにそう吹っかけただけやないか。それは許さん！　それで俺は橘に言ったもんだ。そやな、年度内にこだわるのは無理やな、資料作るのは橘君に賛成や。そやかて二人だけでやることたない。課全員でやることにしよう。ここ一週間でな。俺がそう言うた手前、こうして全員で残ることになった。残業代も出せんし、他の連中には気の毒なことしたな。それでも、多恵子と橘の二人だけで夜遅くまで残すわけいかんのや。橘がずいぶん年上の多恵子にいつもいちゃついとるのは我慢がならん。それどころか多恵子も時折橘の冗談にうれしそうに応じとる。なんてことだ。なんてことだよ多恵ちゃん。いや俺にはあんたの気持ちもよう分かる。三十半ばを過ぎて女の独り身というのはさみしいもんや。俺がいつか矢作さんもそろそろ、と言ったら、結婚が人生の全てではありません、ときっぱり跳ね返されたもんや。しかしそんなことはあらへん。しかしな、こんな浮き足立ったような若造とあんたを一緒には絶対させたくないんや。むろん今のあんたがすぐに橋の言いなりになるわけないと思う。しかしそこは女はある意味で弱いもんや、頻繁に二人だけの場所と時間が与えられたら、意外な結果が待ち受けとるかもしれん。俺はそれを断じて許さん。多恵ちゃんの幸せのためにもな。橋は社員としてはまああの男だが、あんたを絶対幸せにはでけへん。それだけは俺が確信を持つ。確信？　どんな確信だ。意外な結果で男女が収まるというのも人生の縁ではないか。何でまた若い連中の色恋沙汰にお前がどうこう言えるんだ。そんならお前が今の家族と縁を切って多恵子にプロポーズしたらどうなんだ。どうなんだ。それがでけんお前をおかみは笑っとったやないか。どうなんだも、こうもない。風采の上がらない、経済力も地位もなし、中年を過ぎた親父がどうやって多恵子をひっさらっていけるんだ。家族を裏切るどころではない。裏切る以前の話だ。おかみに笑われるのも当然。それはよう分かる。それは分かる。それでも俺の頭の中にはいつも多恵子がいる。これはばかりはどうしようもない。多恵子は俺にとっては特別な女だ。これはばかりはどうしようもない。多恵子は俺の世界なんだ。そう考えるしかない。スタンダールが恋愛論で恋の結晶化作用みたいなこと言ってたな。多恵子の場合もそれは当てはまる。営業部に初めて女性社員が配置されると聞いたのは二年前、それも大学の建築科を出た女性で、建設部に数年間おったみたいやが、総務からは、ちょいと営業の方も経験させてやってくれいうことやった。建設部で何があったのかは分からん。そんじょそこらのぺっぴんさんとは違う多恵子や、そこで何か厄介な色恋沙汰が起こったのかもしれん。しかし彼女が俺の課に来た時には、べっぴんやなとは思ったが、なんら特別な気持ちは起こらなんだ。一目惚れという気持ちは全然起こらんかった。真面目そうな女性やな、程度の印象だった。淡々と課の一員として仕事をしてもらった。ところがだ、日を重ねるうちに、どういうわけか俺にとってはかけがえのない女になってしまった。これは確かにスタンダールの言うある種の結晶化作用なるものなのだろう。今までの俺の恋愛経験からもそれはよう分かる。一目惚れでうまくいったことは一度もない。大方は結晶化作用で相手を欲しくなり、お互いの意思疎通が成就した暁には、飛び上がる歓喜で生の充実を感じ取り、だがそれが若い頃のプラトニックラブであったにしても、やがて時が経つにつれて、充実感は失われ、逆に女との関係の持続にある種の束縛を感じ始める。しかし女の方は執拗に関係の持続を迫る。そして女を振り切っての別れ。ああ、今でも思い出す、そのときの充実感。俺は自由だという充実感。結局恋というものは、この二つの充実感、女を自分のものにしたという充実感と、女から解放されたという充実感、この二つを味わうために仕組まれた人類のお遊びというわけだ。だがな、多恵の場合は違う。多恵は俺にとって特別な女なんだ。確かに多恵は誰もがほしがる女だ。あのスタイルの良さ、色白の美貌、年相応の静かな妖艶さ。男は誰でも獲得したいという欲求を起こすだろう。今までも多くの男が彼女にアタックしたことだろう、しかし誰もものには出来なかった。そうはさせない孤高の何かを俺は多恵の中に感じ取る。急峻で登りきるのが困難な途方もない壁を男どもに想像させる。しかし多恵はそれだけではない。多恵は何と言うか、逆にあらゆるものを受け入れる、ものすごい包容力のある海を感じさせる。あの少し憐憫《れんびん》の情を浮かべたすばらしい目元！　あの憐憫はむなしい男どもの虚構に対してなのか、それともいつまでも独り者でいる自分に対してなのか。とにかく俺は今までにこんな女に出会ったことはない。おかみに言わせると出会った時と場所が最悪ということだろうが。確かに俺には何もない。この五十半ばを過ぎた、しがないサラリーマン。家族持ちで金回りの悪い、不細工な男。そんな男に何で多恵子が！　それはよう分かる、それが分からん程俺は耄碌《もうろく》しとらん。それでも誰が何と言おうと、俺は今までの女とは違う多恵子に出会ったんだ。

今思い出しても出会いというものは不可思議なもんだ。俺はいつでも思い出す。俺は二年前の人事異動でほぼ総務への異動が内定しとった。これは以前の営業部長が俺のことを考えてくれて昇進させようとしたからだ。ところがその部長が脳梗塞で急に倒れてあの世行き。新たに部長になった今の馬鹿部長は、直前になって俺の異動を取りやめた。そこに俺の課に多恵子がやってきたわけだが、それとて内示では本来建設部から男の社員が来るはずだったのが、急に多恵子が来ることになったのだった。まあ、それだけならどこにでもある話だが、その多恵子がなんとうちの親父の九州の実家の遠縁に当たることが分かった。それは一昨年の暮れのことだった。多恵子の父親が長い闘病生活の後亡くなった時のことだ。葬式に参列した時にそれが分かった。多恵子自身は九州に住んだことはないが、九州の親戚の家には子供の頃よく夏休みなどに訪れたことがあると言っていた。多恵子の父親の実家は、うちの親父の実家から歩いても一〇分ほどしか離れとらん。実家に今も住んどる叔父に聞いたら、なんや従兄弟のそのまた従兄弟のと、えらい遠縁らしいが、まあ何がしかのつながりがあるらしい。たまに見かけた奥さんはえらいべっぴんさんやったのう、言うとった。多恵子は母親に似たのだろうか。ところでうちの実家のじいさんは、真面目で潔癖な人だった。もう三十年も前になるかな、いつものように朝早くリヤカーをひいて農作業に出かけようとしたら、庭先でころりとあの世に行ってしもた。後で分かったことだが、葬式の段取りから費用までちゃんと自分で用意してあったそうな。一本気だが真面目一筋の農民だった。そのじいさんの顔の面影がどういうわけか多恵子のイメージとどこかでつながっとる。不思議なもんや。あの多恵子にもあるきっぱりとした朴訥な真面目さが、うちのじいさんの顔のイメージにぴったりだとは。じいさんの懐かしい顔がな。ところがだ、それだけではない。多恵子には妖艶な女として、男にものにされかねない危うさもある。ああ、そこんとこだ、そこんとこが俺にとってはたまらん。田舎のじいさんの懐かしさと、妖艶さと、急峻な壁と、茫洋たる包容の海、何とも言えん女そのものの多恵ちゃんが俺のまえに現れた！

それにしてもこのまるで俺と出会うことが運命づけられたような仕組みはどこから来たんだ。全てが偶然の連続なのか。いやいや俺にはそうは思えん。そうあってほしいなんぞという生易しい思い込みではない。ここには何かがある。多恵を俺に出会わせた何かがどこかにある。そう思うしかないのも例の出張の時のことがあったからだ。俺は出張で一人東京の街中をうろついておった。頭の中は多恵のことでいっぱいだった。昼時なので、あるイタリアンレストランで食事をとろうとした。そうしたら何とそこで一人食事をしていた多恵に出会ったのだった。多恵も別の仕事で出張中だったが、この界隈での用事はなかったはずだ、それにそこは会社からも遠く離れた場所で、当然我々がいつも行きつける店ではなかった。俺は顔面蒼白になってその場に立ち尽くした。多恵は一瞬驚いた様子だったが、いつもの平然とした様子で出張の成果を報告して、食べ終わるとさっさと店を出て行った。この他にも職場の周辺ではあっても、多恵とのつらい思いに心が塞がれていたとき、何度も偶然彼女とはちあわせたことがある。俺が多恵を思い詰めるほどに、俺は多恵とばったり出会うという不可思議。これはどういうわけなのか。これは一体なんなのだ。俺と多恵子とは何らかの見えない糸でつながっているのだろうか。そんなことはない。そんなことはない。俺の欲望、彼女に対する欲望が一方的に強いだけだ。この欲望が彼女を俺に引き寄せているに過ぎないのだろう。それは分かっている。それは分かっているが、では何故多恵子なんだ。何故に俺は多恵子と出会ったんだ。偶然の連鎖の結果なのか。偶然がこの中年のしがない男をもてあそんでいるのだろうか。そんなことはない、偶然の連鎖だとは言わせない。そうではない何かが仕組まれておる。思い込みだよ、あんたの！　何の根拠があるのよ、この中年スケベ！　そういっておかみからはたしなめられることだろう。根拠はない。根拠はないが、確かな感覚がある。これは偶然ではない。俺という世界のために仕組まれた何かだってな。これは確信だ。俺自身の生の、欲望の、苦しみの、俺自身であることの確信なんだ。ああ、この確かな事実を、知念坊なぞが哲学的に解明してくれたらなあ。しかしあいつは坊さんに成りやがったもんだから、そういう世界とはもはや関係ないかもしれんが。神秘だ、神秘だ、誰も解明したことがない神秘だ！　何故に俺は多恵と出会ったのか。何故にこうまでも俺は多恵に縛られているのか。ああ、この事実は誰にも分からんのか。分からんまま墓場まで持っていくしかないのか。俺の多恵に対する欲望は俺をどこへ連れて行こうとするのか。もしも多恵子が二人でこれから歩んでいこうと言ったら、俺は多恵子との世界を選ぶだろう。家族も仕事も何もかも放り出して。しかしそれはあり得んとおかみは言う。あり得ないところに留まって俺は多恵のイメージを楽しんでいるだけなのだろうか。そんなことはない。俺だってこれから覚悟を決めて多恵を俺のものにしようと全力を傾けなければならない場面に遭遇するかもしれん。かもしれん？　そういう言い方が怪しいとおかみは言うだろう。しかし俺にとって彼女のいない世界はどういうことなのか。今までの他の女とは違う。彼女のいない世界は死の世界だ。俺にとって、死が迫る世界だ。彼女は俺が生きていることの事実そのものだ。それしか言いようがない。そのことは俺が一番知っている。俺自身に嘘をついてどうなる。多恵子への欲望が俺自身の世界なのだ。これはかりはどうしようもない。どうしようもない事実だ。

ああ、しかしいつまでも言葉で自分を追いつめてどうなるとでもいうのだ。とにかく俺はこうやって、彼女に対しては何ら事件的な対応をとることなく、悶々としながらも平和にいつもの仕事をしとる。何と言うことだ、これが人間というものなのか、それとも老いぼれ果てた人間というものなのか。しかし俺は決して自分を見失ってはいない。だが、見失わない自分とは何なのだ。

おう、もうこんな時間か。おい、みんな、今日はこのくらいで終わりにしよう。まだもう少し？　もう少しならやらせても構わんが、俺は多恵子をこのままおいて帰るわけにはいかんのだ。特に橘が多恵子と二人だけで帰るのは許さんぞ。おい、何だ、橘が多恵子に近寄って何か話しとる！　矢作さん！　ちょっと話したいことがあるから君だけは残ってくれんかな、いやそんなに時間はとらせん。うん、他のもんはご苦労さん、すまんが明日も頼むよ。いや、ご苦労さん。橘の野郎、まだぐずぐずしとる。早う帰れ！　ぐずぐずするな！　おうおう他の連中に誘われてどこか飲みにいくみたいだぞ！　さあ、俺と多恵の二人きりだ。どうするのだ。さあ、切り出せ！　切り出すんだ。矢作さん、毎晩ご苦労さん、一段落ついたら、課で慰労会やらんといかんが、実はな、あんただけに折り入って話があるんや、ちょいと部長からも頼まれたことがあるんや、いや、今からとは言わん、お疲れのことだから。どや、日を改めて来週にでも、資料作りも今週が山場やし、来週金曜日の夜にでも食事しながらどや。ええい！　俺はなんてこと言ったんだ。一瞬の沈黙と多恵子の驚いた顔。そして俺の締め付けられる心臓！　はい、分かりました予定しておきます、だって？　わおっ！　多恵子が承諾したぞ、初めてやないか、俺と二人きりで会うのを承諾してくれたのは！　夢やないかこれは？　夢ではない。夢ではないぞ。多恵子と夜のデートだぞ。どういうことだ、嫌な顔一つせずに何故承諾した？　早まるでない。早まるでない。俺が部長からも頼まれたことがあるなんぞ、多恵子を釣るためにでまかせを言ってのけたのが功を奏したのだろうか。分からん。どのみち俺に気があるなんてことはない。しかしそんなことはどうでもいい。とにかく二人だけで会う機会が訪れたのだ。わおっ、こっからが本当の正念場だ。多恵ちゃん！

俺はこの機会を絶対逃さんぞ。

2、常磐満作の自宅

三月一日、常磐満作の次女冨美子の大学受験合格発表があり、冨美子が無事に名門の私立大学に入学する。その二日後、夕食後、居間に妻信子と次男の佐久平、二階に冨美子。

〈常磐信子〉

佐久平、あんたどうなの、ちゃんと大学行ってんの。バイク欲しさにバイトばかりして。単位落として留年したってお父さん授業料払ってくれないからね。自分の金でなんとかするって？　そりゃあそうしてほしいに決まってるわよ。それよりちゃんと卒業しなきゃあ、このご時世、就職も大変よ。え、バイク買うのは将来の仕事の延長だって？　そんなに簡単に仕事探せるの？　千鶴さんって言ったっけ、こないだうちにつれてきた子、かわいい子だけど、彼女とバイクで遊び回るだけじゃあないの？　どこかのいいお嬢さんでしょ？　また面倒起こさないでよ。やれやれやっと冨美子が大学うかって一段落と思ったら、なんだかあたし気が抜けたみたい。冨美子はなんだか友達と三月中にヨーロッパ行くんだって、さっちゃんともう大方旅行会社のツアーも決めて、旅行パンフレットいっぱい持って二階の部屋に閉じこもってるし、あんたはあんたでバイクのカタログいっぱい集めて、寝転んでるし、お父さんとはここのところ残業続きでろくに会話もないし、あたしゃあ一体何なのだろう。毎日あんた等の食事洗濯、いざこざでもうくたびれた。ああつまんない、主婦の一生なんて。

〈常磐佐久平〉

親父も来月になったら休めるとか言っとったぞ。俺留守番するから二人で桜見物でも行ってこいよ。姉貴が言っとったが、四月上旬は京都の桜が最高だってよ。いまからじゃあ宿とれないって？　親父が休める時に新幹線で出かけて、大阪辺りのホテルに泊まればいいだろ。京都はもう一杯だな。親父がおふくろと行くかどうかだって？　だってあいつ会社でいいことやってんじゃないの。夜遅いのも飲んだくれのことも多いし、あれ、去年は一度も旅行につれてってもらっていないの。母ちゃんかわいそう。俺少しは同情するよ。でもまあ、冨美子が合格してよかったよ。そうしないともっと俺にとばっちりが来るからなあ。まあ、俺だっていつまでもこの家に厄介にはならないさ。バイト先の男が言ってた、中古の車をロシアに運ぶ話、俺も手伝わんかいう話、何とかいけそうだな。そうなったら千鶴と二人でアパート借りて生活するんだ。もち、お互いの家には内緒の話だ。だが、近々仕事が見つかったんで家を出て行くことはおふくろにも話さんとな。しかし今はまずいな。おーい、冨美子、おふくろ買ってきたケーキまだ残っとるぞ。

〈常磐富美子〉

いいよ佐久にいちゃん、食べちゃっても。あたしもうお腹いっぱい。それよりヨーロッパだ、ヨーロッパ、さっちゃんも受かったし、よかったなあ、心配したなあ。あたしが受かんなかったり、さっちゃんが受かんなかったら、ヨーロッパいけないいんだから。よかったなあ。でもさっちゃん、よっ子ちゃんも一緒につれてって言ってた。もうさっちゃんと私が決めた一週間のツアーでもいいって。よっ子ちゃん頭いいから国立も受かっちゃったらしいな。お母さん、二人だけならツアーじゃないと駄目だって言ってたけど、ツアーでも三人ならもっと心強いかも。よっ子ちゃん英語もしゃべれるし。こりゃいいぞ、三人でいこ、三人で。あとはお小遣い、お小遣い。お父さんからツアーの旅費分全部もらえたし、お母さんからもたっぷりもらっちゃった。それに孝兄ちゃんからもお祝い送ってくれるんだって。よかったな、もらえなかったら何とかあたしの貯金でやりくりしようと思ってたけど、わーい、全て順調、でもみんなにたくさんお土産買ってこなきゃ。だって兄弟のうちであたしだけが合格祝いに外国旅行かしてもらえるんだから。ほんとに皆さんありがとう。それに浮かれてばっかりはいられないぞ。帰ってきたらすぐ入学式だし、それに初めての外国旅行。なんだかパリは日本人女性を狙ったかっぱらいが多いんだって。ツアーだといっても添乗員さん任せでは駄目だって孝兄ちゃん言ってたな。旅行会社からもらったパンフレットもよく読んどこう。

3、居酒屋で

常磐満作が夕方、いつもよりはやく開店前に店に到着する。カウンターではおかみの娘愛子と使用人の大塚圭吾が準備中。いつもの席に座った満作は、一杯注いでもらったあと、二人の仕事を眺めながら、先週金曜日（三月五日）の夜の矢作多恵子とのイタリアンレストランでの出来事を回想している。

〈常磐満作〉

それにしてもこげん早う多恵子と二人きりで約束した食事が出来るなんぞ、夢のようだわい。それも出張中に多恵子とばったり出会った例のイタリアンレストランではどうかと聞いたら一発でオーケーがとれたときたもんだ。それに昼間と違って、夜は赤いキャンドルライトがテーブルに灯って、いや実にいい雰囲気で。それに多恵、あの例の紫のワンピース着てきよった。朝、多恵が仕事場に来たときそれが分かって、俺はもう大感激。あ、職場のなみいる諸君！　今日の矢作君の装いは誰のためだと思っとるかね？　諸君、今晩一緒にデートする誰のためだと。ふっふっふ。たわいないな、俺も。そんな具合の有頂天。もう夕方が待ち遠しくて、仕事も手につかなんだ。上の連中がまた今日中に残業せにゃあかん特命を仰せ付けるような、ばかなことせんどいてくれと子供みたいに祈ったな。そして全てをクリア。俺が先にレストランで待っといたら、一〇分後に多恵が現れた！　出現したんだよ、我が女神が！　何という色気！　何という落ち着いたたしなみ、何という感じの良さ！　何という知性！　万歳！　俺はもう感激の一途。矢作さん、紫似合うね、最高だよ、って言ったら、ありがとうございます。私紫好きなんです。そういって微笑む顔がろうそくの明かりに揺らいで、いやもうこんな感動は今まであらへんかった。彼女は早速言った。部長の話とは何でしょうか？　それが俺と会うだけの理由なのかと思って、一瞬がっかりしたな。それで俺は正直に言ったぞ。いやあれはでまかせや、ちょいと個人的にあんたと話したくてな、と。そしたら彼女がうっすら笑みを浮かべながら言った言葉が何とも色っぽい。奥さんに内緒でしょ、こんなところに、いいんですか？　だってさ。それで俺はなんて言った？　覚えとらん。ただ多恵の顔見て笑ったのかな。それともこんなこと言ったかな。多恵ちゃん、あんたはすばらしい、こんな職場においとくのもったいないくらいや。ああそんなことは確かに言ったぞ、そしたら彼女はまた笑いながら言った。課長さん、職場でそんなふうに私の名前呼んじゃあだめですよ。彼女意外と思ったより大人なんや、そして急に真面目になって言ったもんだ。私はもういいんです。それより課長さんこそこんな職場で終わってしまう方ではありません、ってきっぱり言ったもんだ。どういうことなんや、定年間際の男に、そういうことは。それにどういうことや、私はもういいんですとは。え、どういうことや多恵ちゃん、あんたこそまだこれからや、いい結婚相手はいつでも見つかるやないか。俺は思わずそう言ったな。そしたら彼女、急にうつむいて言った。もう誰でもいいんです。そう言ったぞ、もう誰でもいいんですだなんて、そんなこと誰に言ったんだ。誰でもないこの俺にだ。その俺がいつぞやしつこく結婚はと聞いた時、多恵子はすまして言ってたじゃないか。結婚が人生の全てではありません、と。それがどういうことや。もう誰でもいいから結婚したいとは、この俺に。俺と一緒になってもいいってことかい？　いやそりゃない。そりゃないか。いやそれもあり得るのか。俺がちゃんと女房と別れて、一緒になれば？　それに多恵は俺がこんなところにいるべきではないと言ったな！　ということは俺と二人でどっか遠くへ出かけて、そこで新たな人生を作れるとでもほのめかしたのかい？　どきんと来るな、もう。それがほんまなら、ほんまなら行くとこまで行ったろやないか！　いやそんなことはない。多恵は俺を父親みたいに思とるんや、俺みたいな男でも俺を信用して、俺に誰かを世話してほしいいうことなんや。何やそれだけかい。まあそれだけの男なんやろが、俺は。でもなんで俺がこんな職場におるべきでないと言ったんや。俺が昔組合活動やっとったの知っとるんか？　それでこんな職場は俺にとって不釣り合いだ、思とるんか？　田舎の親戚が多恵になんか話したのかな。とにかく俺が他の男とは違うということを、一目置いとるいうことは信じていいのかもしれん。いや分からん。女は分からん。女自身でも、自分でもはっきり分からんのや。女は全てなんや。俺の評価も、自分の進路も、全てピンからキリまで可能性を秘めとる。それが女や。多恵にしても同じことや。俺の出方によって何でも変わる。俺がいい男を紹介すれば、うまく行って結婚できるかもしれん。俺が家族を捨てて多恵とどこかで新しい人生を始めようとするのならそれもありうるのかもしれん。つまり全ては俺の出方次第だということだ。誰かを紹介してうまく結婚させて、俺はそれで満足なのか？　といって、家族を捨ててどうやって生活していけるのか？　悩ましい。つらい選択だ。しかし俺は今多恵を前にして人生の岐路に立っとるのは確かだ。

レストランでの食事が終わって、俺は多恵を駅まで送っていったが、一瞬どこまで多恵を送っていくべきか迷ったもんだ。しかし改札口で多恵はきっぱり言った。ここで失礼しますとな。このきっぱりした言葉が俺の背筋をぞくっとさせたもんだ。つまり全ては俺の手に委ねられているということだ。私からはもうなにも与えません。全てはあなたがしっかり決断することです。そういうことだ。俺はもう逃げることは出来ん。どうする。どうするもこうするも俺は多恵を失いたくない。それでとにかくきっかけは作れたんや。すべてがうまいこと行きそうな風になってきたんや。冨美子も大学受かったし。なんや急に運が向いてきた言うわけや。それで俺も今回は冨美子に気分よく多めに小遣いやったもんだ。そういうわけや、人間誰しも運悪いことばかりやないのさ。愛ちゃん、今日はおかみはどないしたんや。風邪引いて寝込んどる？　そりゃいかんな。お大事に。それよか愛ちゃん、圭ちゃんと二人でなかなか息が合っとるやないか。おかみは引退しても大丈夫とちゃうか。そんなことない？あれでもうちの看板娘やて？　看板ばあさんやないか。そして俺とてカウンター越しにばあさんに会いにくるおじさんやないか。ああ、あんた等若い二人を見とるとうらやましい。愛ちゃん、子供は？　何、カウンターの下に寝かしとる？　どれどれ、うっ、すごいやないか！旦那と別れてから一人でようやるやないか。たくましいな。どやいっそのこと圭ちゃんと一緒になってもええんと違うか？　あんた等は若い、何でも冒険できるやないか。何でも先へ進めること出来るやないか。ああ、悩ましい。この年で俺に何ができるんや。

第4章　満作と信子、孝雄、冨美子の事故

1、常磐満作の自宅

二〇〇四年三月十三日の夜、長男孝雄が帰省している。夕食後、満作、妻信子、孝雄が雑談している。

〈常磐信子〉

お父さん、冨美子の入学式出てくれる？　四月三日よ。もう忘れてる！　私、高校時代の同窓会と重なっちゃったから、代わりに行ってくれって昨日言ったばかりなのに。土曜日だから大丈夫でしょ。冨美子は別に来なくてもいいって言ってたって？　大事な末娘の晴れの入学式でしょ。ならお前が行けって？　私、もう半年前から決まってる幹事当番なんだから欠席するわけいかないのよ。お父さん、最近仕事も一段落してきたって言ってたじゃな

い。なによ、孝雄の方向いて！　高校で一番忙しい時期にわざわざ帰って来れる訳ないじゃない。ねえ。はい決まり！　これ当日のパンフレットだから、後は冨美子と打ち合わせてね。冨美子は今日は友達と渋谷で食事だから遅くなるって。それに三月二十一日から一週間ヨーロッパ旅行だから。あの子も忙しいわね。なんだかパリでルーブルとモンマルトルの丘がお目当てなんだって。モンマルトルってどういうとこ？　孝雄、あんた行ったことあるんでしょ。そう、パリの町が一望できるのね。冨美子、もう行く前からはしゃいでたわ、大学受かって、これからが楽しい時期ね。よかったわ、一生懸命勉強したんだから。お父さん、子供たちが一段落したから、今度は私たちが海外旅行に行く番ね。私は外国どこにも行ってないのよ。最初はまず韓国あたりから、そのうちヨーロッパ。でも足腰丈夫なうちに行かなくっちゃ。いいわね？　人の顔見ないで生返事ばかりで。

一体この人にとって家とは、家族とは何なのだろう。快適な衣食住を満たしてくれればそれで良し。それを支える妻というものは元気で働いてくれればよろし。自分本位ったらありゃしない。あんたの安月給でここまで四人の子供を育ててきたのは誰のおかげだと思ってるんだろう。孝雄を保育所に預けて、冨美子をおんぶして、理恵子と佐久平を自転車に乗せて引っ張ったまま歩いて買い物に行ったものよ。今となっては考えられない。我ながら頑張ったものよ。それでも男の連中と来たら、子供たちがすくすくと育つのは当たり前だとでも思ってるんだ。のうのうと自分の城に閉じこもって楽しんでる。あたし、この人のどこがよくって結婚したのかしら。頭は良さそうで真面目そうだった。それが今では頭のはげ上がったおっさんだ。会社でどうやって生きてんだろう。相変わらず若い頃と同じように粋がってんのかな。そのころわけが分からずついていった私が悪いと言えば悪うござんす。男はやりたいことをやる。女はやりたいことが男のようにはやれない。女はやりたいことをやる男を支えればいい。誰がそんな風にしたのかしら。誰もそんなこと決めやしない。お前のやりたいことをやればいいじゃないか。お父さんはすぐそう言う。だからお前は何がやりたいんだ。お父さんはすぐそう言う。理恵子だって、冨美子だって、女の子は好きなことやってるじゃないかってね。でも私が今この家を出て一人で何が出来るとでも言うのよ。私が旅行いきたいって言うんだから、私と相談して、ちゃんと計画たてて、全て準備してくれればいいのに。それが出来ないお父さん。それを待っているだけの私。私って、からきしつまらない。

〈常磐満作〉

年度替わりは俺だって忙しいんだ。期待してもらっちゃ困るな。ああ、分かったよ。行くよ。なんだ、父兄席に座って見学するだけか。終わったら一緒に帰れるのかな。久しぶりに冨美子とデートか。どこかで夕飯食べてくるかな。デート！　デートといえば多恵子だ！

多恵子は休日、家で何しとるんやろ。洗濯して、次の一週間の準備をして、女って休日でも結構忙しいんだろな。これから先、休日に多恵子とデートできるかな。いやそれは分からんが。孝雄、お前また知念坊と会うんじゃなかったのか。忙しくて行けそうもない？　そうだな、お母さんのいうように教師としては忙しい時期なんだろうな。どうだ、知念坊は。おもろい坊さんだろ。あいつはお前のこと気に入ってたみたいだぞ。え？　俺の友達は皆変わりもんやから、孝雄にいらんこと吹き込むなって？　お母さん、孝雄だってもう社会人なんやから心配しなさんな。

ふん、母親なんていつもこんなもんだ。安定志向、安定志向。いい大学出て、いい会社に勤めて、いい嫁さんもらって、いい家族に恵まれて。しかしそれだけで時間が過ぎていって、年取って、無事棺桶まで到達して、それで人生万々歳ってわけか。それも今の社会が成り立つための一つの生き方だから否定はせんが。孝雄とてそれでよければ否定はせんが。しかし孝雄にはもっと違う生き方があるような気がする。男親の勘だな。だから知念坊にも会わせたんや。決して無駄にはならん。それに俺も近いうちあいつに会わにゃならん。多恵子のことだ。いやもちろん多恵子のことをいちいち坊主に話してどうなる。むしろ俺が知念坊に聞きたいのは、彼が恋いこがれた女のことだ。どうしようもない気持ちを彼に起こさせた女のことだ。彼も俺と同じように大阪で小さい建設会社に勤めていたが、そこで出会った女と恋仲になり、婚約までした。だが結婚直前になんだか会社の社長に彼女を寝取られたらしい。岩切のおばさんが言いよった。あいつが坊さんになったのもそこらあたりがあるのかもしれん。一生に一度出会うそういう女というもの。何故にこの女と出会ったのか。何故にこの女と出会うために全ての偶然が必然となって俺の前に集約されていくのか。何故に俺の思いが彼女を俺の前に次々と出現させていくのか。それは俺の思い込みに過ぎんのか。甘い夢に浸っているに過ぎんのか。いやそんなことはない。俺はそこいらあたりのことをどうしても知りたい。あいつも同じような経験をしているはずだ。お母さん、孝雄、お前達にはお前達の生きていく時間がある。しかしこの問題は俺の生きていく時間なんだ。俺の時間とは、運命とは何なのだ。多恵との出会いは何なのだ。偶然と欲望の出会いに過ぎんのか。いやそんなことはない。時間の中で俺を見つめている何かがある。俺はそいつに動かされているような気がするんだ。

〈常磐孝雄〉

お母さん、俺冨美子の入学式、行ってもいいけど。今のところあいているからさ。お父さんに行かせろって？　なるほど、たまには娘とデートか、うん、そんならまかせるよ。知念坊さん？　面白い人だね。お父さんと学生運動で知り合ったっていうけど、イメージ湧かないなあ。といって元々のお坊さんって感じでもないし。ただ、お父さんの言うように哲学の知識はあるようだね、いろいろ教えてもらってるよ。

そうだろ、って顔でお父さん満足してるようだが、本当のところ俺はあの人に試されているのか、それとも俺の例の質問から自然と話が発展しているのかよく分からない。哲学は永遠の魂の問題から出発したが、今や解釈という作業の段階に留まっているとか言ってたけど、どういうことだろう。永遠の魂の問題が頓挫しているのは、神の問題が神学の対象として追いやられ、世の中がそういう問題を神秘的で非科学的な問題として扱うようになったからなのだろうか。神とは何だろう。知念さんには、この前当面仕事が忙しく知念さんの寺を訪れることは出来ないと断りの手紙を書いたけど、そのとき仏教では神とはどういう存在なのですかと聞いてみた。知念さんは、折り返し手紙で、仏教の神とか仏はキリスト教のような人格ではなく、人それぞれの心の中に潜む道徳的な何か、あるいはその何かの表象なんだと書いてきた。そしてそれが永遠の魂の問題と関係しているのかもしれないと。ああ、なんだかますます分からなくなってきたぞ。哲学で言う魂とか精神とか意志のようなもの、それは人間だけのものなのか。いやそんなことはない。動物の世界でもある個体が精神や意志の強さを見せつけることはある。利口で我慢強い犬はいる。擬人化している？　人間の眼で見ている？　そんなことはない。人間だけが意志の様々な強弱の様態を個々に表現しあっているわけではない。ただ人間においてそれが高度に発達してきた？　人類学者や生物学者はそういうかもしれない。でもそうでもないんだなあ。しかしここのところはまだ知念さんにうまく説明することは出来ないな。それにしてもお父さんと知念さんの考え方の接点みたいなものは何なのだろう。あの全共闘世代の考え方は。お父さんからまともにその頃の話を聞いたことはないけど、いつも酔って帰ってくると、玄関先で今の社会は構造的におかしい、欺瞞の民主主義、民主主義の欺瞞だとかわめいていたのは覚えている。そして俺には民間企業なんかにいくもんじゃない。お前の頭は空っぽになるぞと言われた。そんなに民間企業で働くことが大変なんだろうか。俺が高校の教師になったのは民間企業が嫌だというわけでもない。何となく子供たちに生物を教えることで、自分の好きなことが出来そうだったからに過ぎない。お母さんは、あんたの能力をもっと活かせるところがあったのにと嘆いていたけど。うん、確かに俺は民間企業で出世街道をまっしぐらってのは苦手だな。でもお父さんが考えるように、民間企業が民主主義の欺瞞だとは思わない。民間企業の競争力によってこの国は成り立ってる。もちろん大きな組織を維持するためには、その組織にはいっている人たちは、そこで人間関係の大きな軋轢に遭遇しなければならないのは事実だろう。お父さんのように組合活動やったり、上司に反感を持たせる人間もいれば、上司にごますってうまく出世する人間もいるだろう。しかしそれが人間社会というものではないのか。いろんな人間がいる。意志の強いもの、薄弱なもの、悪辣なもの、道義的なもの、おしゃべりあるいは寡黙なもの、どこの社会、どこの組織でも、いつの時代でも、いろんな人間が混ざりあって世の中が成り立っている。これは人間以外の動物の世界でも似たようなものだ。必要悪というものは生命が存在する限りどこにでもある。またそれが社会の新陳代謝を支えている。なんだかお父さんに怒られそうな考えかもしれない。知念さんはどう考えているのだろう。今の民主主義社会について。学生時代お父さんと一緒に活動したんだから、俺の考えはまだ経験が浅いからだと言って笑われるだろうか。確かにあの頃の全共闘世代のような経験はしてないから。でもなあ、結局なんだかんだ言いながら、お父さんは民間企業で何とかやってきたじゃないか。もう定年まであと四年。あんな小さな会社だから定年後どこかで働ける場所ないかも。お得意さんに雇ってもらうには、お父さん、そういうコネは持ってないだろうから。年金も六十からはもらえなくなりそうだな。でもまあ良かった。定年までに佐久平も富美子も大学卒業するだろうし。あとは夫婦二人でのんびり暮らしてほしい。しかし佐久平のやつ、ちゃんと大学行ってんのかな。理恵子も今度の化粧品会社どうなんだろう。まだちょっとお父さん、お母さんの心配の種だな。それでも兄弟いろいろ、何とかなるさ。それよか山本のことだ。学級新聞作ったのはいいが、個々の教師の投函ボックス全てに、作った新聞を投げ込んだみたいだ。そしたら数学の山下先生が授業で開口一番、顔を真っ赤にして怒ったらしい。我が校で教師を批判するような文書をばらまくとは前代未聞だ。またそんなことをやるのは断じて許さん、と。常磐先生の監督不行き届きだよ、と山下先生からも直接ご指導を受けたわけだ。まあ仕方がない。こんな自由のない学校で満足しているのは教師たちだけだ、なんてことが新聞に書いてあったんだから。しかし山本のやつ、やんわりと抽象的にうまい具合表現してあったんだけどなあ。あの坊主頭が顔をゆでダコのようにしてわめいていたって喜んでたな。まだこれからいろいろ面倒なことが起きそうだ。ここで久しぶりにのんびりさせてもらったから、また明日から戦いだ。

2、冨美子の事故

三月十六日の午後、冨美子は間近に迫ったヨーロッパ旅行の打ち合わせを一緒にいく友人、大村敦子と安藤良子の二人と行うため、近くの喫茶店に出かける。冨美子は途中で道路の反対側を歩いている二人を見つける。アッちゃーん、ヨッコちゃーんと叫びながら冨美子は青信号になったばかりの横断歩道に飛び出す。そのとき、かなりのスピードで、見通しの悪い湾曲した道路を走ってきた車が飛び出した冨美子を前方にはねとばし、冨美子の両足を乗り越えていく。周辺は鮮血が飛び散り、大村敦子と安藤良子は叫び声をあげて現場に殺到する。車の男はある体育会系の私立高校の教師渡辺明彦四十二歳。その場で呆然と立ちつくす。敦子が警察と救急車に連絡を取る。意識不明の冨美子は病院に運ばれる。出血多量できわめて危険な状態。満作と妻信子が病院に駆けつける。医師から両足が複雑に骨折しており、特に左足は大腿部まで切断するしかないと伝えられる。夜遅くまで続いた手術。手術後麻酔が効いたまま冨美子は病棟の個室に移される。心身ともに疲れ果てた信子を、後から来た佐久平と一緒に自宅に帰して、満作は冨美子のベッドの横に病院から簡易ベッドを借りて横たわっている。深夜、満作もようやく眠りにつく。

〈常磐冨美子〉

真っ暗だ。今、私はどこにいるの？　どうしてここにいるの。何も見えない。真っ暗だ。でも私は私だよ。でも何も見えない。何も聞こえない。どこかに浮かんでる。私のからだは浮かんでる。どこに浮かんでるの。何もつかめない。手が動かない。足も動かない。でも眠っていない。私は眠っていない。どうしているの私は。何かが見たい。でも真っ暗で見えない。聞こえない。何かを探したい。何か場所が分かるものを。私は探している。私は見ようとしている。私はどこにいるの。私はどうしたの。何も見えない。何も聞こえない。どうしたらいいんだ。どうしたらいいんだ。私は何なの。ああ、でも何か光が見えた。薄暗い光が私の前に広がってきた。私は光に向かっている。もっと明るい方へ。遠くに一直線にのびた光の列が見える。光の土手だ。あっという間に土手に来た。土手を越えた。越えて下がって、また真っ暗になった。真っ暗な中で私は動いている、ずんずん動いている。飛ぶように動いている。どこかへ向かっている。ようやく今は動かなくなった。どこかについたんだ。どこなの。ぼんやりと薄暗い部屋。部屋、私は部屋の中にいる。でも暗くて分からない。壁のようなものに囲まれている。私のからだは何か固いものに縛られて動かない。私の横に何かがいる。何か大きな黒いものがいる。三日月の二つの目だけが光っている。誰かに覆い被さっている。人間だ。人間に覆い被さっている。誰かが私の横にいる。ああ、怖いよう。お母さん、お父さん、怖いよう！　ここにいたくない。明るいところへ出たいよう。誰か来て。からだが動かないよう！　誰か来て。怖いよう。お父さん、お母さん、助けて！　怖いよう！

第5章　満作と家族、志摩敏夫が冨美子を見舞う

1、居酒屋で

事故後、手術で左足を大腿部まで切断した冨美子は当面の手当は終了したが病院の特別室で治療が続いている。冨美子を轢いた高校教師は冨美子が赤信号のまま横断歩道を渡ったと主張、現場を見ていた冨美子の友人達はそれを否定するが、高校教師は自動車保険の担当者の陰に隠れて冨美子の見舞いにも訪れない。まだ傷口の至る所に包帯を巻いた、口数の少ない冨美子に、満作は彼女が青信号で渡ったことを確認する。満作は高校に出向いてその教師に会おうとするが、保険屋に任せてあるので会えない、保険屋も相手と会うなと言っていると答える。満作は高校の事務室で教師を出せと声を荒らげる。やくざのような体つきの男二人が現れて、満作を校門の外に放り出す。それ以降、満作は腹立たしさと悔しさで仕事も手につかない。二〇〇四年四月五日の夜、心身ともに疲れ果てた満作はいつもの居酒屋で閉店

後もおかみを相手に飲んでいる。

〈常磐満作〉

おかみ、こういうことが許されるのかよ。将来のある人間を片輪にしといてよ、自らの保身のために平気で嘘をつく教師というものが。お前には教師としての良心はないのかと電話口で怒鳴ったよ。それ以来あいつは電話口にも出ない。それどころか俺の会社の総務に電話して、お宅の会社のなにがしは教師を侮辱した電話を何度もかけてくる、授業もろくに出来ない。業務妨害、人権侵害も甚だしい暴力行為だ、これ以上しつこいと警察に訴えると脅してきやがった。ろくな生徒しか行かない体育会系の私立高校だよ、ああいう教師がのさばるくらいやから。あんな連中の車に轢かれて片端になってしまった富美子が不憫で仕方がない。まだこれからという時なのに。全身傷だらけで病院に運ばれたんだ。なんてこった。左足はふとももまで切断だ。女の子の太ももまで！　なんてこった。どうやって女として生きていくんだよ、これから。あんまりじゃないか。傷だらけで、ぼろぼろになって、あんまりじゃないか。ああ、この老いぼれた俺が代われるものなら代わってやりたい。今すぐ元の体に富美子が戻れるのなら、俺は何でもする。会社も辞めて全国の寺を行脚してもいい。こんな馬鹿げたことがあるもんか。あの男がなんぼ嘘を言い尽くしても、刑事事件でけりがつかんとも、損害賠償でも何でも訴えてやる。あいつが降参するまで俺は一切手を抜かん。どんなことがあってもな。冨美子はもういいよ、なんて言うが。冨美子が俺になんて言ったかって？　まだ回復もままならんのに細い声でぽつりと言いよった。お父さん、もういいんよ。青でも私が急に飛び出したのも悪いんやから、お父さんもう気張らんといて。そう言いよった。しかし、許せるわけないやろ。このまま終わらすわけにはいかん。ああいう平気で嘘をつく連中の鼻っ柱を砕かんことには、冨美子にもすまん。何も出来ん俺は冨美子にもすまん。

〈居酒屋のおかみ〉

ほんとに災難だったね。かわいそうだね、冨美ちゃん。満ちゃんが一番かわいがっていた娘さんなのにねえ。そんな大けがしてこれから生きていかなきゃならないのね。分かるよ、満ちゃんの気持ち。悔しいだろうよ。あたしだってそんなくだらない教師、ヤクザな対応するんなら、こっちだって知ってる限りのやくざを使って、巷で連中の恥部を洗いざらいさらけ出してみせるわよ。あたしの場合はね。泥沼にはまろうとも、相手がぐうの音あげるまで食らいついてやるわさ。でもねえ、満ちゃん、そういう泥沼の戦いは、私らの次元の争いなんだよ。人間てえもんはね、もともと保身に長けた動物なんだよ。その教師、あんたなんかがいくら食らいついても、自分が嘘をついたことなんぞ、これっぽちもしゃべらんよ。それが人間いうもんさ。やくざな教師ならなおのこと。そいつの人生の全てがかかってるんだよ。青信号を渡ってる女の子を轢いたんなら、即学校からは懲戒免職。そいつの人生は終わっちまういうことよ。そいつは今じゃあもう根っから、自分こそ青信号で突っ込んだんだと自分に言い聞かせてる、いやもうそう信じ込んでる。家族も学校も自分に味方をしてくれる。自分を応援してくれている。自分を不当に追いつめるあいつ等こそなんてえ奴らだ。そう思い込んでるんだよ。思い込むどころか今ではそう信じてるんだよ。そういうもんだよ、人間は。大方人間は弱いんだよ。そいつを許せとはいわないよ。でも満ちゃんみたいな人間ばかりじゃないんだよ、世の中ってえものは。そういうアホな連中との争いは際限がないんだよ。理屈通りには行かないんだよ。あいつらはなんでもしかけてくるさ。あんたがいつまでも感情的になってる限りはね。それにしてもえらいよ、冨美ちゃん。今はどうしていいか分からないどん底の状態なんだろうけどね、気の毒に。それでも、お父さん、もう気張らんで言うたんやて？　あんたに？　えらいよ、まだ若いのにねえ、もうあんたのこと気遣ってくれとるんよ。分かる？　冨美ちゃんはまだあんた等と繋がっとるんよ。冨美ちゃんなりに生きていこうとしとるんよ。泣けてくるよ。満ちゃん、あんたには出来すぎた子だよ。あんたよりよっぽど出来のいい娘だよね。あんた！　もうこれからうちにきていつまでもぐたぐたぬかすんじゃあないよ。仕事終わったら早う家帰ってやんなきゃ。まだ病院？　そんなら病院と家族が一番。会社と飲み屋は二の次や。さあ、帰った、帰った！

〈常磐満作〉

おうっ、帰るさ。悪かったな。おかみのやつ、俺の痛いとこついてきやがる。会社で多恵とうつつを抜かすどころではないいうことか。そんなことしとったから罰当たりなんや、言うたいんやろ。そんなの誰が分かる。だがどうも今年は始めから、なんか重たい気分やった。それが急に多恵子とのデートで明るく軽やかになった。ところがあっという間に奈落の底や。全体これが俺の人生なんや。浮き沈みの激しさと言ったら。しかし、沈み込むたんびに、俺はどこかへどんどん落ち込んでいくような気がする。まさか、俺が冨美子まで引っ張っとるんか？　そんなのあり得ん。そんなの冨美子があんまりかわいそうや。どうして俺はそんなこと考えるんだ。父親としてこれから力をつけてやらんといかんいうのに。しかしどうやって俺は冨美子に力をつけることが出来るんか。俺よりかよっぽどしっかりしとるんやて？　冨美子が？　そうかも知れん。今までこの子は俺に何遍も力を与えてくれた。まだ三歳かそこいらの頃やった。俺が悪さをした佐久平を殴ったことがあった。大泣きした佐久平を俺がまた殴ろうとしたら、冨美子がよちよち俺と佐久平の間にはいってきて、俺の股に顔を埋めてじっとしとった。お父ちゃん、もう佐久兄ちゃん怒らんといて！　なんかそんな声が冨美子の心から聞こえたような、そんなことあったな。それからも、俺は何度となく冨美子のあどけない顔に助けられたことがあったんだ。情けないな、親が子供に支えられとる。それがなんてことだ、もう将来が閉ざされた体になっちまった。なんてこった。嫁にも行けん。あの体では子供も産めんだろう。なんてこった。よりによってああいうばか教師に轢かれるとは。なんてこった。

2、冨美子の病院、家族の者達

四月七日の午後、満作の妻信子、長男孝雄、次男佐久平、長女理恵子が集まっている。冨美子はすこしずつ回復してきている。しかし、家族の問いかけにまだ多くを語ろうとはしない。病院の食事もほとんど手をつけていない。医者は当分安静にしてあげるほかないと言って点滴で栄養を補給するようにしてくれた。家族は病院の食堂に集まっている。

〈常磐信子〉

ああ、どうしよう、太ももからだと義足もなかなか難しいのよ。血液の循環も変わってくるらしいのよ。ほんとにどういうことだろう。あの子の体はどうなっていくのだろう。堪忍《かんにん》ね、お母さんは何も出来ない。ああ、お母さんが代われることがあったら代わってあげたい。どうしてこういうことになったんだろう。あのとき現場にいた二人のお友達も冨美子は青信号を渡ってきたとはっきりと言ってくれた。二人とも旅行を取りやめたのよ。冨美子の弁護のためには何でもするって。いいお友達。三人でヨーロッパ旅行を楽しみにしていたのに。なのにどうしてこういうことに。あんなにいい子なのに、こんな不幸が襲いかかるなんて。あれでも床ずれがするから、看護婦さんが時折体を動かしてくれるのよ。でも左足がないから軽いのよ。くるっとまわって。それを見てわたしもう目の前が真っ暗になってしまった。

〈常磐佐久平〉

ああいうどこの馬鹿でも金さえ積めばはいれるような高校は、教師もろくなやつはいない。あのカーブはやたらと飛ばす連中がいる。信号だけは遠くから見えるから赤信号になった瞬間でも、そのまま猛スピードで通り過ぎれば、まだ横からは誰も出て来られない。そういう高《たか》をくくった連中がやたらと多いのさ。証人が二人もいるし、あいつがいくらわめいても重過失で起訴間違いなし、もしそうならなかったら俺が許さん。親父は手ぬるいよ。俺はもっと違った手口で痛い眼に遭わせてやるさ。損害賠償金もたっぷり取り立てて、冨美子が今まで通り生活できるような義足をどんなことがあっても手当てする。

〈常磐孝雄〉

当面は警察の取り調べとその後の検察の起訴内容を見守るしかないな。あんまりそっちの方は騒ぎ立てない方がいい。それよか冨美子がこれからどうやって元の生活に戻っていけるのかを考えなきゃ。佐久平が言うように太ももからの義足は高価だけど不可能ではないらしい。どれくらい期間がかかるか知れないが、まず冨美子が前向きに生活する意欲を回復することが一番だ。今のところ我々にもほとんど口を利かないが、そのうち冨美子が同意するなら義足をつけるためのリハビリをやらなければならない。まだまだそこまでには時間がかかると病院側は言っていたけど。実はお父さんの友達で今奈良の方の寺で住職をしている坊さんに今回の事故を話したら大変心配されてね、セラピストというか、精神的な回復を支援するのに格好の人を知っているので、至急こちらに寄越したいと言ってきたんだ。なんだかお父さんが別の用事でそのお坊さんに会いにいく予定だったらしい。今回の事故でそれはなくなったようだが、お父さんの方からも冨美子の詳しい状況はお坊さんに伝えてあったようだ。知念坊さん、そう、そのお坊さんの名前だが、彼は大変心を痛めてくれて、もうそのセラピストと話をつけてくれていたんだ。もうじきわざわざ大阪から来てくれるみたいだよ。

〈常磐理恵子〉

何で親父、ぼんさんと友達なん？　そんなん得体のしれんセラピスト、大阪くんだりから出向いてもらって、どういうこと？　それでなくても、親父のやつ、手術後まだ回復していない冨美子の耳元で、ずいぶん事故のこと詰問して医者から叱られたらしいじゃない。今はそっとしといてやるべきよ。あの子はつよいよ。芯はしっかりしとるんよ。元気になるよ。それよかお母さん、一時家で休んだら？　冨美子はうちらでこれからも見に行くから。このままだとお母さんも倒れてしまうよ。兄貴、そのセラピストも断っといてね。えっ？　もうこっち向かってるかもしれんて？　兄貴にしろ親父にしろ、そんなぼんさんを頼ったりして。困ったもんね。冨美子が悪くなったら兄貴達の責任だからね。さっぺい、あんたが一番暇なんだからお母さんの方も頼むよ。

３、志摩敏夫が病院に冨美子を見舞う

四月十日午後、病室で一人眠っている冨美子のもとに、知念坊から依頼された志摩敏夫が

訪れる。

〈志摩敏夫〉

ああ、なんで私なの。のっぴきならないような顔をした知念ちゃんに頼まれて来ちゃったけれど。なんだか私の癖が出て、忍び足で受付も通らないでここまで来ちゃった。あ、眠ってる。かわいい、まだ小学生みたい。でも大学入ったばかりだって。ほんとに気の毒ね。こんなかわいいお嬢さんが事故に遭うなんて。あっ、左足、ほんとにほとんどないみたい。シーツの上からでも分かるわ。かわいそう、自分でももう分かっているんでしょうけど。つらいわねえ。でもほんとにどうしよう。気持ちよく眠ってるのに。このまま帰っちゃおうかしら。起こさない方がいいかも。でも知念ちゃん、私の力がどうしても必要なんだって言ってた。そんなことないわ。顔を見ただけでも分かる、この子はこれからも生きていける。何かつよいものを持ってるような気がするわ。ああ、だからこそ私が話しかけても大丈夫だってこと？　知念ちゃん？　いいの？　だれもいないけど、起こしちゃうわ。そおっとね。あの、お嬢さん、冨美子さん？　あっ、起こしちゃってごめんなさい。わたし、志摩敏夫と言います。大阪から来ました。奈良にお父さんのお友達のお坊さんがいて、そのお坊さんから是非東京に行って、自分の代わりにお父さんの娘さんを見舞ってくれって頼まれたの。ごめんなさいね、こんな見知らぬおじさんが急に顔を出したりして。あ、微笑んでくれた。いいのね、冨美子ちゃん、冨美ちゃんって呼んでいい？　ちょっとだけおじさんにつきあってね。いいの、眠たければ眠ってもいいのよ。わたしの話を子守唄代わりにしてもいいのよ。そおっと話しますからね。

まずわたしの自己紹介しなくちゃね。知念ちゃんもそれだけでもかまわないからって言ってくれたのよ。あっ、知念ちゃんてのはね、お父さんのお友達のお坊さんの名前、知念坊さんって言うの。えっ？　冨美ちゃん知ってるの？　知念ちゃんのこと。そう、お父さんが話してくれたの。もうわたしとは二、三十年来の長い付き合いなの。だから知念ちゃんだなんて気軽に呼んでるけど、とってもすばらしいお坊さんなんですよ。そのお坊さんが、何でもいいからわたしの話したいことを話してくれれば、きっといいお見舞いになるって言ってくれたのよ。どういうこと？　ほんとに知念ちゃんも、罪な人よねえ。こんな変なおじさんが急に押し掛けたりしてねえ。でも良かった、冨美ちゃん、おじさん受け入れてくれそうで。おじさんはねえ、冨美ちゃん知らないかなあ、これでも昔ずいぶんテレビを賑わしてたのよ。カックンパックンカッパチョコってチョコレートの宣伝覚えてる？　あ、少し知ってるみたいね。あれ、おじさんが作ったのよ。そう、コピーライター、そしてほら、おじさんこんな具合なホモだから、みんながおもしろがって、テレビにもよく出たのよ。ずいぶんおだてられて仕事も増えて、なんだか王様になった気分で楽しかったわ、ほんの一時はね。でもやっぱりなんだかちょっぴりごまかしの世界なのよね。ほんとのところ。そういう世界があるってこと。そういう世界が多くの人たちにとっては必要でもあるってこと。みんなに興味を持ってもらって笑わせたりする世界も。でもおじさんいつまでもそういうところにいるのが嫌になったの。で、大阪であるお祭りのイベントがあって、おじさんはマジックショーで突然消えてどこかに現れる役をやらされたんだけど、そのまま消えて現れなかったの。誰かに拉致されたんだって、週刊誌でも大騒ぎだったのよ。でもほんとのところ、おじさんは雲隠れして、こっそり日本を脱出したの。マスコミが騒がない世界ならどこでも良かったけどインドに向かったわ。インドもいろんなところ。ほら、ベンガル虎とかインド象がすぐ近くを歩いてるようなずっと内陸の方。それからコーチンとかマハーバリプラムとか南インドの海の方にも行ったわ。どこもすてきなところ。結局南インドのお寺にお世話になって、そこで三年間、ヒンズー教のいろんなこと教えてもらったの。人生のいろんなことよ。あたしこれからどうやって生きていったらいいのか。ダルシャンと言って、お坊さんから教えを受けるんだけれど、お坊さん達はみんなニコニコしながら、あなたなりに生きなさいとしか言わないのよ。あとはヴェーダを唱えて、ホーマーに参加しなさい。ホーマーって言うのは仏教の護摩《ごま》、あのおまじないを書いた木切れを火の中にくべてお祈りするやつよ。そんなことだけ。

そんなことだけど、なんだか三年間やっているうちに、ああもっと居ようかなと思って、とうとう五年経っちゃった。言葉ではどうなったか、賢くなったのか、何とも言い表せないけど、はっきりしているのは、体全体がとっても軽くなったの。どこにでもふわっとこの身一つで飛んでいって、いつでもいろんなところにとけ込んでいけるような、そんな自分が見いだせたような気がしたの。だからといって楽しいことばかりできるようになったというわけではないのよ。今までになかった暗いこと、恐ろしいことも見えてくるようになったの。でもそれでも今までとは違うわたし自身が、これからも生きていいと言えるようなわたし自身が見えてきたような気もしてきたの。そしたらなんだか急に日本に帰りたくなって、戻ってきたわ。なんだかんだ言っても、やはりそこで生きて死ぬのがやっぱり我が祖国なのよね。何にもわたしに根をはる場所はなかったけど、とにかく大阪に戻って、知念ちゃんに再会したの。そしたら彼、とても喜んでくれて、わたしにヒンズーの教えのこと根掘り葉掘り聞くのよ。それで彼のお寺の近くに小さなアパートを見つけて、そこで生活しながら時折知念ちゃんのお寺を訪れて、知念ちゃんが集めてくれた人々にヨガを教えたり、ヒンズーの教えを話したりしてるの。あたし独り者だし、もうそんなにお金もいらないし、まだテレビ時代の蓄えはあるから、何とか暮らしていけるの。そろそろ何か活動しなければと思うけど。せっかくインドでいろんなこと教わってきたから。でももうテレビの世界には戻りたくないし。まだ大阪中をうろうろしているだけ。そんなおじさんなのよ。あっ、先生達が来たわ。巡回みたいね。申し訳ありません。冨美ちゃんの親戚のものですけど、のっぴきならぬ用事が出来て、今でないとお見舞いできないので面会の時間ではないけど、勝手に来てしまいました。ごめんなさい。外へ？　分かりました。では廊下で待っていますから。

何とか怒られなかったから、ここで待っていようっと。ふーっ、それにしてもわたし何しゃべってたんだろ。あの子、ずっと天井の方見てたり、眼をつむったりしてたけど、そんなにお邪魔虫じゃなかったみたいだわ。さ、先生の巡回終わったらわたしもあの子に挨拶して帰らなきゃあ。あんまり人の話聞くの辛いのよね、きっと、今のところ。でもこのまま帰ってわたし何しにきたんだろ。知念ちゃんに叱られるかも。も少し実のあること話せたじゃないかって？　いやそんなことは知念ちゃん決して言わないよ。でも知念ちゃんだったらなんて話すんだろ。冨美ちゃんに。大変な困難に出会ったけど、大丈夫、頑張れるから、これからもしっかり生きてねって言うのかしら。いや、そんなしらじらしいことは知念ちゃんは絶対言わないわ。わたしも絶対言わない。これから生きていこうが、死んでしまおうが、そんなことは誰も忠告できやしない。自殺しようとする人に、死んじゃ駄目だ、生きていかなくては！　なんてわたしには絶対言えない。人それぞれのカルマがあるんだもの。そんなことは絶対言えない。そうですか、安らかにお眠りください。さぞ今まで苦しかったことでしょう。

安らかにお眠りくださいとわたしは言うのかもしれない。人殺しと言われても。冨美ちゃんに、あなた自身のために生きていってなんてとても言えない。誰にも言えない。誰も冨美ちゃんの心の中は分からない。でも何ていうか、どういうわけか、わたしは冨美ちゃんに生きてほしいのよ。そう、冨美ちゃんのためではない、わたしのために。たった今会ったばかりのおじさんのために生きてほしい。変な言い方だけど。きざっぽいかもしれないけど。そうよ、わかったわ、知念ちゃんは、この言葉をわたしに発見してほしかったのよ、きっと。冨美ちゃんはそこまで行かないと思うけど、自殺の人を救う言葉はそれしかないの。ただただ死ぬことは悪い。生きていかなくてはという言葉は人間社会の暴力よ。そうではなくてあなたが生きていくことが、わたしが生きていくことにどうしても必要なのよと。そんなつよいエゴイズムこそ、その人を自殺から救うのよ。それしかないのよ。わたしは会ったことないけど知念ちゃんは冨美ちゃんのお父さんやお兄さんのことをよく知ってる。知ってることがもう知念ちゃんの世界と一体となっているのよ。だから私も冨美ちゃんたちと一体になりたいのよ。だからといって知念ちゃんにみんなが従っているんじゃあない。みんながそれぞれのカルマを背負っている。それぞれに善と悪のカルマを背負っている。善のカルマだけの人間なんていやしないわ。みんな悪も背負ってるのよ。だからみんながそれぞれにとても孤独なんだ。冨美ちゃんも。ある意味でみんなが悲しみの深い連鎖で繫がっているのよ。それぞれの生と死を抱えて。だからもう説明も何もいらない。あの二十数年前、一部の雑誌でも有名になった知念ちゃんと仲間達の二上山での神秘的な経験、あのときそこにいた人たちが感じた深い恐怖と畏怖と感動、ああ、わたしもいつかそんな場所に遭遇したい。でもわたしには無理かもしれない。そうだ、いつか冨美ちゃんのご家族や知念ちゃん達と一緒に二上山に登りましょうよ！　それがいい。それだけ言って帰りましょう。それだけ約束して。いつの日か一緒に登りましょうって。

もう診察終わりました？　もう帰りますからあと五分ほどよろしいでしょうか。他の親戚から頼まれた事もありますので。あ、先生、ところで冨美ちゃん、脚のほうは、そのうち義足をつけて歩けるようになるのでしょうか。そう、まだ分からないんですね。冨美ちゃんの体全体のことをもっと調べなければならない、それにこれからの長いリハビリの結果にもよるということですね。分かりました、ご苦労様です。これからも冨美ちゃんのことよろしくお願いします。

冨美ちゃん、さっきのおじさんです。ごめんなさいね、もう帰ります。今ちょっと先生とお話ししたんだけど、しっかりリハビリすれば、大丈夫歩けるようになるって。そしたらね、知念坊さんが住んでいるお寺のすぐ目の前に二上山という小高い山があるの。あっ、知ってる？　冨美ちゃんも？　お兄ちゃんとそのうち登ろうということだったの？　わっ、すばらしい。ならなおさらのことよ！　そのときおじさんも一緒に登ってもいい？　あのね、昔、そのお坊さんがね、お友達と一緒に登ったとき頂上でとても神秘的なものをみんなと見たんだって、夜中だったけれど満天の星がみんなに降り注いでくるような。ほんとよ、だからわたしも見てみたいの。そう、昼間登って、お寺で休んで、また夜登りましょうよ。うん、決まり。それまでトレーニングしっかりやっといてよ。約束だよ。おじさん忘れないからね。オーケーなんだね。そうなずいてくれた。わたしのためにうなずいてくれた。ありがとう。それでいいのよ。ご家族の方は。そう、お母さんは看病で疲れたので、もうじき二番目のお兄ちゃんが来てくれるの？　いいわね、いいご家族がいて。では帰ります。わたしが伺ったことは、ご家族の方には知念ちゃんを通じてお父さんかお兄さんに報告します。そうしないと怖いおじさんが冨美ちゃんに変なことしてたって大騒ぎになるもんね。あたし、冨美ちゃんの親戚だなんて嘘ついちゃったから。でもよかった、冨美ちゃんに会えて。あ、いいのよ、体起こさなくとも。そのままで。さようなら。

4、冨美子の決意

四月十一日の朝、冨美子の病室に朝日が差し込む。冨美子の様態を確認したあと、看護婦は窓を少し開け、彼女の顔に日が当たらないようにカーテンを半分閉めて出て行く。

〈常磐冨美子〉

風が気持ちいい。光がちらちらして。光、万人に向かって光を放つものは何なのだろう。そしてあの時の暗黒の中の光の土手、あれは何なの。暗いトンネルのようなものを抜け出て、光の土手、土手を越えたのかしら。その先のわたしはどうしたんだろう。あの暗闇と光ははっきり覚えている。でもそれだけだ。もう思い出すのはよそう。昨日来てくれたおじさん、お父さんと同じくらいの歳に見えたけど、カラフルな服装で面白い人。二上山、一緒に登ろって。あたしがうなずいた時のおじさんのほんとにうれしそうな顔。でもまだ分からないんだよ、おじさん。ほんとに登れるかどうか。あたし。ウンチとかおしっこも自分で出来るようになるのかしら。こんなになってしまって、どうしよう。ああ、また涙が湧いてきた。お父さん、お母さん、冨美子、こんなふうになってしまったけど、今までが本当にしあわせすぎたのよね。だから神様が試練を与えてくれたのよね。でも、何故こんな形で？　ああ、また泣いてしまう。よせ、よせ。大丈夫よ、お父さん、お母さん。冨美子は大丈夫。大阪から来てくれたおじさんもリハビリすれば大丈夫だと言ってくれた。あのおじさん、お医者さんよりも信用したいなあ。あたしもインドに行きたい。ベンガル虎やインド象が見たい。インドの海が見たい。だから、リハビリをして、ちゃんと自分で生活できるようにして、そして迷惑をかけたみんなに恩返しをしなくっちゃ。あっちゃんとよっこちゃん、ごめんね。ヨーロッパ旅行キャンセルさせちゃって。二人で行けば良かったのに。でもそのうち三人で行こうよ。楽しみにしといてよ。冨美子これからやることいっぱいあるんだ。ほんとにいっぱいありすぎる。でもどこまで出来るのかな。ああ、また泣いちゃった。泣いてもいいんだよ。泣いて頑張ってきたんだもの。冨美子は昔から甘えん坊の冨美子、泣き虫冨美子。もうあまり考えない。看護婦さんが窓を開けてくれたからほんとに風が心地いい。なんだか疲れちゃった。眠れるかも。そうだ、もう何も考えない方がいい。だからね、皆さんお休み。大丈夫よ、冨美子は。少しばかり大丈夫じゃないけど。お父さん、お母さん。お休み。

第2話

第1章　満作と次長、そしておかみ

1、満作の職場

渋谷の建設会社の営業部で平成十六年九月十三日の夜、常磐満作は課員が引き払った部屋に一人居残っている。夕方から始まった部長会議が終了するまで課長職以上は待機するよう総務から指示があったためである。満作の次女富美子が事故にあってから半年が過ぎた。富美子を轢いた高校教師は、自分はまだ青色から黄色の信号に変わる直前に横断歩道に進入したという主張を崩さない。この間満作は休みをとって警察に足繁く通うが、検察の起訴手続きも進んでいない。

〈常磐満作〉
おう、もうこんな時間になる。くそっ、部長連中は何やってんだ。どうせリストラか合併の話だろ。会議は踊る。連中に結論出せる能のあるやつはおらん。アーあ、このがらんとした部屋に俺一人。この空虚感。なんてこった。俺が冨美子の事故で休みとって警察なんぞに行ったり来たりしとる間に、多恵子のやつ、橘とずいぶん付き合いが増えたみたいだ。それにしてもどういうことだ、冨美子に取り返しのつかない大怪我をさせたというのに、検察はまだ起訴しないのか。どういうこった。目撃者が二人もいるじゃないか。二人とも冨美子の友達で、瞬時に冨美子に眼がいっただけだって？　そんなことあるもんか、冨美子のすぐ上に信号は見えたはずじゃないか。馬鹿たれども！　不憫な娘をどうしてくれる。やっと退院できたが、まだ義足はつけられそうもないじゃないか。とにかくこの問題に決着がつかんことには。そのくせ俺は相変わらず多恵のことでどうにもならん。このまま橘と行くところまで行くのか？　そんな！　あんなやつに。

〈営業部次長〉

やあ、常磐課長、お待たせ！　ようやく終わった。一年後の合併が決まったよ。合併というか、実際は吸収だな、我が社が八千代建設という大手建設会社に吸収されるいうわけだ。我が社の今までの負債を肩代わりしてくれる代わりに、我々が開拓した顧客層や販売のノウハウを全部持っていかれるいうわけさ。そういうわけで我々の処遇なんぞ闇の中。社長は名目上の副社長に納まるようだが、後は大手にとって使い物になる有能な若い社員が抜擢されるようなもんで、我々はかやの外かもしれんなあ。一年後と言っても法的な手続きなどでそれくらいかかるらしいが、合併に向けた実際の作業はもう明日から始めんといかん。それでだが、課長から明日課員に話しておいてほしい。一年後の選択肢は三つあるということ。一つは、そのまま合併後の八千代建設に居続けるいうこと。事実上の吸収だから、昇進どころか、どこでどんな具合に降格されるか分かったもんじゃない。八千代さんは全国に支店があるから、どこか遠くに飛ばされたり、関連会社に派遣されるのかもしれん。まあみんなも多かれ少なかれ覚悟はしとるだろうが、甘い期待は出来んいうことだ。二つ目はこの際、退職してしまうということ。もちろん退職金はそれなりの年数に応じて支払う。後は自分で第二の人生を探すことだ。そして三つ目は、一応退職はするが、合併後の会社とは年ごとの契約社員になるという方法だ。これは八千代さんからの提案で、当面退職金はある計算方法で半分くらいしか出ない、もちろん後の半分は契約社員さえもやめた時に支払われる。契約社員だから正規職員と違って福利厚生面などで待遇は違うだろうが、かえって自由な面もあるかもしれん。この三つを課員に説明してもらって、一ヶ月後には課員全ての意向を私に報告してほしい。課長の分？　もちろん。あんたもだ。まだ子供さん大学？　あ、この前は娘さん、えらい事故にあって、大変だったたね。その後どう？　そう、退院したんだ。我々役職は使い物にならんから退職勧奨があるかもしれんが、それでもまだ物入りの頃だからなあ。なかなか今、退職というわけにも。だが今のところはどれも強制はできんと社長も言うておられる。そういうわけで課長の分も含めて来月中に取りまとめてほしい。八千代さんも早めに我が社の職員の意向をつかみたいらしい。急な話だが、社長直々のお達しだからな。こんなことになってみんなには申し訳ない、迷惑をかけると言っておいでだが、出来るだけみんなに不憫な思いをさせないよう図りたいとおっしゃっていた。それでも部長連中は戦々恐々だよ。ほとんど退職を選ぶだろうがね。先は見通せないが、まあこうなったら仕方がない。ではこれで失礼するよ。じっくり考えて結論を出してほしい。

〈常磐満作〉

おいでなすったか。俺が冨美子のことで仕事にかまいきれん間に、合併の話がずいぶん加速したもんだ。へん！　昇進どころか降格されるかもしれん？　次長、お前はどうなんだ。うわさでは合併後も部長と一緒にそれなりのポストに納まるらしいじゃないか。お前の顔を見てよう分かる。まあ、お前等のことはどうでもいい。それよか多恵子だ。橘等と一緒に合併後の会社に居続けるんやろなあ。辞める理由はないもんなあ。それで俺はどうする。退職？　年金までまだ後三、四年。年金とて二十万もらえんだろ。まだ冨美子や佐久平の大学もある。

退職金とて家のローンなんかを返済したらいくら残る？　働きとうはないが、もうちょい八千代に厄介になるしかない。それこそ若い橘らの下で働かされるかもしれん。金さえもらえばいいと割り切ってはいても、ほんまに情けないサラリーマンやなあ。まあいい、なんとか多恵子ともどこかでつながっとれば俺の生活も何とかなるわい。今退職したら多恵との関係もぷっつりだからな。しかしほんとのところは、もう働きとうないわ。そうや、冨美子のことが一段落したら、大阪いこ。知念坊に会って、久しぶりにとことん話そう。とことんいうわけいかんか。あいつしゃべれんからの。まあいい。筆談でもいい。とにかくいろいろとあいつの考えが聞きたい。

2、居酒屋で

〈常磐満作〉

うん、行き着くところはこういうもんさ、俺のようなしがないサラリーマンは。どうするかって？　どうもこうも、給料減ろうが、どこ飛ばされようが、今辞めるわけにはいかん。冨美子のこともあるしな。それよかおかみ、あんた最近体の具合どうなんや。愛ちゃんが、おかはん、朝方なかなか起き上がれへん言うとったが。えっ？　関節がこわばってどうしようもないんけ。寒くなるといけんけ。朝晩涼しくなったからか。まあ、無理せんことや。愛ちゃんもあんたに似てきて、店もよう切り盛りしとるわ。どや、圭ちゃんと一緒にさせたら？　出戻りの子連れ娘にそれどころではない？　そんなこたない。これからの店のこと考えるんなら、選択の一つやんか。あんただっていつまで体が持つ訳ないし。いらんお世話だって？　いやまあ、元気なうちはいいがな。俺も最近朝方中指がこわばって動かんことがある。体の衰えがどっかに忍び寄るのかもしれんしな。酔っぱらって寝相が悪いだけだって？　そんなもんかなあ。富美子？　やっと退院してな。まあ病院と行ったり来たりやが、もうじっとしていて痛みが襲ってくることはないみたいだ。それだけでもありがたいわ。あの子がきつさをこらえていたのはよう分かる。これから本格的なリハビリが始まるみたいや。義足もなんとかつけられそうやし。大変や。轢いた男のやつ？　どうにも先へは進まん。孝雄の友達に弁護士がおるんで、いろいろ相談しとるらしい。親父にいつまでもまかしておいても埒《らち》が明かんから、あいつが友人から知恵借りてなんとかする言うとったが。近々警察にいって、周辺の状況を洗いざらいさせるらしい。近くにはないが、どこか防犯カメラはあるらしいからな。事故に関係あるもんが映っとるかもしれん。そんなもん、こっちがしつこく言わんと警察も動かんらしい。そやな、俺みたいに感情的になっても先へは進まん。当分息子に任すよ。俺も疲れたよ。ここんところ、多恵にもそっぽむかれるしな。うん、冨美子の事故があってから、哀れんどるのか、面倒くさいのか知らんが、とんと仕事以外のことでは話しかけてくれん。

〈居酒屋のおかみ〉

馬鹿だねえ、あんたは。なんで彼女が仕事以外のことであんたと話さにゃならんのさ。課長さんのネクタイ素敵ね、とか、今夜はお暇？　とか言ってもらいたいのか。これだから男は！　女の方こそ待つもんなんだよ。ちっとくらい拒否されても、少々傷ついても、自分を犠牲にしても真剣に向かってくる男に女は賭けてみる気持ちになる。何もせんでええことばかり期待する男なんぞ、女はこれっぽっちも惹かれないね。それどころか、今回の冨美ちゃんの事故で、その多恵ちゃんとやらは、冨美ちゃんに嫉妬してんのよ。娘さんに嫉妬してんのよ。こりゃあかん。この人家族を捨てて私んところくることできんとね。満ちゃん、あんた見透かされてんのさ。まあ、いいころあいださ。冨美ちゃんがなんとか独り立ちするまで、あんた、変なこと考えるんじゃないよ。えっ？　まだ加害者をとっちめる？　そんなの息子さんに任しとき。愛子のことも心配してくれるのはありがたいけどね。圭ちゃんもこんな店で終わってしまうなんて、しょうがないよ。人はいいんだけどね、愛子とはねえ……。あの子にしても相手を選べる立場じゃないけどね。まあ、まだ今のままでいいよ。その分私もまだがんばるよ。

〈常磐満作〉

そうだなあ、みんなそれぞれいろいろあるんだよなあ。冨美子はな、義足をつけるの、いやがっとるんや。太ももまで切り落とされたから義足をつけても踏ん張りがきかんのや。腰までギブスのようなもんをはめんといかんらしい。そんなことするよりもう松葉杖で十分や、言うとった。それでもなあ、義足でなんとか歩けるようしてやりたいんやが。これはかりはなあ。それに何となくあいつ変わってきたんや。なんか、今までのような子供やないいう感じがするんや。なんやどっか俺からも遠いとこ行ってしまうような気がしてな。どういうこっちゃろ。それに多恵のことはおかみ、あんたの言う通りや。家族をおっ放り出して、多恵をひっさらっていけば、すべては変わるんやろが。地獄へ堕ちようとなんであろうとな。それを冨美子の事故は俺から阻んだ。いや、冨美子の事故がなくとも、そこまで行けたかどうか。行けんとしたら、あきらめるしかないか。いやそんなもんじゃない。人間いうもんは、お互い様々なしがらみがあったとしても、それぞれ心の中で戦っとる。お互い何かがあるからまだ繋がっとる。だが先へは進まん。そしてそのうち、何にも未練のなくなるジジイとババアに成り果てて、この世をおさらばしてしまう。そうと分かっていてもなあ、おかみ、人間まだ欲求の絶えん間は、未練がましくまさかの期待を持って生きていくんよ。意地汚いもんだよ、人間いうもんは。どうしようもないんや、人間いうもんはな。自分の力じゃあ。ほんまに……。しかしまあ、会社の将来もこれまでやし、少し長期休暇とってどっかで静養してくるか。海外？　いやとんでもない。大阪だよ。大阪というか、あんたにも話しただろ、例の二上山の麓で、坊さんやっとる知念坊や。そいつの寺で一週間くらい精進してくるか。おっ、おかみ、笑っとるな。

第2章　知念坊と孝雄の往復書簡

1、孝雄から知念坊へ

ご無沙汰しています。九月に入ってもまだまだ日中は暑い日が続いていますが、お変わりありませんか。妹冨美子の事故の際は、いろいろと気を使っていただきありがとうございました。知念様のご依頼を受けたご友人の志摩様が冨美子を見舞っていただいた件では、とりあえず電話にてお礼をさせていただきましたが、おかげさまで先般、冨美子は退院することができ、その後も順調に回復してきており、私が帰省すると、時折志摩様や知念様のことを自ら話題にして、笑顔を見せるようになりました。知念様や志摩様の一連のご配慮に対しては、両親を始め我々家族一同、心から感謝しております。冨美子は皆さんと二上山に登る日のことを密かに考えてもいるようで、私に知念様のお寺やその周辺のことを聞くようになりました。まだまだ言葉数は少ないのですが、自分のほうから家族にしゃべるようになったことで、両親もようやく安堵しているようです。ただなんというか、父も言っておりましたが、何となく家族に対しても、以前と違って少しよそよそしい冨美子なのです。事故であれだけ身体に不具合が生じたので、やむを得ないことだとは思うのですが。以前の、いい意味での、我々を微笑ませる末っ子らしさ、子供っぽさが急に消えて大人になったような、というかどこか遠くを見据えるような、うつろなまなざしを見せるようになったような気もするのです。これからの自分の前途を思うと、やむを得ないことなのかもしれません。左足は腿まで切断したので、義足をつけるにも腰を覆うような特殊なものでないと難しいようです。ただ、事故が起こったことと、それが自分に取り返しもつかない災難を与えたことに関しては、意外なほどさっぱりとしていて、自分なりに心の中で区切りをつけてしまったような様子なのです。

実は、父が事故のことで少し感情的になって、加害者側や警察なども困惑しているようなので、父の了解を得て私が相手側や警察との窓口になることになりました。私の友人で弁護士をやっている男がいますのでいろいろとアドバイスを受けました。父が騒ぎ立てるような危険運転致死傷罪などの重過失の罪はなかなか認められないということで、地道な証拠固めをして一般的な過失致死傷罪に持っていくべきだとのことでした。友人は広域道路のあちこちに設置された監視カメラの活用を提案しました。すると現場からは少し離れていますが二カ所のカメラに加害者の車と別の信号が映っており、そこから現場直前までのスピードと事故当時の現場の信号を割り出すことが出来たのです。友人の警察との粘り強い交渉には頭が下がります。おそらく近々検察も自動車運転過失致死傷罪で加害者を起訴することでしょう。そこらあたりについてはまだ父にも話していないのですが、冨美子にはやんわりと話してみたのです。ところが意外にも彼女は、その人大丈夫かしら、と加害者を慮《おもんぱか》るようなことを言うのです。もちろんこの話で彼女が喜んだり、安堵したりすることはないとは思っていましたが意外でした。それよりも私は何故いっとう最初に、冨美子に起訴に至るであろう経過を話したのだろうかと考えてみました。思うにこの事故に関しては、何よりも冨美子自身の考えに基づいて今後処理していかなければならないんだというような感覚、そんなものが私の心に芽生えてきたからなのです。それはとりもなおさず事故後の冨美子の変貌に影響されてのことなのです。うまく言えませんが、この事故については冨美子の考えがいっとう尊重されるべきだということなのです。この事故の証拠を父に話したら、父は歓喜すると同時に、ますます騒いで加害者側に対して強気に出ることでしょう。娘の一生を台無しにした。今度は損害賠償だと。しかし私はまだ検察が起訴するまでは父には伏せておいて、あくまでも冨美子の納得する方向でこの事件を処理していきたいと思っています。

さて私の学校生活ですが、ようやくこの高校における私の立場というか、位置も落ち着いてきました。つまりある程度私に反感を持つ同僚や上司、問題のある教師だと訴える少数の父兄達、そういうのがだんだん見えてくると、かえって開き直るというか、自由に振る舞えるようになるものですね。例の山本一馬という生徒も、その後も何かと問題は起こしますが、私のように自分に対する周囲の一定の評価に開き直ったというか、最近は少し落ち着いてきた感じがします。最近、彼が出している学級新聞で、全校生徒にアンケートをとって、その結果が学校でも大変話題になりました。アンケートの内容は一馬が考えたものです。五十年後に地球に巨大化した彗星がぶつかり、地球上の生物は全て破滅することが、科学的な分析の結果判明し、宇宙船で人間が生息可能な惑星を求めて地球を脱出しなければならない。ところが世界中の知力、財力を結集した宇宙船には一万名しか乗船できない。その一万名はどうやって選出するのかというものです。選択肢は、①国連総会で各国が選抜した中から、知力体力ともに優秀な若い男女を選ぶ。②一万名を各国の人口比で配分して、その選抜方法は各国に任す。③一万名を各国の人口比で配分して、その選抜方法は、国連が厳密に規定したくじ引きを各国の三歳以上の全人口で実施して選ぶ。④五十年後に一万名を乗せる宇宙船が製造可能だとしても、それが宇宙を漂い何年かかって地球のような惑星を見つけることが出来るのか皆目分からんではないか。なら、百億円出しても少しでも長生きしたい人間を世界中から募集すれば良い。一万人以上集まるだろうから、その場合はくじ引き。地球に残った連中で集まった金は使う。⑤その他の考え（自由記載）、以上です。なかなか面白いでしょ。

このアンケートビラを全校生徒に配って、回収した結果は、①が四〇%、②が二〇%、③が二%、④が一〇%と言う結果でした。新聞に出た一馬の評価が面白いのです。①は表向きかっこいいが、各国の利害が絡んでそれを国連が調整できるはずがない。②は選抜としては可能だが、おそらく各国は①と同様に知力体力ともに優秀な人材を選ぼうとして、その基準や方法に苦慮し、そのために暴動さえ起こるだろう。④は、戯画としては面白い。だが正しいと思われるのは意外と③番！　最初からのくじ引きには誰も異存はないはず。当たったら運が良いと思うだけ。それと大事なのは、そこでは様々な人間が選ばれるということ。頭のいいやつ、体力しか能のない若者、かわいいお姉ちゃん、どうしようもないブス、死にかけた老人、食い意地のはったおばさん、統率力のある男、実行力のない中年男等々。皆さんどうですか？　これじゃあ統率がとれない？　いやそんなことはない。これが人間社会というものです。人間が社会として宇宙に拡張していくのなら、優秀人間ばっかりじゃあ駄目なんだ。等々。こんな記事をあいつは書き上げたのです。休み時間に全教室をまわったビラ配りから、回収袋を廊下の至る所に画鋲で留めて、どうやら一人でこなしたみたいです。もちろん許可なくこんなことをするやつはけしからん、指導している教師は誰なんだと、一部の先生達は大騒ぎです。ところで、知念様だったらこのアンケートどう答えられますか。私も一馬と同じようにちょっぴり悪ふざけがしたくなって、こんなに長々と書いてしまいました。

母の話によると、父の会社はどこか大手に吸収されてしまうそうです。まだ退職するには早いが、会社の隅っこに追いやられそうだとのことで、この際思い切って一週間くらい休みをとって昔なじんだ大阪をぶらついてみたい。知念様のお寺にも寄って見たいと言っていました。父も富美子のことで最近やせ細ってきました。旅行は良い休養になるかと思います。その際はよろしくお願いいします。
お寺ではお彼岸等秋の行事でお忙しくなりますね。どうか体に気をつけてお過ごしください。私も時間がとれたら、あらためてお礼かたがたお伺いしたいと思っております。

常磐孝雄

平成十六年九月十八日
知念坊　様

２、知念坊から孝雄へ

お手紙楽しく拝見しました。何よりも妹さんのご退院おめでとうございます。以前とお変わりになったということですが、そんなことはありません。あのようなご不幸の後には、心の整理にも時間を要します。今それを一生懸命やっておられる。お見舞いに伺った志摩さんからも妹さんのことはよく聴きました。大丈夫です。もとの愛らしいあなた方の妹さんはきっと戻ってきますよ。ただ、あなたのおっしゃるように、時間をかけてじっと見守ってあげることも大切です。冨美ちゃんは、（志摩さんがあなたの妹さんのことをいつもそう呼びます。皆さんのお話から彼女のイメージが私にも親しいものとなっていますので、私もそうさせていただきます。）今、自分に起こった出来事の意味を自分なりにつかみとろうとしているのです。事故は偶然だった、不運な巡り合わせだったと言ってすますことは出来るのでしょうか。もちろん、何故相手は自分にぶつかってきたのか、何故自分は不幸にもそこへ居合わせたのかといった、不満、悲しみ、相手への憤り、怒り、不運に対する嘆きの感情は誰にでもあることでしょう。しかし私は冨美ちゃんがいつまでもそんなことにこだわっているとは思いません。冨美ちゃんは今そんな悲しみを通り越して、この自分だけに遭遇した運命の意味を一生懸命考えようとしているのです。うまく表現できませんが、今冨美ちゃんは、これからどうやって生きていくべきなのか、この運命に遭遇した自分が自分なりに普通に家族や友人や社会の人々とこれから一緒にどうやって生きていくべきなのかを考えているのです。そこには本人でなければ分からない考え方の道筋があると思います。冨美ちゃんは決して事故を原因と結果の因果関係だけですましてしまうのではなく、事故が自分に遭遇したことの意味を、これから生きようとする自分と照らし合わせながら、懸命に探ろうとしているのです。探り出そうとするものが感覚的なものなのか、あるいは何らかの言葉なのか、それはよく分かりません。それでも冨美ちゃんは時間をかけてそのようなものを探そうとしているのです。冨美ちゃんにはその力、能力があるのです。それを志摩さんや私は感じ取っています。あなたが事故の捜査状況をまず冨美ちゃんに話したのも、あなた自身もそのような妹の静かな戦いを肌で感じているからだと思います。ああ、私も冨美ちゃんに会いたいですね。一緒に二上山に登る日を楽しみにしています。

それから、一馬君のアンケート、なかなか面白い。私にも答えろと言うのですか。いやこれは慎重に答えないと、私も一馬君からからかわれちゃいますね。一馬君の答えもなかなかのものです。つまり一万人の選抜者が各国の人口比に応じてくじ引きで選ばれるということは、まず選ばれなかったものもあきらめがつくということと、結果的に多様な人間が選ばれるということですよね。人間社会は老若男女、貴賤、強者弱者、知者愚者を問わず、様々な人間が入り交じることによってその生命力というか、メタボリズムを維持してきたということでしょうか。そういう選び方でなければ、宇宙船の中の社会は、それこそ人類が生息できる新たな惑星を見いだす前に、宇宙船の中で崩壊してしまうかも知れません。様々な人間の雑多性、多様性が人間社会維持の鍵だという考えはある意味で正しいと思います。

私がアンケートの問いを知った時、すぐに思ったことが二つあります。一つは一万人という地球の人口に比べたら微々たる人数が壊滅する地球を脱出する理由は何なのか。科学的には一万人でも脱出できるのだから、そうすべきだというのでしょうか。たった一万人ですよ。それならそういう計画はやめて五十年後には全ての人類は消滅するという前提で今後の五十年間をどう生き続けるのかということの方が大切でしょう。それでも一万人を宇宙に送り出す意味があるとしたら、何でしょうか。人類を破滅させない可能性がある限り、宇宙のどこかに人類の痕跡を残していくべきだというのでしょうか。それは表向き人類の英知として麗《うるわ》しき考えですが、ほとんどの個々の人間にとっては、そんなことより破滅する地球に残る可能性の方が大きい自分たちが後五十年をこの地球上でどう生きていけるのかということの方が切実でしょう。もっとも多くの人々は五十年後は存在しないか高齢に達しているでしょうが。

それともう一つ考えたことは、一馬君のような想定が実際起こったとするのなら、それは人類史上画期的な事件だということです。つまり、地球外の出来事で人類の運命が決まるという事態は今までの人類の生活パタン、人間の様々な社会的関係を圧倒的に変えてしまう事態だということです。後五十年で人類が破滅するのです。それが分かれば、国家間の争い、国家間の政治的、経済的ゲームは意味をなさなくなります。人々の生活パタンも変わることでしょう。個人の死だけではなく人類の死という問題に直面するからです。そのとき、国連は史上初めて全人類的な問題の調整の場となりうることでしょう。早速一年目から国連では地球上での人類の消滅と、選ばれしものの地球脱出について議論を始めることでしょう。もはや国家間の利害は問題ではないのです。各国の英知が結集されて、宇宙を漂い続ける困難に堪える優秀な男女の選抜について議論を重ねていくことでしょう。そうなるとしたら、私の回答は①となります。生徒さんのうち一番多い回答を私も選びました。ポイントは、五十年後に地球は消滅すると言う事実が分かった時点で、私たちの生活パタンや世界の枠組みは変わってくるということ、国民や民族と言う言葉は意味をなさなくなり、我々は全人類になる、そして全人類になるということは、やはり優れた人材を宇宙に送り込むということではないでしょうか。

いやこれを一馬君が聴いたら、一笑に付されてしまうかもしれません。ただ一馬君が五十年という設定をしたところがみそなんでしょうか。これがもっと短くて二十年だとか、もっと長くて百年であったなら、また回答は変わってくるのでしょう。とにかくこのようなアンケートを一人で考えだして実行するというのは、大したものです。人類社会は雑多な人間の存在によって社会としての生命力を維持していくというのも感心させられる考え方です。てごわい生徒さんですよ。
さて、お父さんのことですが、お父さんから佐知世おばさんに電話があって、近いうちに私どもの寺へおいでいただけると連絡がありました。冨美ちゃんの事故では、ご家族のみなさまのご心労は並大抵のことではなかったことでしょう。私どももお父さんがこちらでゆっくり静養できるよう出来るだけのことはさせてもらいます。私も久しぶりに会うのを楽しみにしています。

知念愚坊

平成十六年九月三十日
常磐孝雄　様

3、孝雄から知念坊へ

お手紙ありがとうございます。冨美子に対する心温まるお気遣いには重ねて感謝申し上げます。つい先日、実家に帰り、冨美子に、二上山に一緒に登る日を知念様や志摩様など皆さ

郵便はがき

料金受取人払
諏訪支店承認
1

差出有効期間
令和 3年10月
20日まで有効

392-8790

〔受取人〕

長野県諏訪市四賀229-1

鳥影社編集室

愛読者係 行

ご住所	〒 □□□-□□□□
(フリガナ) お名前	
お電話番号	(　　　　) 　　　-
ご職業・勤務先・学校名	
eメールアドレス	
お買い上げになった書店名	

鳥影社愛読者カード

このカードは出版の参考にさせていただきますので、皆様のご意見・ご感想をお聞かせください。

書名	

① 本書を何でお知りになりましたか？

i．書店で
ii．広告で（　　　　　　　　　　　）
iii．書評で（　　　　　　　　　　　）
iv．人にすすめられて
v．DMで
vi．その他（　　　　　　　　　　）

② 本書・著者へご意見・感想などお聞かせ下さい。

③ 最近読んで、よかったと思う本を教えてください。

④ 現在、どんな作家に興味をおもちですか？

⑤ 現在、ご購読されている新聞・雑誌名

⑥ 今後、どのような本をお読みになりたいですか？

◇購入申込書◇

書名　　　　　　　　¥　　　　　（　　）部

書名　　　　　　　　¥　　　　　（　　）部

書名　　　　　　　　¥　　　　　（　　）部

鳥影社出版案内

2021

イラスト／奥村かよこ

choeisha
文藝・学術出版 鳥影社
〒160-0023 東京都新宿区西新宿 3-5-12 トーカン新宿 7F
TEL 03-5948-6470 FAX 03-5948-6471（東京営業所）
〒392-0012 長野県諏訪市四賀 229-1（本社・編集室）
TEL 0266-53-2903 FAX 0266-58-6771 郵便振替 00190-6-88230
ホームページ www.choeisha.com メール order@choeisha.com

お求めはお近くの書店または弊社（03-5948-6470）へ
弊社への注文は 1 冊から送料無料にてお届けいたします

＊新刊・話題作

永田キング
澤田隆治（朝日新聞ほかで紹介）

今では誰も知らない幻の芸人の人物像に、放送界の名プロデューサーが長年の資料収集と関係者への取材を元に迫る。　2800円

空白の絵本
―語り部の少年たち―
司　修（東京新聞、週刊新潮ほかで紹介）

広島への原爆投下による孤児、そして「幽霊戸籍」。NHKドラマとして放映された作品を小説として新たに描く。　1700円

出　来　事
吉村萬壱（朝日新聞・時事通信ほかで紹介）

季刊文科62～77号連載「転落」の単行本化
芥川賞作家・吉村萬壱が放つ、不穏なるホンモノとニセモノの世界。　1700円

5Gストップ！
古庄弘枝
電磁波過敏症患者たちの訴え＆
彼らに学ぶ電磁放射線から身を守る方法

5Gストップ！シリーズ第二弾。長周新聞に7回にわたり連載された電磁放射線過敏症患者たちの訴えをまとめた冊子。　500円

「血液型と性格」の新事実
AIと30万人のデータが出した驚きの結論（二刷出来）
金澤正由樹

スポーツ、政治、カルチャー、恋愛など、様々なシーンのデータを分析。血液型と性格の真新しい事実が、徐々に明らかに！　1500円

図解　精神療法
日本の臨床現場で専門医が創る
広岡清伸

心の病の発症過程から回復過程、最新の精神療法を、医師自らが手がけたイラストとともに解説する。A4カラー・460頁。　12000円

オートバイ地球ひとり旅
松尾清晴　アフリカ編（全七巻予定）

19年をかけ140ヵ国、39万キロをたったひとりで冒険・走破したライダーの記録。本書では命懸けのサハラ砂漠突破に挑む。　1600円

親子の手帖
鳥羽和久（四刷出来）

現代の「寺子屋」を運営する著者による、親と子の幸せの探し方。現代の頼りない親子達が幸せを見つけるための教科書。　1200円

5G（第5世代移動通信システム）から身を守る　古庄弘枝
商用サービスが始まった5G。その実態を検証し、危険性に警鐘を鳴らす。　500円

香害から身を守る　古庄弘枝
よかれと思ってつけるその香りが隣人を苦しめ大気を汚染している。「香害」です。　500円

老兵は死なず　マッカーサーの生涯　林義勝他訳
生まれから大統領選挑戦にいたる知られざる全貌の決定版・1200頁。　5800円

愛知ふるさと素描　河村アキラ
『名古屋ふるさと素描』に、新たに40枚を追加。愛知県内各地に残されたニッポンの消えゆく庶民の原風景を描く。1800円

純文学宣言
季刊文科25～85（61より各1500円）
〈編集委員〉伊藤氏貴、勝又浩、佐藤洋二郎
富岡幸一郎、中沢けい、松本徹、津村節子
【文学の本質を次世代に伝え、かつ純文学の孤塁を守りつつ、文学の復権を目指す文芸誌】

新訳金瓶梅（全三巻予定）

田中智行訳（朝日・中日新聞他で紹介）

三国志などと並び四大奇書の一つとされる金瓶梅。そのイメージを刷新する翻訳に挑んだ意欲作。詳細な訳註も。　3500円

アルザスワイン街道

—お気に入りの蔵をめぐる旅—

森本育子（2刷）

アルザスを知らないなんて！　フランスの魅力はなんといっても豊かな地方のバリエーションにつきる。　1800円

小鬼の市とその他の詩

クリスティナ・ロセッティ詩集　滝口智子訳

表題作他、生と死の喜びと痛みをうたう19世紀英国詩人のみずみずしい第一詩集、完訳。　2200円

血液型と宗教

前川輝光

長年宗教を研究してきた著者による、ABO式血液型と宗教の関連性を探る壮大な研究書。　1800円

ピエールとリュス

ロマン・ロラン／三木原浩史 訳

1918年パリ。ドイツ軍の空爆の下でめぐりあった二人。ロラン作品のなかでも、今なお、愛され続ける名作の新訳と解説。　1600円

低線量放射線の脅威

J・グールド、B・ゴールドマン／今井清一・今井良一訳

低線量放射線と心疾患、ガン、感染症による死亡率がどのようにかかわるのかを膨大なデータをもとに明らかにする。　1900円

ドリーム・マシーン

悪名高きV-22オスプレイの知られざる歴史

リチャード・ウィッテル／影本賢治 訳

これを読まずにV-22オスプレイは語れない！陸上自衛隊に配備されたオスプレイの知っておくべき歴史的事実。　3200円

フランス・イタリア紀行

トバイアス・スモレット／根岸 彰 訳

十八世紀欧州社会と当時のグランドツアーの実態を描き、米国旅行誌が史上最良の旅行書の一冊に選定。発刊から250年、待望の完訳。　2800円

ヨーゼフ・ロート小説集

平田達治
佐藤康彦 訳

第一巻　優等生、バルバラ、立身出世
サヴォイホテル、曇った鏡 他

第二巻　ヨブ・ある平凡な男のロマン
タラバス・この世の客

第三巻　殺人者の告白、偽りの分銅・計量検査官の物語、美の勝利

第四巻　皇帝廟、千二夜物語、レヴィアタン（珊瑚商人譚）

別　巻　ラデツキー行進曲（2600円）

四六判・上製／平均480頁　3700円

ローベルト・ヴァルザー作品集

カフカ、ベンヤミン、ムージルから現代作家にいたるまで大きな影響をあたえる。

新本史斉／若林恵／F・ヒンターエーダー＝エムデ 訳

1　タンナー兄弟姉妹

2　助手

3　長編小説と散文集

4　散文小品集Ⅰ

5　盗賊／散文小品集Ⅱ

四六判、上製／各巻2600円

詩人の生　新本史斉訳（1700円）

絵画の前　若林恵訳（1700円）

微笑む言葉、舞い落ちる散文　新本史斉著
ローベルト・ヴァルザー論（2200円）

＊歴史

大動乱の中国近現代史 対日欧米関係と愛国主義教育
松岡祥治郎

アヘン戦争から習近平体制に至るまで、大動乱を経て急成長した近代中国の正と負の歴史を克明に描く。 2800円

一五〇年前のIT革命 岩倉使節団のニューメディア体験
松田裕之

「身にして二生」を体験する現代人必読の一冊。AI時代を生き抜くヒントがここにある! 1550円

桃山の美濃古陶 古田織部の美
西村克也／久野治

古田織部の指導で誕生した美濃古陶の未発表の伝世作品の逸品約90点をカラーで紹介。桃山茶陶歴史年表、茶人列伝も収録。 3600円

五島列島沖合に海没処分された潜水艦24艦の全貌 浦環 （二刷出来）

日本船舶海洋工学会賞受賞。実物から受けるオーラは、記念碑から受けるオーラとは違う。実物を見よう! 2800円

新渡戸稲造 人格論と社会観
谷口稔

多岐にわたる活動を続けた彼の人格論をベースに農業思想・植民思想・教育思を論じ、思想の解明と人物像に迫る。 2200円

幕末の長州藩 西洋兵学と近代化
郡司健

海防・藩経営及び会計的側面を活写。西洋の産業革命に対し伝統技術で立向った長州藩の歴史。 2200円

天皇の秘宝 ―さまよえる三種神器・神璽の秘密―
深田浩市

二千年の時を超えて初めて明かされる「三種神器の勾玉」衝撃の事実! 日本国家の祖、真の皇祖の姿とは!! 1500円

西行 わが心の行方
松本徹 （二刷出来）（毎日新聞で紹介）

季刊文科で「物語のトポス西行随歩」として十五回にわたり連載された西行ゆかりの地を巡り論じた評論的随筆作品。 1600円

浦賀与力中島三郎助伝 木村紀八郎
幕末という岐路に先見と至誠をもって生き抜いた最後の武士の初の本格評伝。 2200円

軍艦奉行木村摂津守伝 木村紀八郎
若くして名利を求めず隠居、福沢諭吉が終生敬愛したというサムライの生涯。 2200円

南の悪魔フェリッペ二世 伊東章
スペインの世紀といわれる百年が世界のすべてを変えた。黄金世紀の虚実1 1900円

フランク人の事蹟 第一回十字軍年代記
丑田弘忍訳 第一次十字軍に実際に参加した三人の年代記作家による異なる視点の記録。 2800円

大村益次郎伝 木村紀八郎
長州征討、戊辰戦争で長州軍を率いて幕府軍を撃破した天才軍略家の生涯を描く。 2200円

新版 日蓮の思想と生涯 須田晴夫
日蓮が生きた時代状況と、思想の展開を総合的に考察。日蓮仏法の案内書! 3500円

天皇家の卑弥呼 （三刷） 深田浩市
倭国大乱は皇位継承戦争だった!! 文献や科学調査から卑弥呼擁立の理由が明らかに。 1500円

古事記新解釈 南九州方言で読み解く神代
飯野武夫／飯野布志夫 編 『古事記』上巻は南九州の方言で読み解ける。 4800円

地蔵千年、花百年

柴田 翔（読売新聞・サンデー毎日で紹介）

芥川賞受賞『されど われらが日々──』から約半世紀。約30年ぶりの新作長編小説。戦後からの時空と永遠を描く。1800円

漱石と熊楠 同時代を生きた二人の巨人

三田村信行（二刷出来）（東京新聞他で紹介）

いま二人の巨人の生涯を辿る。同年生まれイギリス体験、猫との深い因縁。並列して見えてくる〈風景〉とは。1800円

夏目漱石の中国紀行

原武 哲

漱石は英国留学途中に寄港した上海・香港、後年の満韓旅行で中国に何を見たのか？ 現地を踏査し漱石に与えた影響を探る。2800円

夕陽ヶ丘 ─昭和の残光─

徳岡孝夫／土井荘平

十五歳にて太平洋戦争の終戦を見た「昭和の子」は何を語り伝えるか。旧制中学の同級生だった二人による最後のメッセージ。1800円

中上健次論（全三巻）

（第一巻 死者の声から、声なき死者へ）（第二巻 父の名の否〈ノン〉、あるいは資本の到来）（第三巻 幻想の村から）

戦死者の声が支配する戦後民主主義を描く大江健三郎に対し声なき死者と格闘し自己の世界を確立していった初期作品を読む。各3200円

小説木戸孝允 上・下 ─愛と憂国の生涯─

中尾實信（2刷）

西郷、大久保が躊躇した文明開化と封建制打破を成就し、四民平等の近代国家を目指した木戸孝允の生涯を描く大作。3500円

昭和キッズ物語

藤あきら

宝物だったあのころ……昭和の時代に子供だったすべての者たちへ。さぁ、愛おしい人たちに会いに行こう。1800円

エロイ、エロイ、ラマ、サバクタニ

大鐘稔彦

信じていた神に裏切られた男は、神の化身かと見紛うプリマドンナを追い求めてロシアの大地をさ迷い続けるが……1400円

「へうげもの」で話題の〝古田織部三部作〟

久野 治（NHK、BS11など歴史番組に出演）

新訂 古田織部の世界 2800円

千利休から古田織部へ 2200円

改訂 古田織部とその周辺 2800円

ドイツ詩を読む愉しみ

森泉朋子編訳

ゲーテからブレヒトまで 時代を経てなお輝き続ける珠玉の五〇編とエッセイ。1600円

ドイツ文化を担った女性たち

その活躍の軌跡 ゲルマニスティネンの会編（光末紀子、奈倉洋子、宮本絢子）2800円

芸術に関する幻想

W・H・ヴァッケンローダー

毛利真実 訳

デューラーに対する敬虔、ラファエロ、ミケランジェロ、そして音楽。1500円

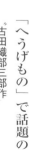

*ドイツ語圏関係他

詩に映るゲーテの生涯〈改訂増補版〉
柴田 翔

小説を書きつつ、半世紀を越えてゲーテを読みつづけてきた著者が描く、彼の詩の魅惑と謎。その生涯の豊かさ。 1500円

ペーター・フーヘルの世界——その人生と作品
斉藤寿雄（週刊読書人で紹介）

旧東ドイツの代表的詩人の困難に満ちたその生涯を紹介し、作品解釈をつけ、主要な詩の翻訳をまとめた画期的書。 2800円

ヘーゲルのイエナ時代 理論編
松村健吾

概略的解釈に流されることなくあくまでもテキストを一文字ずつ辿りヘーゲル哲学の発酵と誕生を描く。 4800円

生きられた言葉——ラインホルト・シュナイダーの生涯と作品——
下村喜八

シュヴァイツァーと共に20世紀の良心と称えられた、その生涯と思想をはじめて本格的に紹介する。 2500円

ヘルダーのビルドゥング思想
濱田 真

ドイツ語のビルドゥングは「教養」「教育」という訳語を超えた奥行きを持つ。これを手がかりに思想の核心に迫る。 3600円

ニーベルンゲンの歌
岡崎忠弘 訳（週刊読書人で紹介）

『ファウスト』とともにドイツ文学の双璧をなす英雄叙事詩を綿密な翻訳により待望の完全新訳。詳細な訳註と解説付。 5800円

二〇一八 改訂 黄金の星（ツァラトゥストラ）はこう語った
ニーチェ／小山修一 訳

詩人ニーチェの真意、健やかな喜びを伝える画期的全訳。ニーチェの真意に最も近い渾身の全訳。 2800円

『ドイツ伝説集』のコスモロジー
植 朗子

ドイツ民俗学の基底であり民間伝承蒐集の先がけとなったグリム兄弟『ドイツ伝説集』の内面的実像を明らかにする。 1800円

ゲーテ『悲劇ファウスト』を読みなおす 新妻 篤
ゲーテが約六〇年をかけて完成。著者が明かすファウスト論。 2800円

ギュンター・グラスの世界 依岡隆児
つねに実験的方法に挑み、政治と社会から関心を失わなかったノーベル賞作家を正面から論ずる。 2800円

グリムにおける魔女とユダヤ人 ——メルヒェン・伝説・神話——

奈倉洋子
グリムのメルヒェン集と伝説集を中心にその変化の実態と意味を探る。1500円

フリードリヒ・シラー美学＝倫理学用語辞典 序説
ヴェルンリ／馬上 徳 訳 難解なシラーの基本的用語を網羅し体系化をはかり明快な解釈をほどこし全思想を概観。 2400円

新ロビンソン物語 カンペ／田尻三千夫 訳
18世紀後半、教育の世紀に生まれた「ロビンソン・クルーソー」を上回るベストセラー。 2400円

東方ユダヤ人の歴史 ハウマン／平田達治 荒島浩雅 訳
その実態と成立の歴史的背景をこれほど見事に解き明かしている本はこれまでになかった。 2600円

ポーランド旅行 デーブリーン／岸本雅之 訳
長年にわたる他国の支配を脱し、独立国家の夢を果たしたポーランドのありのままの姿を探る。 2400円

東ドイツ文学小史 W・エメリヒ／津村正樹 監訳
神話化から歴史へ。一つの国家の終焉はその文学の終りを意味しない。 6900円

モリエール傑作戯曲選集 1～3
柴田耕太郎訳

現代の読者に分かりやすく、また上演用の台本としても考え抜かれた、画期的新訳の完成。　各2800円

イタリア映画史入門 1950～2003
J・P・ブルネッタ／川本英明訳（読売新聞書評）

映画の誕生からヴィスコンティ、フェリーニ等の巨匠、それ以降の動向まで世界映画史をふまえた決定版。　5800円

オットー・クレンペラー　中島 仁
最晩年の芸術と魂の解放
―1967～69年の音楽活動の検証を通じて―

20世紀の大指揮者クレンペラーの最晩年の姿を通して人間における音楽のもつ意味を浮かびあがらせる好著。　2150円

ある投票立会人の一日
イタロ・カルヴィーノ／柘植由紀美訳

奇想天外な物語を魔法のごとく生み出した作家の、二十世紀イタリア戦後社会を背景にした知られざる先駆的小説。　1800円

魂の詩人 パゾリーニ
ニコ・ナルディーニ／川本英明訳（朝日新聞書評）

常にセンセーショナルとゴシップを巻きおこした異端の天才の生涯と、詩人としての素顔に迫る決定版！　1900円

映画で楽しむ宇宙開発史
日達佳嗣（二刷出来）

映画から読み解く人類の宇宙への挑戦！宇宙好き×映画好きが必ず楽しめる宇宙の映画を集めた一冊。　1800円

それとは違う小津安二郎
高橋行徳

『東京の合唱』と『生れてはみたけれど―大人の見る絵本』のおもしろさを徹底解明。　1800円

雪が降るまえに
A・タルコフスキー／坂庭淳史訳（二刷出来）

詩人アルセニーの言葉の延長線上に拡がっていた世界こそ、息子アンドレイの映像作品の原風景そのものだった。　1900円

宮崎駿の時代 1941～2008　久美 薫
宮崎アニメの物語構造と主題分析、マンガ史からアニメ技術史まで宮崎駿論一千枚。　1600円

ヴィスコンティ　若菜 薫
「郵便配達は二度ベルを鳴らす」から「イノセント」まで巨匠の映像美学に迫る。　2200円

ヴィスコンティII　若菜 薫
高貴なる錯乱のイマージュ。「ベリッシマ」「白夜」「前金」「熊座の淡き星影」　2200円

アンゲロプロスの瞳　若菜 薫
『旅芸人の記録』の巨匠への壮麗なるオマージュ。（二刷出来）　2800円

ジャン・ルノワールの誘惑　若菜 薫
多彩多様な映像表現とその官能的で豊饒な映像世界を踏破する。　2200円

聖タルコフスキー　若菜 薫
「映像の詩人」アンドレイ・タルコフスキー。その全容に迫る。　2000円

銀座並木座 日本映画とともに歩んだ四十五歩
嵩元友子　ようこそ並木座へ、ちいさな映画館をめぐるとっておきの物語　1800円

つげ義春を読め　清水 正
つげマンガ完全読本！　五〇編の謎をコマごとに解き明かす鮮烈批評。　4700円

＊実用・ビジネス

MATLABで学ぶ 回路シミュレーションとモデリング

盛 健次 松澤 昭

MATLAB/SIMULINKを学ぶ人々へ向けて書かれたテキスト。学生および企業／法人の学習に最適なオールカラー546頁。 5600円

AutoCAD LT 標準教科書

2018／2019／2020 2021対応（オールカラー）

中森隆道

25年にわたる企業講習と職業訓練校での実績に基づく決定版。初心者から実務者まで無料動画による学習対応の524頁。 3000円

自律神経を整える食事

胃腸にやさしいディフェンシブフード

松原秀樹

40年悩まされたアレルギーが治った! 重度の冷え・だるさも消失した! ディフェンシブフードとは? 1500円

伸び悩んでいる人のための

『学びの奥義』

―教え方のコツ・学び方のコツ―

有田朋夫

勉強、スポーツ、将棋etc、もっと上手にもっと成績をあげたい人へ、なるほどと手を打つヒントがいっぱい! 1400円

徳と市場〈普及版〉

折原 裕

食品偽装やクレーマー問題はなぜ起るか? 勇気、正義、感謝、同情等の徳目が市場に与える影響を考察する。 1000円

誰でもわかる

和音のしくみ

末松 登 編著／橘 知子 監修

自ら音楽を楽しむ人々、音楽を学ぶ人々のため、和音の成り立ちと進行を誰にでもわかるよう解説する。 1455円

人体語源と新音義説

江副水城

前半は人体語150個以上収録の本邦初の本格的人体語源書。後半は旧来の音義説とは異なる新説を披露。 2400円

現代アラビア語辞典

――アラビア語日本語

田中博一／スバイハット レイス 監修

本邦初1000頁を超える本格的かつ、実用的アラビア語日本語辞典。見出し語1万語以上で例文・熟語多数。 10000円

心に触れるホームページをつくる 秋山典丈

従来のHP作成・SEO本とは一線を画しコンテンツの書き方に焦点を当てる。 1600円

開運虎の巻 街頭易者の独り言 天童春樹

三十余年六万人の鑑定実績。あなたと身内の運命と開運法をお話しします 1500円

成果主義人事制度をつくる 松本順市

30日でつくれる人事制度だから、業績向上が実現できる。（第11刷出来） 1600円

腹話術入門（第4刷出来） 花丘奈果

発声方法、台本づくり、手軽な人形作りまで一人で楽しく習得。台本も満載。 1800円

南京玉すだれ入門（2刷）花丘奈果

いつでも、どこでも、誰にでも、見て楽しく演じて楽しい元祖・大道芸を解説。 1600円

初心者のための蒸気タービン 山岡勝己

原理から応用、保守点検、今後へのヒントなどベテランにも役立つ。技術者必携。 2800円

"できる人"がやっている "質の高い"仕事の進め方 糸藤正士

秘訣はトリプルスリー 1600円

現代日本語アラビア語辞典

田中博一／スバイハット レイス 監修

見出語約1万語、例文1万2千収録。 8000円

んが待っていてくれることを伝えると、少し微笑んでいました。ところがその日、加害者の高校教師が初めて冨美子の見舞いに訪れたのです。彼一人でした。家には母と私と冨美子しかいませんでした。座敷に通すと深々と頭を下げたままです。起訴については既に知っているようでした。警察から防犯カメラ等の証拠から、自分が赤信号で突っ込んだことを聞かされた。自分は今でも黄色信号から赤に変わる直前に横断歩道を渡ったと思っている。しかし動かない証拠があるなら、事故当時自分の感覚がおかしかったのかもしれない。仕事で疲れていたのかもしれない。事実であれば誠に申し訳ない、と今までの高圧的な態度が一変して、最後には自分が有罪になったとしてもそちらで減刑嘆願のようなものを出していただけると助かる。そうすれば私立高校なので解雇されないかもしれない。自分はまだ幼い子供二人と妻を養っていかなければならない。そう言って頭を下げたまま、すすり泣くのでした。私にはこれ見よがしの様子にも見て取れたのですが、表情も変えずに聞いていた冨美子は、一言、それはお困りですねと答えたのです。母や私は、あっけにとられました。相手は冨美子の言葉を聞くと顔を一瞬輝かせて、再び深々と頭を下げました。彼が帰った後、母は娘にこんな危害を加えた相手がずうずうしくも泣きついてきたのに、同情の言葉を与えるなんてと怒っていました。しかし冨美子は、我々に、あの人も自分に起こったことに対して、一人で苦しんでいるのよ、と答えたのです。

私は弁護士の友人にこのことを話しました。減刑嘆願は難しい。ただ相手の出方によっては法廷の証拠調べで多少の配慮を臭わしてもかまわないとのことでした。後は彼にお願いして損害賠償の民事訴訟は起こしますが、賠償額が妥当であれば裁判上の和解にして、穏便に解決したいと思います。父もその方向でやっと了解してくれました。

さて、山本のアンケートですが、知念様のお手紙の内容をかいつまんで彼に話したら、一瞬ふてくされた表情を見せましたが、設定がまずかったな、十年にしとけば良かった。でも十年だと一万人の宇宙船は無理だな。それとも国ごとの配慮はやめにして、十年、五十人の宇宙船かあ。なんて呟いてましたよ。そして、先生、その人校外からの回答者一号。匿名で新聞に載っけるから、その手紙コピーさせてよ、と言うのです。ご本人に聞いてみるということで、よろしければアンケートに関する部分だけコピーして彼に渡したいのですが、如何でしょうか。このアンケートをきっかけに彼の興味がこういう問題に関して深まればとも思うのですが。しかし相変わらず問題も起こす生徒です。私と同期で入った女性の英語教師がいるのですが、最近一馬はその教師の後を自宅までくっついて行ったり、職員室の彼女の机の上を調べたりしているという噂が立っているのです。事実であればどういうことなのか、一馬に確認してみたいとは思うのですが。きっと何か誤解が生じているのでしょうから。それと彼は私が妹の事故のことを話したら、是非先生の妹に会ってみたいと言うのです。今すぐというわけにはいかんが、そのうち実家へ帰る時に連れてってあげよう、と答えたら、うん、俺一人で行けるよ、とうれしそうでした。

一馬のアンケートは、設問に課題があるにしても、人間に未来はあるのかということについて様々なことを考えさせられました。どのみち地球に寿命がある限り、地球上の人類は消滅しなければならないわけですが、地球が消滅するまでの何十億年は、地球が誕生してからの五十億年と同様に、これはもう時間というよりも、人間とは別の次元の、むしろ空間的な表示なのでしょう。本当の時間は、やはり地球上に生命が誕生してから動き出すものでしょう。その時間的進化の頂点に人間が位置するのでしょうけど、そうするとやはりその人間は、地球上の時間的進化の中でどこへ向かっているのだろうかということは、気になるところです。それとももう行き着くところまで行き着いているのでしょうか。例えば過去を振り返るとどうでしょうか。二十万年前のホモサピエンスと比べたら、数千年前のエジプト等古代文明は人類にとって進歩を遂げてきたと言えるのでしょう。また古代文明に比べて数百年前からの機械文明はやはり一応の進歩と言えるのでしょう。ただそれらは技術的な進歩であって、その意味ではこれからも人類は進歩を遂げることでしょう。それこそ五十年というか百年後には数千人が収容できる宇宙船の開発は可能になっているのかもしれません。ただ技術的にいくら進歩しても、では人類は古代文明の頃と比べて知性のみならず感性までもが豊かになったのか、社会生活が道徳的に向上してきたとか、あるいはこれから向上しうるのかと聞かれると何とも答えられません。もちろん生物学的な進化の次元では何も言えません。社会学には門外漢の私ですが、どうも国家とか民族とかいう社会単位を乗り越えない限り、人類は本当に進歩しないのではないかと思うのです。もちろん生物学的にも、人類学的にも人間は本来社会的な動物です。人間は今まで部族とか民族、そして国家といった単位で社会的な生活を維持してきました。国家は内外の様々な困難や戦いを経て議会制民主主義と国家を枠組みとする資本主義経済を築き上げてきました。こうして制度としては進歩ともいえるのですが、そこでは相変わらず階層間の対立や怨念、進歩とは裏腹の道徳的な退廃が渦巻いています。これはもう、私には国家という単位を乗り越えなければ、人類は真の意味での進歩はあり得ないように思えてくるのですが。そこで一馬のアンケートではっと思ったのです。駒としての国家の対立は、地球上を盤面として人類がたどり着いた究極のゲームなのではないのか。これを変えるには、地球を駒として、宇宙自体をゲームの盤面とする状況が出現しない限り、人類に進歩はないのではないのかと。つまり地球上が唯一の世界である限り、人類は人類そのものの進歩を既に成し遂げてしまっているのではないのか。人類は相変わらず国家間の国民として従来のパタンを生き続ける他はない。しかし例えば、地球外の生命が現れて、地球と対峙する状況が出現したり、地球を脱出して人類のゲームが宇宙空間に広がれば、国家の意味はなくなり、例えば国連などを中心に人類の進歩そのものが実質的に問題にされてくるのではないかと思うのです。知念様もお手紙で五十年後地球が死滅することがわかれば、その時点で国家の存在意義はなくなるとおっしゃっていましたが、私も今そんなことを考えています。実は授業でそんなことを生徒達に話したのですよ。みんなぽかんと聞いていましたが。生物の先生がまた変なことを教えていると、評判になるかもしれません。一馬がニヤニヤ笑って先生ヤバいよと忠告してはくれましたが。

群馬の方はこのごろ日中もようやく過ごしやすくなりました。関西の方は如何でしょうか。これから秋も深まると、京都や奈良の紅葉もすばらしいでしょうね。是非またお伺いしたいものです。

常磐孝雄

平成十六年十月七日

知念坊　様

4、知念坊から孝雄へ

冨美ちゃんの事故の件、ようやく片がつきそうで安心しました。お父さんを始めご家族のみなさんもほっとされたことでしょう。お父さんは会社の都合で今月は無理で、来月下旬に私どもの寺へ来られる旨連絡がありました。二上山近辺でも紅葉が色付き始める頃です。お父さんもここを起点にゆっくり周囲を散策されるとよろしいでしょう。

一馬君のアンケートはいろいろと波紋を投げ掛けているのですね。結構なことです。アンケートに関する私の手紙の部分のコピー、結構ですよ。彼に渡してください。ところで、人類に進歩はあるのかという問題はそもそもあなたが私に問いかけてくださった問題でしたね。あなたはその際、これからのち、人類には進歩というべきものは期待できないかもしれない、とおっしゃっていましたが、一馬君のアンケートをきっかけに、思考の次元が広がってきましたね。地球外からの威力が地球に対峙することになれば、地球規模での課題が今まで以上に現実のものとなり、人類という抽象もより現実味を帯びてくるということでしょうか。地球規模での課題解決が現実味を持つようになれば、国家や民族を超えた先に、人類の進歩の行き着く方向を見いだせるのではというお考えには私も興味を持ちます。その起爆剤として、あなたの生徒さんは地球外からの威力の対峙という新たな展開を想定されたわけですね。で、私の場合はもう少し、対外的な要因ではなく、あなたのおっしゃる地球と言うゲーム盤面上の展開から、まだ人類の進歩の可能性は探れないだろうか、考えてみたいと思うのです。

マルクスは資本論で、資本は本来国家の枠を乗り越えて世界中に広がっていくものだと言っています。具体的には企業はグローバル企業として、新たな市場と安い労働力を求めて国家の枠を超えていかなければ利潤を増やしていくことは出来ない。もちろんこの事実は、国家の支援のもとに行われますし、そこで働く企業戦士は、過酷な労働時間に縛られていくわけです。ですから資本主義的な企業活動はもともと決して称賛されるべきではない要素を孕んでいます。しかしこれは歴史の皮肉ではありますが、その熾烈な企業活動のおかげで、日本も、そしてまだ一部ですが主要な国々の間で経済的な富は徐々に蓄積されてきました。一世代前と比べた経済的、物質的な生活の豊かさは誰でも実感できると思います。もちろん物質的な豊かさだけが全てではないという議論はあります。しかしここではその問題は伏せておきましょう。それに政治的にも議会制民主主義や人権問題に対する大衆の注目度は世界的にも進展しつつあると言えます。ここでも民主主義そのものの問題点は伏せておきましょう。今日本企業は安い労働力を求めて、中国にどんどん進出しています。では中国では労働者達は日本企業に都合の良いように、いつまでも安い賃金で働いてくれるでしょうか。そこで社会資本も蓄積され、大量の労働力によって富が蓄積されれば、当然賃金の上昇は避けられないでしょう。そうすると今度は低賃金が可能な別の国々を求めて、日本のような先進的資本主義の国々は企業活動を広めていくことになります。そこでもまた資本の進出はその地域で貧富の差の拡大をもたらすでしょう。しかし同時に全体としての物質的な富の蓄積は徐々に世界中に広がっていくと思うのです。

そして遠い将来、世界中の富の蓄積を貧富の差を解消するために、どう再分配すべきなのかという議論が現実のものとしてなされる時期がくるのではないでしょうか。マルクスはそのような富の蓄積の増大が共産主義社会に移行する大前提だと言っています。ロシアなどの実際の社会主義革命は、この富の蓄積、貧富の差を解消できるほどの富の蓄積がないままに、革命に突入したために、レーニンの苦悩や様々な悲劇も生じてきたのでした。そうした様々な歴史的な犠牲を経て、資本主義は曲がりなりにも科学の発達や技術の向上も含んだ富の蓄積と、例えば週休二日制というような労働時間の短縮にもたどり着いたのでした。ここでもそんなことはない、今でも多くの労働者は残業代も支払われないまま夜遅くまで働かされていると反論されるでしょう。しかし結果論だといわれても仕方がありませんが、それでもとにかく人類は資本主義経済の急速な発達を経て、相対的には豊かになってきたわけです。ですからこの傾向は今後も様々な矛盾や軋轢を伴いながらも、総体的な人類の豊かさに向かって続いていくだろうと思うのです。もちろん現在でもキューバのように真面目な社会主義国は存在します。しかしアメリカなどの経済封鎖によって多くの国民は貧困に苦しんでいます。それでも国民が生き甲斐を感じているとしたらイデオロギー的な考えが国民の間に浸透しているからなのでしょう。それはそれで人類の一つの実験です。しかし総体としての現在の人間社会の方向性に影響を与えることはありません。幸か不幸か人類は物質的な豊かさの進展として資本主義を選択して来たのです。ですからその延長上に来るべき社会の理想像を描いてみることも一つの方法ではないかと思うのです。

つまり企業の地球規模での展開、いわゆる経済のグローバル化は国民経済のグローバル化であり、それはもはや国家間の軍事力以上に国家間の交渉力の決め手となってくることでしょう。またインターネットなどによる情報社会の急速なグローバル化は、政治の面でも国家権力のみに依存する体質からの脱却を加速させていくことでしょう。地域コミュニケーションやインターネットコミュニケーションが発達し、人々は様々な知識や情報を共有しあうでしょう。今や中国共産党ではインターネットの普及による政府批判の拡大に非常な神経を尖らして、検閲体制を強化しつつあると聞いています。

ここで先ほど伏せておこうと言った問題を開いてみましょう。物質的には豊かになったが、未だ世界中で人々は貧富の差や高い失業率、犯罪の多発などで苦しんでいる。資本主義経済が続く限り、この深化を止めることは出来ないのではないかという意見です。では資本主義に代わるどんな人間社会の経済システムが今後現実的に可能なのか、と問われると今や誰も答えることは出来ないでしょう。我々とて大学紛争の時代には、資本主義社会の向こうにある社会を思い描いてその実現に向けて戦ってはいました。しかし、すぐに資本主義社会に代わる社会が実現出来るとは誰も思っていませんでした。資本主義社会は国家の後ろ盾を得てますます強固になるだろう。しかし今ここで資本主義社会に対して戦うことに意義があるんだ。こうした我々の相対的な戦いが、今、絶対的な戦いなんだという、戦うことそのものに意味を持たせた戦いなのでした。もちろんそうした戦いには限界があります。誰もが物質的に豊かになる社会を資本主義社会に対抗する形で築き上げていくことが出来ると、責任もって言える人間は、その当時でさえ誰もいなかったのです。しかし全ての人々が貧困から脱出できるほどの物質的な豊かさを志向することは、人類にとって、どうしても必要なのです。そこで全ての人々は初めて、それこそ人類の未来を自由に語り合うことが出来る余裕を、生活の上でも持つわけですから。ソ連などの社会主義国家はそういった社会を現実的に達成することは出来なかったのです。もちろん未だ社会主義の理念は崇高ですし、その理念のために戦い、犠牲になった多くの人々の存在は無視できません。

だからこそ、今我々は旧来のイデオロギー的な対立にこだわることなく、人類の未来について、単なる理想としてではなく、もう少し物質的、具体的に語る必要があるのです。確かに資本主義と一体となった国家は、そうやすやすとは消滅しないかもしれません。しかし、世界的な富の蓄積と貧富の差の縮小、世界中の人々の自由時間の拡大と所得の均一化に伴い、徐々に民衆を掌握する力としての国家権力は、衰えていくのではないでしょうか。やがて一部の人々はあまりにも規模が拡大した議会制民主主義のむなしさにも気づくでしょう。彼らの一部はより小規模な地域主義に向かう。国家もそのような地方自治に任して自らの威力を徐々に失っていく。こうして拡大よりも縮小することで新たな道が開かれていくのかもしれません。しかしまた一部では大規模な民族集合体としての国家が復活するかもしれない。こうした様々な振幅を経て、長い時間をかけて、人類の未来の可能性は地球上のどこかに収斂していくのかもしれません。

一方では、人々の生活が物質的に豊かになったとしても、人間の未来につながる精神的な変貌、人間性の向上は望めないのではないかという声もあります。そこであなた方は地球外のインパクトを想定してみたわけですが、私のような愚坊は、まだこの地球上でキリストや仏陀のような圧倒的な人格が地球のどこかで出現するのではないかと密かに期待もしているのです。地球のどこかでとてつもなく大規模な事件や悲劇が起こったり、あるいはそれこそ、物質的な豊かさの蔓延で引き起こされる、生きていることのむなしさといったようなものが世界中の至る所で積もり積もって、そうした人格の出現を再び招来させるではないかという期待もあるのですが。しかしこれは私の希望的観測で、確かに今の社会や欲求の体系が維持される限り、そういう問題は一般的にはならないのでしょう。ここのところが私の考えの弱点なのです。私なんかよりもあなたや一馬君の方が遥かに創造力豊かに人類の未来を考えることが出来るようにも思えてきます。地球外的な脅威を想定して、人類の未来を考えてみることは、現在の人間社会においても差し迫った問題を逆に浮かび上がらすことが出来るわけですから。

それから一馬君が富美ちゃんに会ってみたいということ。私自身会ってもいないお二人に対して、知ったかぶりで、かつ馴れ馴れしくも、出しゃばるような具合ですが、今まで聞いた二人についてのお話からして、なんだか二人には共鳴するような接点がありそうな気がして仕方がないのです。是非機会があったら会わせてみてください。長くなりましたね。それではまた。お元気で。

知念愚坊

平成十六年十月十八日

常磐孝雄　様

第3章　満作の妻と子供たち

1、自宅にて、妻信子と長女理恵子

平成十六年十一月二十一日、日曜日の午後。長女理恵子が実家に立ち寄って、職場の男性との間に子供を身ごもったことを妻信子に話している。満作は早朝、知念坊と会うために大阪へと出かけて不在。次女富美子はリハビリのため次男佐久平が満作の車で病院へ連れていっている。

〈妻信子〉
まあ、どうしたんだろ、この子は。不倫どころか今度は子供まで。どうすんのよ、あんた。え？　相手はまた家族持ちじゃないの？　独身？　それなら少しは安心したけど。結婚するの？　式は挙げないけど、籍は入れるかもしれないって？　それどういうこと？　相手のご両親は？　どこまで了解してんの？　ほんとにまた、あんたのわけの分からないトラブルに、お母さん巻き込まれそう。子供は産むから、だって？　そんなことよりもまずちゃんとした結婚ができるかどうかよ。生まれた子供だって不幸になるかもしれないのよ。あんた、分かってる？　いくつなの？　その人。三十一だって？　あんたたちちゃんと家庭を築いて、子供を育てていけるの？　もちろん？　そんならちゃんと籍を入れて、式も挙げてちょうだいよ。ああ、お母さんには分かんないよ、あんたの気持ち。どうなるのよ。これから。

おー、あんたたちは自分のいいことばかりしていられるんだから。ここんところ、私の体はもうぼろぼろ。冨美子のことで一時生理がまったくなくなった。閉経かと思ったら、最近また不規則に出てきたりして。喜んでいいやら悲しんでいいやら。どのみちもう風前の灯よ、女の体としてはね。それでもあんたくらいの頃はずいぶんもてたもんよ。短大卒業する頃かしら、どこかの御曹司とお見合いして気に入られたけど、私の方で蹴っちゃった。どういうわけか一緒になるのが不安だった。この人と一生暮らしていけるのかって。そして四、五年後に何となく今のお父さんと一緒になってしまって。どういうわけだろ。最初の御曹司の方がずっとハンサムで背も高く、そしてお金持ちで。そっちのほうがどんだけ幸せだったかもしれない。なんてことだろうね私の人生は。苦労して産んで育てたあんたたちは勝手なことばかり。あたしだってねえ、おめかしすればまだまだいけるのよ。あの横町の八百屋の若旦那、奥さん亡くなって何年かしら。小学校のお子さん二人残して。野性的でかっこいいんだ、あの若旦那。夏なんか肩まで逞しい腕をむき出しで、あたしをお出迎え。いつも威勢のいい声で。最近あたしを特別な眼で見てるみたい。まだ三十代後半といったところなのに。なんだか年上に憧れてるみたい。いいわよ、あたしあんたの腕の中に飛び込んであげるわよ。ぎゅっと抱いてちょうだい。ぎゅっと。もう気を失うくらい。そしたら今度はあんたを胸の中に抱いてあげる。

〈長女理恵子〉

お母さん、何ぼーっとしてんの。顔が真っ赤だよ。熱あんの？　最近体の調子良くないみたいね。富美子のこともあったし。気をつけた方がいいよ、更年期だし。余計なお世話だって？　何そんなに怒ってんのよ。それより自分のこと心配しろって？　あたしね、ほんとのことというとね、子供が欲しくなったのよ。お母さん、分かる？　この気持ち。子供が欲しくなったからあいつと一緒になろうと思ったの。あいつに惚れたから子供が生まれてしまったわけじゃあないよ。あいつなんてもうどうでもいいんだ。あいつがいなくなっても私一人で子供は育てる。なんだかそれが私のよるべない人生の行き着くところみたいな気持ちになっちゃった。いや、あいつが私と別れるというわけでもないのよ。優しいけどその分気の弱いとこある男だからね。私につきあいきれなくなるんじゃないかなって、時々思うのよ。どっちでもいいや、籍はとりあえず入れるから。親父？　親父には適当に言っといてよ。これは私の人生、みんなには迷惑かけないから。

〈妻信子〉

この子は小さいときからこうやって自分のやりたい放題だった。それで墓穴を掘ったり、逆に運が向いて人気者になったりした。あたってくだけた先に自分の生きるすべを見いだすなんて、佐久平にもそんなとこある。この二人、誰に似たのだろう。お父さんはあれでわりかし気の小さいとこもあるし。私に似たのかしら。魔性の女、私だって若い頃はちょっとばかりそうだったかも。それがどういうわけかお父さんと結婚して、子供を産んで、育てて、すっかり牙がすり減っちゃった。このまま韓国ドラマのお兄さんや八百屋の若旦那を思い描いて楽しむしかないのかな、もう。理恵子、あんた今日どうするの？　お父さんいないから泊まっていく？　そう、それならちょっと夕飯の買い物してくるわ。もうすぐ佐久平たちも帰ってくるから。ふん、あんたなんかに負けないわよ。あたしゃ、八百屋にまっしぐら。安くてもスーパーじゃ買わないんだから。

２、佐久平と冨美子、病院を出て佐久平が運転する車の中。

〈佐久平〉

冨美子、だいぶリハビリの効果出てきたな。そろそろ義足ためしてみたらどうだ？　金は心配いらんぞ。賠償金はたっぷり入るからな。うん？　このまま松葉杖でいいんだって？そんなチンバでどうするんだ。今は体にフィットしたやつ作れる時代だ。作らな損さ。すぐにいうわけじゃないけどな。えっ？　それよりみんなにお世話になりっぱなしだから賠償金出たら俺にも使ってくれって？　いや、それはおまえの金やんか。将来お前がまともな体だったら得られたであろう収入も全部入っとるんだから。障害者のままでいいんだと？　障害者手帳もらったのか。それはいいが。しかしこれからどんなことで金がいらんとも限らん。そういうこと、そういうことやが、じつはな、俺結婚するんや。誰って、知っとるだろ。千鶴とだよ。ありがとう！　これはまだ誰にも、おふくろにも話しとらん。千鶴とアパート借りるんで、その、少しは資金がいるんで、そりゃありがたいがな。うん、悪いな、少しでいい。

〈冨美子〉

でも佐久兄ちゃん、大丈夫なのかなあ。お兄ちゃん二十歳過ぎたばかりだし、千鶴さんだって確か私と同い年。もう少しちゃんと仕事が見つかって、みんなに祝福されて、式も挙げたほうがいいのになあ。今だとお父さんお母さんも、うんとは言わないだろうし。でも二人が離れられないのなら、一緒になるしかないのよね。二人で頑張っていくしかないのよね。それは分かってる。それは分かってるし、若いとか、ちゃんとした職がないとか、社会人として成長していないとか、そんなことはお兄ちゃんも痛いほどよく分かってる。だから私もそんなことでお兄ちゃんを止めやしない。千鶴さんも本当にお兄ちゃんを信じてる。ああ、それでいいのに、それなのにお兄ちゃんのまわりに、なんだかさみしそうな影が見えてしまう。千鶴さんお願い！　お兄ちゃんを守ってあげて！　今日のリハビリはきつかったよ。そりゃあ、疲れたから……家に帰ったらお布団にもぐり込むんだ。何も考えずに眠るんだ。そう、こういうときは。

3、自宅にて、長女理恵子と次男佐久平

〈佐久平〉

なんだ姉貴、帰ってたのか。おふくろは？　買い物か。冨美子はリハビリで疲れたみたい。そのまま部屋で寝てるよ。うん、ここんとこ、リハビリの成果はまあまあ。だいぶ松葉杖も役に立つようになったよ。それでもあいつ、義足はまだつけん言いおった。ああ、まあ、急ぐこともない。腹減ったたな。おう、銀座のアンパン、いただき！　お茶ある？　へえ、姉貴今晩泊まるんだ。めずらしい。なんかおふくろと話があんだな。話があるいうことは、俺たち二人にとっては、いつも親泣かせの問題。姉貴と俺、どっちが多いんだ。そりゃ心配かけたんは姉貴のほうだろう。それにしても俺たち二人は怒られっぱなし。他の二人は、かわいがられっぱなし。おりこうさんと悪ガキが半々。こんなものだろ、家の中も、外へ出ても。ようここまでひがみ通してきたもんだ。だがこんな家族劇ももうおしまいだ。さあ来月には家を出るぞ。

〈理恵子〉

あんたも冨美子のことではご苦労だったね。少しまともな仕事をしたっていうわけだ。大

学は？　中退？　もうすぐ卒業じゃあないのか。また親父に怒られるぞ。エッ？　家を出るって？　稼ぎは？　自動車整備工場で働くの？　整備士の資格は？　なんだこれからか。裏の手口って？　廃車をロシアに売り込む？　そんなに儲かるの？　でもお前のことだからどこまで続くのやら。あたし等はね、どうも家じゃあ信用がないからさ。親父に言わせれば兄貴の爪の垢でも煎じて飲めいうこっちゃ。その親父もなんか大阪のぼんさんとこ行って修行とか、あきれるな、あのおやじが。佐久平、お前何個食べたんだ。おふくろと冨美子の分とっとけよ。家を出るのはいいよ。今まで通り冨美子の送り迎えは？　そうか、アパート近くなんだ。頼むよ。小さい頃親父から怒られると、こいつを連れて公園あたりをうろついたもんだ。時折言うことを聞かないこいつを小突いたりして泣かせて。それでもこいつはいつも私のあとにくっついてきた。なんだか佐久平は私の分身みたい。兄貴と私は異性どうしだからまだいい。兄貴とこいつは男どうしだから、何かと比較されて。それでも、冨美子のことはあったけど兄貴がまともだから我が家も何とかなるんだろうさ。そういうもんだよ。あたしはどうするんだろ。この子を産んで、あいつと一緒になって。あいつ長男だから、そのうち親を呼んで……ふん、いやだな、それは。お腹の子、どっちだろ、男みたいだけど。どっちにしてもあたし一人で育てたい。思う存分、あたしに甘えさせて。

第4章　満作、知念坊を訪ねる

1、満作と知念坊

平成十六年十一月二十一日の午後、満作は二上山の麓、玉泉寺にたどり着く。大学時代からの友人である野田又夫（知念坊）と寺の手伝い人、岩切佐知世が出迎える。二人は満作に境内を案内する。声のでない知念坊は手話で佐知世に伝え、佐知世が満作に手話を翻訳する。境内を一巡りしたあと、宿坊に案内された満作は、そこで知念坊と久しぶりに膝をつきあわす。

〈満作〉

又ちゃん、何年ぶりかのう、変わっとらんのう。坊主になって若返ったんやないか。俺も変わらん？　そんなお世辞いらん、人生のくたびれ顔やないか。あ、岩切さん、今日んとこは二人だけで十分じゃけん。筆談でな。夕飯？　精進料理大いに結構。ここで体の毒をたんと抜いていけって？　ほんまやなあ。いやお世話になります。ありがとう。又ちゃん、あんたと同じ職場だったんやて？　おもろいおばさんやな。何？　旦那がおるんけ、この境内に？　境内も苔むしてええ雰囲気じゃ。二、三日やっかいになるけん、帰るときにゃあ、毒抜けるかいな。笑っとるな。何？　ムスメさんのグアイは？　おお、そうじゃった。いろいろご心配いただいてありがとう。孝雄から聞いたが、あんたの友達が冨美子を見舞ってくれて、冨美子も喜んどったらしい。いや、あの事故はもう心底俺をくたびれさせた。冨美子も片端《かたわ》にはなったが、何とかやっていけそうだ。本当に人間の運命ちゅうもんは。それに孝雄も又ちゃんから手紙をもらって、いろいろ勉強になっとる言うとった、おおきに。ところで今日は俺のなに、少々色めいた話を聞いてほしいんや。うん、この歳でどうにもこうにもならんでな。あんたが俺の友人で、坊さん、それも声がでらんことにかこつけて、はずかしげもなくしょうもないこと話すんや、堪忍しとくれ。

俺の職場の部下に三十半ばの独身女性がおるんやが、どういうわけか、そいつに惚れてしもうたんや。こういうことはどこにでも、誰にでもあることやから、お互いの状況や境遇が異なれば、そのうち時が解決するいうもんや。うん、そんなもんや。お、又ちゃん、うなずいたな。それはそれでいい。誰にでもあることやし、そのうちどこかしらお互いにのっぴきならぬ欠点を見いだしたり、何らかの事件でお開きになってしまうこともあろう。冨美子のことは俺にとってはそんな事件だったのかもしれん。だがまだ職場の彼女は俺の心を占めたままだ。これからどうなるかは分からん。なるようになるのだろう。それについては誰に始末の仕方を教わろうとか、道を請うとか、そんなことは必要ない。全ては俺一人が負うべき問題だということは、よう分かっとる。だから又ちゃん、俺があんたに聞きたいのはそんなことじゃない。聞きたいのは彼女との出会いの神秘とでもいうのじゃろか、偶然とは思えん出来事が重なってな、それがまたこの歳になって、俺をうぬぼれさせた原因ちゅうことも分かっとるんやが、実はそこらあたりのことで、あんたの経験やあんたが学んだ偉い坊さんの話の中に、そこいらのことでなんか話すことあれば聞かせてほしい思てな。いや、今日は筆談なんてとんでもない。今日は一方的に俺にしゃべらせてくれ、そして、良ければ明日にでも又ちゃんの考えを書いてくれればええ思とるんや。ぎょうさん書かんかてええよ、数行でもいいんよ。俺はそれをしっかり読み解くよ。うん。

ばかばかしいと思うかもしれんが、聞いてくれ。一目惚れちゅうわけでもないんや。時が経つに連れて徐々にジーンと来るようになった。それも一般的に言われとる結晶作用なんやろ。問題は結晶化したあとのことや。俺はもうこの歳になって、頭ん中は彼女のことばかり。それでな、どういうわけか思い詰めれば思い詰めるほど、意外な場所でばったり彼女に出くわすんや。会社の中じゃあない。出張先や意外な場所で偶然彼女が俺の前に現れるんや、それも一度や二度ではない。何度もそんなことがあり続ける。これはどういうわけなんじゃろか。俺の切ない欲求が高まる時、そこにどういうわけか彼女が現れるいうことや。もちろんそのとき彼女にとっては、それは偶然に過ぎない。俺に気がついても事務的な対応をするだけだ。だが明らかに俺の欲求が彼女をその場に出現させとる。これはどういうことなんやろか。

それともう一つ、俺の過去や現在のことと彼女のことがどこかで繋がっとる。例えばだ、何と彼女の母親の実家が九州の俺のじいさんの家と百メートルも離れとらん。それもお互い遠い親戚らしい。彼女には姉さんがいるが、その姉さんは何とうちの女房のパッチワークの仲間で都内に住んどるらしい。彼女から姉さんのことは聞いていたが、ある時、こたつの上に女房のパッチワーククラブの会員名簿があってな、それに何と姉さんの名前が載っていたんや。びっくらこけたな、もうそんときは。以前その姉さんが彼女に会いに会社に来たことがある。そんとき彼女から姉だと紹介された。うちの女房よりも若いが、四十過ぎのおばはんいう感じやったな。その後、その姉さんが、俺がパッチワークに来ている仲間の夫だということが分かったかどうかは分からん。だがいつか街中で彼女と姉さんが愉快に何か話しながら歩いているのに出くわしたことがある。俺は少し離れたところから二人に挨拶したが、二人は気がつかなかったかどうか知らんがそのまま通り過ぎていった。まあ、そんなところだよ、又ちゃん。これらの事実は俺が彼女にどうしようもなく惚れたあとに分かったことなんや。どう考えたらええ？　さっきの思い詰めたらどこでもばったり彼女に遭遇するのと、それと遠い親戚だとか、姉のことだとか。どういうわけなんやろ。

　そこでな、俺なりに考えてみたんや。これは明らかに彼女に対する俺のどうしようもない欲求が彼女のすべてを引きつけとるんやないかとな。事実、彼女を思うてたまらんなったときは、必ずといっていいほど彼女に関する事柄が俺に迫ってくる。例えば会社の廊下や周辺で二人だけで、ばったり出会ったり、彼女の噂を急に耳にしたり、家に帰ると何故か女房がパッチワークの話をしたり、それはまあ、俺の神経が彼女に関することに対して研ぎすまされとるから、彼女に関することは何でも見逃さないのだと言われたら、それまでなんやがな。そうは言わせん、どきんとしたものがある。これは俺の紛れもない実感なんや。というわけで俺の欲求が、彼女に関することを引きつけとるのは認めんわけにはいかん。俺なりにな。問題はそれからや。じゃあ、それなら俺の欲求が強い時に彼女が仕事以外で俺の前に現れるという事実は、彼女にとってはどういうことなのかということじゃ。相思相愛のテレパシーいうことなら俺にも何となく理解できる。お互いの欲求が引き合うのやからな。例えば遠くに離れておっても、強烈に相手のこと思とったら、急に相手から電話や手紙が来るとかな。それはあり得る。そういう人間の精神みたいなもん、俺は信じるね。だが俺の場合はそうじゃない。上司として嫌われとるわけではないが、恋人としてはあり得ん、一方通行に過ぎん。それなのに相手の世界を俺の前に引きつける。これはどういうことか。

一方的に俺は彼女を引きつけ、一方的に彼女は俺に引きつけられる。そうすると彼女は人形かいな。俺の磁石に引きつけられる鉄のかたまりに過ぎんのか。そんなことあらへん。彼女にも彼女なりの欲求の世界があるはずや。俺だけが世界の中心で、俺の欲求で、俺以外の連中のすべてを引きつけるなんてことはあり得へん。あり得へんが、では何故に彼女は意識せんとも、彼女の世界のなにがしか、つまり偶然出会ったり、彼女が遠い親戚であることが分かったり、そんなことが、俺の世界に関わってくるのか。一方通行に過ぎんのに、こうも引きつける現象はどういうことなんか。これは苦しいぞ、又ちゃん。一方通行やさかい、何も引きつけられんかったなら、それはそれであきらめがつくわな。ところがそういうわけではない。どんどん彼女に関係したことが、俺の世界に引っかかってくる。これはどういうことなのか。又ちゃん、あんたの考えを聞きたい。あんたは哲学やっとったから、その方面の何かが分かっとるかもしれん。できるだけ、俺みたいなぼんくらにも分かるように教えてくれ。うん、それだけや。なんや、じっと俺の顔見つめて。そんなの、お前の勘ぐりや、思い過ごしや言うてくれてもええんや。なんでもええ、又ちゃんの考え聞いたらすっきりするがな。昔からな。うん、今日はええよ、もうこれで。ああ、何でこげんなことしゃべったんかな。又ちゃん声がでらんから、それでこっちが勢いづいてしもうた。ああ、もうええわ、縁側から見る庭の枯れ葉が散ってしもうて、又ちゃん、この庭、ええなあ。この庭見とると、もう俺自身も枯れきってしもてもええ思うな。ほんまに。

2、満作と岩切佐知世

知念坊は夜の勤めで本堂に出向いたため、満作は一人岩切佐知世の用意した夕食の膳につく。満作は佐知世から知念坊が会社勤めをやめてここの住職になった経緯を一通り聞くことができた。

〈岩切佐知世〉

そういうわけやねん。その後、あんたはんも知っとるやろ、野田はんが引っ張っとったUFOの研究会が例の大阪フェスティバルで事件に巻き込まれて、野田はん、やくざにのどを切られたのは。それで野田はん声がでらんなったあと、入院中の病院に全国から励ましの手紙が来てな、そりゃもうニュースで話題になったさかい。そこにここの前住職から誘いがあったんや。跡継ぎがおらんよって、この寺野田はんに頼むわ、て。最初とんでもない、資格も何もない言うて、野田はん断りよったんやが、わてら夫婦も手伝うことになって、今があるいうわけですねん。野田はんの彼女？　あ、由起子はん？　あんたはんにも電話で少し話したかもしれんけど、彼女確かまだ枚岡《ひらおか》あたりに母親と住んどるんちがいまっか？　ほんま、野田はんとは大恋愛だったんやで。婚約までして一時同棲しとったが、会社の社長がスケベな男で由起子はんをだまして寝取ったんや。それ以来由起子はんは枚岡に引きこもってしもうたわ。何度か野田はん枚岡行ったみたいやが、もはや駄目みたいやったな。社長？　社長はんはあのあと気が狂うてしもたわ。もう亡くなったんと違うか。もち、わてらには分からんことばかりやけん、野田はんは由起子はんも、社長はんも許してあげとるみたいや。わてらには分からんけどな。よりを戻す？　それは絶対あらへん。野田はんも、由起子はんもそれぞれこれからずっとお一人や。これも運命やなあ。

〈満作〉

このおばはん、なんや薄気味悪いが、いろいろ知っとるんやな、又ちゃんのこと。おばはんのちっこい体、短い脚、頭だけがどでかく、口が耳まで裂けて、眼がとてつもなくギョロ目。ふーっ、漫画でこういうおばけの女見たような気いする。しかしなんか話聞いとると、これはこれでこのおばはんのキャラクターいうか、なかなか味のあるおばはんじゃわい。なんとなく又ちゃんもこのおばはんのおかげでやってこれとるいう気もするがな。不思議なもんじゃな。このお化け屋敷。うん、しかしこの精進料理、ええ案配や、山菜の天ぷらもうまい。岩切さん、あ、佐知世さんでもいいんかい？　佐知世はん、この天ぷらうまいのう。へえっ、寺の畑で野菜作っとるんけ。娘はん、事故の後？　あ、冨美子のことやな、ああ、おかげさまで何とか退院して今リハビリやっておりますのや。長男？　ああ、孝雄は群馬で高校の教師しとります。そうですか、又ちゃんがあんたにいろいろと教えてくれたんやね。そうか孝雄もお世話になったんやし。又ちゃんとは一体やから、気にせんでええ？　いや、そりゃもうあんたが又ちゃんにとって大切なお人やいうことよう分かりますねん。そう、その変な意味やのうて。ありがとう。友人として恩にきます。

3、知念坊の回答

翌朝、満作が起きると、佐知世が封をした手紙のようなものをもって来た。知念坊が昨夜満作にあてて書いたものである。

〈知念坊の手紙〉

この文章は、今ワープロで打っている。巷ではもうパソコンなるものが普及してるし、さっちゃんの旦那はキーを打てば声が出る機械を作ってくれたけど、私にはこれで十分。時々手紙や少し長い報告文なんかに使っている。さて、満ちゃんの話だが、聞いているうちに、満ちゃんは大丈夫だなと思ったよ。だってあれだけしっかり彼女とのことを思いやることができるんだから。もちろん私への問いかけはそんなことではなく、彼女に関する行為や事柄を、何故に満ちゃんの欲望は引きつけるのかということだったね。それについても私は何も答える能力や資格はない。資格というのは、真言密教の戒律をえらい坊さんから授かったとか、そういうものを教え広める義務と任務を与えられたとか、そういうことだが、そんなものはないし、坊さんの端くれとして、まだこの寺を事務的に管理している身分に過ぎないんだよ。それに私の知っている限り、古今の哲学者でも満ちゃんのような質問に答えられる者はいないよ。ただ満ちゃんの話を聞いてると、彼女との関係の強い縁というものを感じるよ。縁というものはある。ありますとしか言いようがない。縁があるという言い方は、縁がなかったという言い方と対比されて、何か良縁のイメージが強いが、そうではなく、宿縁、宿業など、広い意味でとらえる縁のことなんだ。満ちゃんと彼女がいつか縁で結ばれるという意味ではなく、結ばれるかどうかは誰にも分からない。しかしとにかく彼女に関することが、苦楽を伴ってあらゆる形で満ちゃんに結ばれている、満ちゃんが話したように、満ちゃんの祖父と彼女の実家につながりがあったとか。そういう風に時空を超えてまでつながりがある。そういうことが縁があるということだと思う。縁はある。それが本来仏教の教えの根本にある。しかし何故そういう縁なんだ、縁の仕組みとはどうなってるんだ、ということについては、仏教は何も教えない。空というしかない。そこのところを仏教に期待することはできない。

そんなことを考えながら、実は今、ある人から聞いた話が思い浮かんだんだ。私やさっちゃんが勤めていた建設会社の社長は、もう亡くなったが、ＵＦＯに興味があった。自分でもＵＦＯを見たらしい。大阪のＵＦＯ研究会に加入し、会社の会議室を研究会の会合に提供して、社員もほとんどこの研究会に参加することになったんだ。ある人とはその研究会の会長、著名な自然人類学者だった。彼の話は、あとで分かったことだが、チェコの作家フランツ・カフカが書いた「掟」という短編がもとになっていた。しかし彼の話はカフカよりももっと濃密で印象深いものだった。それは、ある男が自分の生まれながらの一生を前もって決めたと思われる者のところに出かけていくことから始まる。どうしても自分の一生は、ある仕組まれた道を歩かされてきたと思わざるを得ない。その神のような、あるいは悪魔のような者がすんでいると思われる門の前に男はようやくたどり着く。中に入ろうとすると門番が通せんぼをする。今すぐ門の中に入れるわけにはいかんと。それならいつ入れてくれるんだと男は門番に聞く。いつなのかも言えないと門番は答える。男は考える。なるほどここに門がある限り、俺と同じような用件でここにたどり着く者もいることだろう。そいつらを待って入れてくれるのかもしれない、と。それから男は門の前に小屋を建てて、まるでロビンソン・クルーソーのような生活をしながら門に入れる日を待った。しかし待ち続けて二、三十年後、とうとう男は体が思うように動かなくなり、周辺を駆け巡って狩りをしたり農作物を作って生活を維持していく力がなくなった。男は小屋で寝込んでしまった。窓からは門と門番が見える。門番の方でも男が寝ているのが見えた。数日後門番を見つめる男の頭が動かなくなった。門番は男と出会ってから初めて門を出て男の家に入った。男の枕元には日記なのだろうか、驚くほど細かい字で綴った手帳と小指の長さほどの鉛筆があった。門番は手帳をぱらぱらとめくると、元に戻した。そして門に戻ると永久に門を閉ざしてしまった。やがて門には蔦や苔が絡み、広大な壁と見分けがつかなくなった。そんな話なんだ。会長が入院していた病室で聞いた話なんだが、話のあと私は会長に聞いたような気がする。壁の前で生を終えた男は一個の人間というよりも、人類そのものなのかと。他の者は誰も来なかった。門番は男が死ぬと役目を終えてしまったからだと。会長は笑ったまま何も答えなかった。が、一時して天井を見つめながら答えた。人類という抽象が壁の前に立つことはない。壁の中のことは分からん、門番は死んだ男の分身だったかもしれん。もっとも不幸な人間は門番だ。男がやってきたために一生門に束縛される。男はといえば、曲がりなりにも門の周辺で自分の世界を築き上げていったわけだからと。

満ちゃん、あんたの話を聞いて、そんな話を思い出したんだ。「掟」の門の前で人生を終えた男は、自分の外部の何かが、神か悪魔か知らないがそういうものが自分の運命を操っていると思っていたんだろうね。ほんとうのところは、門も門番も永遠の壁も男を、あるいは男の世界を映しだした鏡に過ぎなかったのかもしれない。しかしね、それはまあ、どこを起点にものを見るかの違いであって、男が本当の現実を見ることができなかったんだとは誰もいうことができないと思う。

満ちゃんが彼女と一緒になれるかどうかは分からない。だって、いくら縁で結ばれているといっても、家族をもった満ちゃんの世界と一人暮らしで様々なことを考えざるを得ない彼女の世界とは大きく隔たっているわけだから。そういう現実の障害は無視できない。もちろん満ちゃんもそういう障害はよく分かっているから苦しんでいるわけだよね。そこには、今の私にはうらやましいほど真摯な関係が潜んでいる。実は私にはかつて婚約までした女性がいた。彼女と同棲を始めた頃だった。さっき話した私が勤めていた建設会社の社長が、彼女をうまく仕組んで料亭に連れて行き、そこで一晩を過ごしたんだ。その後、彼女は実家に引きこもって私とは別れてしまった。私はそのとき、恐ろしいほどの苦しみを味わった。社長も罪の意識とどうしようもない彼女に対する思いに挟まれて、結局気がおかしくなってしまった。社長にとっても彼女とは何らかの宿縁があったんだと思う。社長を許し、彼女を許し、さらには自分までを許すにはそれなりの時間がかかった。そして今思うに、社長にとっての縁、彼女の縁、私の縁、それらが絡み合いながら我々は生きてきたんだ。ではもう今は彼らとの縁はないのか。そんなことはない。社長はその後亡くなった。彼女は枚岡の実家で母親と二人で生活しているだろう。過去を振り切ることはできない。社長も彼女も私の心の中で生きている。縁は続いている。しかしもはや彼女と会うことはない。それも縁の力だと思う。そんな縁とは何なのか。それは分からない。仏教というものは生きるための教理であって、真理を解明するためのものではないんだ。密教を極めたと言われている空海さんだって、分からんことは分からんと言っておいでになる。だから私に分かるわけがない。しかし満ちゃんの問いかけは、もう満ちゃんだけのものではないということを示しているようにも思える。満ちゃんはすでに新しい世界に踏み込もうとしている。とんでもない、かいかぶりだと反論されるだろうがね。何故にと聞かれると困るが、満ちゃんの強い、真剣な問いそのものが、私にはそう思える。もう夜が明ける。朝の勤行がある。中途半端で申し訳ないがここまでにしておくよ。それから、今日の午後には私の友人の志摩ちゃん、そう、私の代理で冨美ちゃんを見舞った人、彼も来てくれるので、満ちゃんの問いかけは彼にも伝えておくよ。私なんかよりもっと本当の答え方を知っていると思うから。ではまた、そのときに。

〈満作〉

うむ、長々と書いてくれたが、よう分からん。掟の門？　ははあ、真実は分からんまま、人間はくたばるように仕組まれとるいうわけか。それでも門の前で曲がりなりにもロビンソン・クルーソーのように生活できるのは、人間の生というものがなんかこうエネルギーの塊みたいなもんやから。全てはエネルギーや。又ちゃんの言う俺の力や意志はそんな単純なもんや。年老いて、ひからびて、エネルギーがなくなれば何もかもおしまいや。問いも答えもあったもんやない。人間の生とは、このエネルギーの、欲求のはけ口を求めて、あてどもなく駆け回るようなもんや。それが入ることができん掟の門の前であってもな。エネルギーが全てか。それが俺の世界を作っとるだけか。エネルギーがなくなれば何もかもおしまいなんやからな。それ以上考えるのもあほらしなるわ。だが又ちゃんはおかしなこと言いよった。とんでもない、俺みたいなどうでもいい、そこらあたりに転がっとるような男の欲望が、なんでまた、新しい世界に踏み込むことができるんや。それだけはどうも解せん。あ、佐知世はん、食堂で朝飯？　うん、腹へった。精進料理やさかい、腹へるは、もう。

4、満作と志摩敏夫、知念坊たち

満作が朝食を終えると、佐知世は、午後まで時間があるから、近くの当麻寺《たいまでら》でも見てくるよう勧めてくれた。満作は玉泉寺の門を出ると、右側に二上山の山塊を認めたあと、左側の山道を当麻寺へと下っていった。当麻寺の境内を散策したあと、昼飯は出るんかな、坊主どもは二食かもしれんと案じた満作は、少々下ってそば屋を見つけ、鴨南蛮そばを食った。玉泉寺に戻ると既に宿坊で知念坊、志摩敏夫、岩切佐知世が談笑していた。

〈志摩敏夫〉

あら、お帰りなさい、冨美ちゃんのお父さん？　私志摩敏夫と言います。えっ？　いやお礼なんかとんでもない、私こそ冨美ちゃんがまだ大変な時に押しかけたりなんかして、でも、もう退院されてリハビリも順調とのこと、ほんとに良かったわ。まあ、どこか目元なんかお父さん、冨美ちゃんとそっくり。どうです？　ここは。いいとこでしょう。ほら、もうすぐ上のほうは二上山よ。あっ、お父さんまだ登っていらっしゃらなかったの？　実は冨美ちゃんと約束したんですよ。冨美ちゃんが元気になったらいつかみんなで一緒に二上山に登ろうってね。実はね、知念ちゃんたちが、そう、さっちゃんも一緒だったのよね、二上山でとても神秘的な体験をしたらしいの、それで知念ちゃんに、冨美ちゃんが元気になったらみんなで同じ体験がしたいから、またみんなを連れてってってお願いしたの。ね、知念ちゃん。登るのは夜中なんだけど、そのときはお父さんもどうぞ一緒に登っていただきたいわ。お昼は？　さっちゃんがおにぎり用意してますよ。えっ、下のお蕎麦屋さんでもう召し上がったの？　さっちゃんがけらけら笑いながら言ってる、では、そろそろ私の出番ですよ、だって、何よあんたは、いつも知念ちゃんの手話通訳してるのか、自分の言葉なのか分からないのよね。自分と知念ちゃんは一体だなんて勝手に思い込んでるんだから、ずるいのよね。でもお父さん、知念ちゃんたらね、また私に難題を押し付けたのよ。さっき、お父さんの、あっ、お父さんはよしてくれって？　そう、あたしたち、みんな同じ世代ですものね、さっちゃんは少し若いけど、少しじゃない？　もっと？　では常磐さん、常磐さんの今考えておられること、知念ちゃんがワープロでまとめて、私によこしたの。それを見て何か常磐さんに感想を述べてくれって。知念ちゃんの考えもワープロでもらったけど、私も同じよ、難しい問題、お父さん、私にだって大したこと答えられないわよ。

でもね、どういうわけなんだろ、私ね、お父さん、じゃない常磐さん、常磐さんの彼女に対する大変な思いを知って、昔の古い日本映画を思い出したの。『ここに泉あり』って映画、ご存知ですよね。あの戦争直後の何も物質的な豊かさがない時代に、群馬交響楽団が各地を歩いて旅して、慰問のようなかたちで演奏会を開いていった、そんな映画だったかしら。私もほんの幼い頃に、映画好きの母親に連れて行かれて見たものだから、内容なんてほとんど覚えていないのよ。それでさっきちょっと調べてみたの。そしたら当然かもしれないけど白黒だったのね、その映画。私はてっきりカラーだとばかり思ってた。カラーのイメージしかないの。はだけた土色の道を楽団員たちが楽器を担いでゾロゾロと歩いていくような。そう。黄土色だとか茶色だとか、空は灰色っぽかったけど、そんなカラーのイメージ、その中を楽団員たちが延々と歩いているの。いつもどこかの道を汗をかいて歩いている。縦に長ーくなって、延々と。まるで過去から未来に向かって、人々がつながっているかのように。筋書きとか映画の評価とかそんなことはどうでもいいの、この黙々と楽団員が次の会場に向かって歩いている姿が忘れられないの。そしてどこかの演奏会。私は想像したの。常磐さんの彼女はきっとバイオリニスト、首席かもしれないわ。常磐さんはね、チェリストなの。へへ、年配だから末席かも。ごめんなさい。それで曲目は何かベートーベンの序曲のイメージ。重々しく暗い。演奏会場も何かレンガ作りのような冷たい暗さ、きっと映画館もそうだったのかもしれない。でも荘厳な響きだった。あっ、私何話してんだろ、ごめんなさい、私はこういうイメージでしか話せないの。イメージが先に出てきてしまう。それから勝手に意味をあとづけしてしまう。これよくないかも。しかしイメージをまたイメージするとね、これが私の意味付けの仕方なんだけど、とにかくある集団が延々と歩いている、その中に彼女と常磐さんがいる、運命の集団の中にお二人がいる。ごめんなさい、何を言いたいのか……。交響楽団じゃなくてもいいのよ。とにかくある集団がある方向に向かって歩いている。それは例えば東北の暗い海辺を冷たい潮風に吹かれながら津軽三味線のグループが歩いている。べんべんと鳴らしては歩かないかもしれないわよね。あるいは暗い山道を次の興行先へと浪花節とか浪曲の芸人たちが登っている。黙々とね。つまり過去から延々と続く旅芸人の人々、昔はあたしのようなホモが多かったのよ、そんな旅芸人たち。あ、それはどうでもいいけど、そんな世間からはなれて、というか世間と世間の間を果てしなく歩いて暮らす人々たち、群馬交響楽団はそういう人たちではなかったかもしれないけど、そういう世間からはなれた旅芸人の人たちの中で、常磐さんと彼女が同じ方向に歩んでいるような気がするの。でも同じ方向に歩んでいるからといって、それでお互いがもっと一緒になれるのかどうか、それは分からない。極端に言えば、深刻に憎みあうだけで終わってしまうのかもしれない。それでもあなた方は運命の表情で向き合っているのよ。運命の表情だなんて、またわけの分からないこと言ってしまったけど、お互いの表情をお互いの心の中で無視はできなくなっているのよ。どんなに無視しようと思っても、常磐さんは彼女の表情を、例えば彼女の悲しみ、欲望、喜び、怒りに満ちた表情を自分のものとして生きているのよ。そういう風に生きるしかないのよ。それがカルマ。カルマは一人一人の、個々の世界、その人だけがなじむ世界、他人は決して入りこめない世界なんだけど、そこで常磐さんは彼女の表情になじんで生きているのよ。現実の彼女と一体になっているわけではないから、つらいのよね。でも常磐さんの内部でなじんでいる彼女がいるからこそ、常磐さんは今を生きているのよ。それがカルマ。その人にしか分からない、その人だけの眼と耳と鼻と肌で感じる世界。それでもカルマを通じて、人々はお互いの違う世界をどこかで了解し、それぞれが孤立していてもどこかでみんなつながっているって、あたしのインドの先生は教えてくれた。あたしね、インドのヒンズー教の寺院で数年間修行して、そんなこと教わったの。引き寄せ、引き寄せられる、同じ波長が合うものたちの、永遠の過去からの、ぞろぞろ歩き集団、そんなイメージを持ったの、常磐さんの話を聞いて。私たちは自分の波長に合うものしか引き寄せあうことができないのかもしれない。それが私たち一人一人の世界の見え方なのかもしれない。ああ、ごめんなさい、わけの分からないことばかりお話ししてしまって。でも常磐さん、お二人の関係は運命が巡り会わせた、とても真摯な関係よ。それは私も知念ちゃんと同じ考えよ。真摯だからこそ、常磐さんの意志は、彼女に関わるあらゆるものに浸透していかざるをえないのよ。常磐さんを夢中にさせるんだから、彼女きっとすばらしい女性よ。常磐さんは今、どうやったら彼女を幸せにすることができるのかを真剣に考えている。ご自身が一緒になった場合、誰かいい人を紹介してあげた場合、それとも一生独身で？　いや、彼女の場合はそれはあり得ない。いつか誰かと一緒になるはずです。彼女の相手は常磐さんご自身なのか、それとも別の人なのか。誰が本当に彼女を仕合わせにできるのか、常磐さんはそれを真剣に考えていらっしゃる。どっちにしても常磐さんにも、彼女にも良い方向で解決していくと思うの。それは常磐さんの人徳なの。お顔を拝見して分かるのよ、私、特技としてそういうことが分かるの。だって冨美ちゃんのお父様だもの。やっ、それは関係ないか。でもこうやって冨美ちゃんのお父さんとお会いできてほんとによかったわ。息子さんのことも知念ちゃんから聞いてます。そのうちお会いしたいわ。そこから何か私たちのほんとうの未来が広がっていきそうな気がするの。

〈満作〉

ふーっ、えらいこった、俺には何が何だかよう分からん。俺は幾分期待しとったんかもしれん、多恵とのことは進むとこまで進めとか、もう駄目だから完全にあきらめろだとか、ところがだ、多恵はただ同じ楽団？　首席バイオリン？　それで俺は末席のチェロ？　どういうこっちゃ、まあ、お互い引き合うものはあるかもしれんが、要は最終的にはあきらめろちゅうことかいな。活きのいい若い男のバイオリニストは彼女の横にぎょうさんおるからな。

ただ俺の田舎のじいさんの顔、それと多恵の顔、どこが似とるいうわけでもないのに、この二つの顔の表情、雰囲気、このなんともいえないなつかしさ、これがあるからヤバいんや。なんでやろ、この共通の表情は。そやから多恵は、なんというか俺の究極の安らぎなんや。誰が何と言おうとも、地獄へ導かれようとも、俺はあきらめきれんのや。そうや、彼女のなまの表情を俺のものにしたいんや。それはカルマかなんかで、でけん相談やとしてもや、そうなんや、うん。おい、なんや、みんな、俺から顔背けて、黙って庭のほうばかり見とる。この庭、京都の寺の庭みたいに、ごてごて岩が重なっとらんからいい。俺は好かんのう、石とか仰山積み上げて名勝、名園やて？　あのもったいぶった言い方が好かん、京都の連中の。こっちのほうがずっとええよ。平べったいがよう手入れされとる。この庭のどこをうろついてんだ、あんたらの心。庭にとけ込んで俺のほう向いてくれへん。何言うても、しゃあないやつやな思とるんかいな。それにしても俺や家族のことを心配してくれとる。俺の人徳やて？　ははん、家族を捨ててまで俺は多恵を求めてはいかんいうことか。飲み屋のおかみと同じようなこと言いたいんやろか。いや、そんなことは言うとらんぞ、二人とも。だがわしら年寄りは、みんなもう過ぎ去った桃源郷みたいなもん、あてどもなく探し歩いとるだけなのかもしれん。それはもう又ちゃんも、おもろいホモの志摩ちゃんも、過ぎ去ったもんは俺なんぞよりもずっと高級で重たいもんだったやろ。又ちゃんの婚約までした彼女との話、わしにはとんと理解できんような、いやすごい話だ。苦労したな、又ちゃんも。わしなんかあんたらに比べたらどれだけつまらんことでうろうろしとんのか、ほんまのところあほらし思とるやろ。すまなんだ、つまらん話聞いてもろて。それでもわしらロートルはな、ぐるぐる回っとるだけなのは同じかもしれんな。同じところをぐるぐる、ぐるぐる、そのうち気がつくとそこに死がお出迎え。おう、なんやカエルが鳴いとる！　今時どしたんや。今時ちゅうか、時間がとまったみたいやな。どないしたん、みなさん、何か言うておくれ！　お、佐知世が笑っとる、俺に向かって。佐知世はん、カエルが鳴いとるがな、今時分、鳴いとらん？　そうかな、俺の空耳かいな、どっちや？　まだくすくす笑っとる。このおばはん、若い頃はそれなりに男を釣っとったんかいな。旦那がおる言うたから。ちょぃとうつむいた横顔はまあまあや。じゃが、正面むいたらあかんで。佐知世はん、あんた若い頃はえろうべっぴんやったろね。わっ、こっちむいて怒った。そんなこと言うたらハンサムな旦那さんが怒るよって、又ちゃんが紙に書いてきた。へえ、又ちゃん、二人のなれそめ知っとるんけ。おっ、志摩ちゃんも笑っとる。ところで志摩ちゃん、あんたは独りもんけ、天涯孤独？　ええなあ、みんな悟りを開いてしもて、俺だけがまだこの歳でだだっ子みたいに何かにしがみついとる。昨夜、ちょっとやってみた座禅、無の境地になんぞなれへんかった。俺には無理や、これからもでけへん。そいでもこの二日間、なんぞ心が休まった気いするがな。この寺もええ場所、心地よい風がこの平べったい庭に広がって。そしてみんなもええお人や。ありがとう。佐知世はん、又ちゃん、志摩ちゃん、うん、これからはみんなわしのこと満ちゃんとよんでくれい。また出直すさかい、またつきおうてください。皆さんも東京来ることあったら、是非うちによってください。今晩は泊まらしてもろて明日は、昔勤めた大阪の会社の同僚と道頓堀で昼飯食うことになっとるから、朝早う失礼しますわ。

第5章　一馬、冨美子を訪ねる

平成十六年十一月二十三日の午後、満作の自宅に長男孝雄の生徒、山本一馬が訪れる。満作はその後大阪で一日を過ごし、今晩自宅に帰る予定。家には妻信子と冨美子が在宅。山本は玄関の前を行ったり来たりしていたが意を決して門のベルを押す。

第2話

〈常磐信子〉

あれ、どなたかしら、冨美子のお友達？　えっ、孝雄の生徒さん？　そうね、今日は勤労感謝の日で休日だけど孝雄は戻ってませんけど、群馬にいると思うけど。わざわざ群馬から一人で？　ああ、渋谷にご親戚がおありなの。それで孝雄から冨美子のこと聞かされて、孝雄が帰っている時に会いたいって約束したの？　そう、孝雄はいないけど、ちょっと待っててね。冨美子、孝雄の生徒さん、山本さんという方がたまたま東京に用事があって来られたけど、あんたのこと聞いて会いたいんだって、どうする？　そう、いいわね。じゃあ、本人が会うって言ってますから、どうぞ、こちらへ。あら、ケーキ？　お若いのにそんな気を使わなくたって。ではお茶と一緒に出しましょ。ちゃんとした子だけど、孝雄、冨美子のことなんて話したのかしら、まあいいか、二人だけにしといて。かわいい子ね、ちょっとトゲがありそうだけど、冨美子もあんなことがなかったら、今頃大学でボーイフレンドでも見つけて……。あたしも短大の頃、こんな男の子とデートしたっけ、一度っきりだったけど、あの子今頃どうしてるだろ。今じゃみんなオジさんオバさんね。冨美子、ケーキいただいたわよ。紅茶は？　レモンでいいの？　ではごゆっくり。

〈山本一馬〉

ふーっ、何とか先生ち、乗り込んだぞ。あ、もうおかまいなく、突然お邪魔しちゃって。突然どころか計画的なんだわ。渋谷なんかに親戚もおらん。先生が群馬におるのも確認してきた。なんだかこの妹に一人であったほうがおもしろそうだし。やっと二人だけになれた。えーと、俺山本一馬と言います。常磐先生が担任する教室の生徒です。二年生です。常磐先生も初任なのに二年を受け持つなんて運が悪いよな。えっ？　特に俺を受け持って二重に運が悪いって？　笑ってる。先生が俺のことよく話すって？　問題児が一人クラスにおるって？　なあんだ、知ってんだ。でもよくわかったね、それが俺だなんて。女の直観？　わあすごいな、そうです、私がその問題児です。常磐先生には大変お世話になっています。へっへ。あの、妹さん、大学生？

〈常磐富美子〉

大学一年生。君より一つ二つ年上かな。でもまだ学校行ってないの。休学してんの。こんな具合になったから。うん、だいぶ良くなったの。でも何故私のところに？　そう、お兄ちゃんが私の事故のことといろいろ話してくれたの。で、どうして？　なんだか友達になれそうだと思ったの？　そう、いいわよ、一馬君って言ってたっけ、私富美子、私ね、四人兄弟の末っ子なの。君、兄弟は？　一人っ子なの？　お父さんが小さい時亡くなってお母さんと二人きりか。でもお母さんとは良いお友達でしょ。きっと君のお母さん若いのよね。わっ、一馬君を十八歳の時に生んだの？　あたしと一緒の歳だ。実は内緒だけどね、私の二番目のお兄ちゃん、大学行っててまだ二十一だけどあたしと同い年の子と結婚するのよ。ほら壁に一杯バイクの写真があるでしょ。佐久兄ちゃんバイクが好きで、大学やめてその方面の会社で働くみたい。この部屋佐久兄ちゃんの部屋だったけど、あたしがこんなになって、あたしの二階の部屋と交換してくれたの。カッコいいって？　そうね、でもお父さんがそんな結婚許さないから、黙って二人でアパート借りて生活するみたいよ。私にだけ教えてくれたの。ちょっぴり心配だけどね。えっ、一馬君も私に内緒の話があるの？　孝兄ちゃんに好きな人がいる、初耳！　ここだけの内緒ね、わかったわ。どんな人？　美人で英語の先生？　わっ、素敵。だがまだお互いが片思い？　お互いだったら両思いじゃないの。へえ、お互いが自分は相手にされていないと思ってるんだ。それで君が一役かおうとするのか。よろしい、その心意気は尊重しよう、だがね、二年先輩として言わせてもらおう。君、ほっといたほうがいいよ。なるようになるからさ、ほっとけよ。へえ、でもお兄ちゃんがねえ、情報としてはありがとう。秘密にしとくから、あんたもヤバいことせんどいてよ。そんなことしたら友達になったばかりだけど絶交よ。分かったよ、姉貴！　だって？　佐久兄ちゃんがお姉ちゃんに言う台詞みたい。あ、私の理恵子姉ちゃんね、今東京で化粧品会社に勤めてんだけど、高校時代は女番長だったんよ。私末っ子だから、弟欲しかったな。一馬君、私の弟、決まり！　勝手に決めるなって？　だって姉貴って言ってたじゃない。今度は怒ってる。

一馬君、窓の外見て！　あのコブシの木の下あたり、今スズメが三羽。お母さんが毎日鳥にえさと水をやってるの。だめよ、じっと動かないで、スズメは敏感なんだから。あっ、行っちまった、ほら次はヒヨドリ、こっちは大きくて少し図々しいのよね。でも一番図々しいのは鳩、鳩なんかつがいで来て、追い立てようも平気のへっちゃらなのよ。

〈常磐信子〉

あ、もうなんだか二人して笑ってる。あんな富美子の笑い声、ひさしぶりね。お父さん、今夜帰ってくるんだっけ。三日も不在だなんてひさしぶり。最初はせいせいしてたけど、でも今日になるとあんな亭主でもいないとなると何となくさみしくなるもんね。夜遅くなるのかしら。一応夕飯の支度しとこかな。お刺身と熱燗つけてやっか。

第3話

第1章　満作の職場、そしておかみ

1、満作の職場

平成十七年七月二十七日、満作の会社の最後の内示が出された。その夜、常磐満作は一人職場に残って書類の整理をしている。十月から満作は、現在の会社が合併吸収される八千代建設の本社で働くことになった。本社ビルは赤坂見附にある。満作は総務部総務課付で一年毎の契約社員として、そのビルの管理を担当することになった。課員の中では、矢作多恵子が商品開発部企画課に、橘和夫が業務部業務課に配置となり、それぞれ本社で正社員として働くことになった。事実上満作たちの営業活動は、この日で終了し、十月までの二ヶ月間は、合併吸収に伴う事務移行手続きを進めることになった。

〈常磐満作〉

まあ、こんなもんやろ、あと二年で定年だもんな。しかし契約社員やから、六十過ぎても居さして貰えるんかな。六十で年金貰えるんかな。貰えんとして、退職金でつないで、そのうち年金入ってもたかが知れとる。まだ冨美子にも金がかかるし、いや、冨美子、ようやっと事故の裁判が決着したから、保険会社と相手からかなり貰えるらしいな。孝雄がそう言いよった。それはもちろん冨美子の金だ。将来にも備えんといかんからな。そうすると、女房と俺二人の生活費なんぞなんとかなるんと違うか。そやけど、多恵子と高飛びはできんな。ふん、多恵子のやつ、課長の俺が平社員に降格されたもんやから、それっきりうんともすんとも言わん。ま、橘が同じ課やのうて良かったわ。良かったかどうか、同じ本社の中やからな、今まで以上に橘と多恵子は、うまいことといくのかもしれんな。そしたらどうする。惨めなお前はどうするんや。なんぞ、橘をかわして、多恵の尻、追っかけられんのか。多恵ちゃん、どうすればええんや。今、俺の貯金はいくらなんや。ほとんど女房が押さえとる。どうにもならん。いつぞや、多恵は俺に言いよった。「私はもういいんです。それより課長さんこそこんな職場で終わってしまう方ではありません」ってな。それがどういうことなんや、今の、この天と地の差は？　課長と部下の間柄やから、今まで、のほほんと上手くいっとっただけなのか。それとも死ぬまで、地獄まで、多恵と俺とはなにがしかの深い縁で結ばれとるのか。

知念坊やあのホモおじさんは確かに縁はある言うとった。しかし地獄まで深い縁だとは言わなかったぞ。これはまだ多恵を諦めきれない俺のいじらしい願望に過ぎんのか。

久しぶりに又ちゃん（知念坊）を訪ねたが、あいつ、門の前で野たれ死した男の話しよった。あれ、どうもひっかかるのう。門も門番も男を映し出す鏡、男の分身？　俺はどうも、あの話聞いた時は、いつかは絶えてしまう一人の人間のエネルギーのようなことばかり印象があったが。おい、どうもそんな問題やないぞ。全てが俺の世界やて？　そやから俺が死んだら世界も無くなる。世界の門番は用がなくなる。そういうことや、おい、又ちゃん、そういうことなんか？　俺の願望、多恵に対する俺の願望が世界なんや。いや、その、多恵が俺の全てだなんて、メロドラマみたいなアホらしこと言おうとしたいんじゃあない。例えば願望が満たされて多恵と一緒に生活でけたとしても、半年も経てばそういう生活もおわりになるかもしれん。そんなことはうすうす分かっとる。分かっとるけど、俺は多恵を求める。求めても望む結果は得られんことも分かっとる。たぶんな。しかし、それでも求めようとするのはなんなのか。というか、わしに多恵を求めさせる、いじらしくも仕組まれたもんはなんなのか。いじらしいことは分かっとる。そういうもんをいじらしくも期待して生活せんとどうしようもないのは、たぶん俺の弱さかもしれん。その弱さが俺の世界なんや。弱さでええやないか。多恵を求めることは、俺だけのちっぽけな、小賢しい世界なんかじゃあない。世界が多恵を求めさせとるんや。俺にな。俺が多恵を求めることが世界そのものなんや。俺の欲求が世界というものなんや。そやから、多恵を求めようとする広がりが、いつも俺の中にある。そやけど多恵と一緒になることまでは保証されとらん。それが、又ちゃんらが言う、どうしようもない縁ちゅうもんなんやろな。はて、俺もなんだか俄哲学者になってきたぞ。そうすると、俺という世界はとんでもないもんやいうことがわかる。俺という世界によって、俺の多恵はおるんやから。ほなら、逆はどうなんだ。多恵という世界のために俺はおるんか？　バカバカしい！　そんなことは絶対あらへん！　そんなとってつけた言い方のために世界があるんやない。それぞれの世界いうもんなんか、結局あるんかいな。そんなもん誰にも見ることできん。それが世界いうもんやないか。だから又ちゃんの門の話は意味がある。うん、そこんとこ、ようわからんが、どうしようもないとこや。そうなんや。そう考えるしかない。多恵がこうも俺を引きつけるいうことには、どういう意味があるんか。何の意味もない。何の意味もないが、それが世界いうもんなんや、意味があるかと問う奴はおるが、問うたままでこの世から消え失せていくしかないんや。それがいじらしくも俺という人間の仕組みなんや。俺という縁。縁という俺。なんとでも言え！　ええい！　もう考えとうないわ。しゃあない。明後日の夜は我が課の解散会やて？　ようし、飲んで飲んで、多恵の本心聞いたるで。

2、居酒屋で

平成十七年七月二十九日深夜、満作が営業課の解散会が終了したあと、いつもの居酒屋を訪れる。

〈おかみ〉
なんや、あんたか。もう店じまい。帰った、帰った！　そんなに酔っ払ってどうすんのよ。もうあんたに出す酒なんかないよ。店じまい、店じまい。水でもいいって？　そんなら水、もういっぱい？　水ならいくらでもあげるよ、でも、おい、おい、そこで寝ちゃダメだよ。しゃあないやつ！　今までどこをほっつき歩いたのさ。

〈常磐満作〉
うむ、なんかおかみがわめきよる。なんかこいつ、いつもうるさい。俺の気持ちがなんもわからんといて、ほざくな言いたいな。よう、今夜のあの多恵のそっけなさ、どういうこっちゃ。課長さん、長い間お世話になりました。それだけだよ。おかみ、それもからきし事務的な、よそよそしい態度でな。それで俺は言ったぞ。そんな、仕事上の硬い関係はもうよさんかいな、多恵ちゃん、あんたに俺がどんだけ惚れとるか、ようわかっとるやろ、どや、こんな会社辞めて、俺と出直さんかい、俺、若いころインド料理店でバイトしたことあるんや、それでな、今でもインドカレーなら得意中の得意！　どや、俺とインド料理店開かんかい、インドチキンカレー、日本人になんとなく合うんや、インチキカレーやないぞ、とな。そうや、ここがあかんかった。半分冗談や思うて彼女が話に乗ってきよった。それがあかんかった。まともにいかんのがあかんかった。単刀直入に言えん俺のなんという浅ましさ。彼女は俺が酔っぱらったとしか思わんかった、あるいはそういう風に仕組みたかった。仕組ませたんは俺の意気地なさや。俺はもう軽くあしらわれる年寄り扱いよ。自業自得やな。もう宴会も何がなんやらわからんようになった。みんなわけがわからん話でグワングワン騒いどる。俺はトイレに行った。用を済ますと鏡を見た。誰やこいつ！　鏡の男は誰や！　この生気のない、禿げ上がった、皺だらけの、老人臭漂う、死に損ないの顔は！　亡霊だ！　これが俺なんか！　何てことだ、これからどうやって生きるんだ。なあ、おかみ、おれはなあ、おれはなあ、亡霊だぞ！　どろんどろん！

〈おかみ〉

何ブツブツ言ってんだ、この泥酔おやじ！　眠ってるくせに口だけむにゃむにゃ動いてる。こう見ると、こいつ、なんか牛みたい。むにゃむにゃ、むにゃむにゃ。笑っちゃうよ。満ちゃん、だいぶおやんなさったね、今夜は。ふん、また例の部下のお姉さんと、うまくいかなかった、そんなとこだろね。ご苦労様、ご苦労様、男はしょうがないねえ、あんた、まだあそこがピンと立って子供作れるんかねえ、女は年取るともうしょうがないけどねえ、そりゃあ、男に惚れる気持ちはあるんだけどさ、それでも、満ちゃん、愛情いっぱい、ラブラブ同士も、この世にたんと活きのいい子供を産んでいくための、仕組まれたもんなんだよ。人類を絶えないようにするための、ピチピチ若いもんの特権なんだよ。そういう動物と同じ仕組み、そういうこった。無理せんといてよ、あんたも相手もだんだん年取って行くんだから。年には逆らえないよ、人間だって動物と同じよ。おや、なんだかあたしも哲学者になってきた。満ちゃんの愚痴哲学がうつったな。愚痴ぐずるおばんかいな、あたしは。この店もどうなるやら。愛子が子供連れて何処かへ出てしもた。別れた御曹司と何処かで密会するらしい。それでまたもう一人孕んで戻って来るんやろな。なんとも、若い連中の欲望いうもんは。人類万歳、万歳や。それにしても圭ちゃんはどうすんのや。あんた、まだ若いし、こんなとこおらんて、どっか儲かる店行って雇うてもらえ、言うたら、おかみさん、愛ちゃんがおらんなって大変やから、俺ここに居させてもらいますって。いや、そりゃありがたいけど、一人でもなんとかやっていくから言うてもきかん。あいつ、ホモやなさそうだが、女はおらんし、アパート帰って何やっとんのやろ。四十にもなって、一人で毎晩エロ雑誌見てマスかいとんのか。あれでメロドラマ好きらしいから、テレビの前に正座してじっと見てんのかも。なにやら切ないいな。ああ、なんだか圭ちゃん見てると人間いうもんがむなしいよ。真面目で仕事もちゃんとやってくれる。いい子だけど、あたし全然その気が起きない。あんな単純なの、この老いぼれ婆さんでも簡単にものにできるんやけど、全くその気起きないね。圭ちゃん、あんた、何で生きてんのよ。そのままどんどん年取って、何が楽しくて生きてんのよ。あんたに比べてこのおじさん、このどすけべおやじ！　おい、起きんかい！　あたしゃもう寝るんだよ、とっとと帰っておくれよ！

〈常磐満作〉

なんだ、おかみか。おい、どうなってんだ、俺はウチ帰ったんやないのか。ここはどこや、おう、あんたとこかいな。なんやもう店閉めたんかいな。水？　うん、水もらうわ。フーッ、しかしこんな時間か。今日は解散式、我が課の解散式、何もかも解散や。おかみ、一杯だけつけてくれよ、ダメかい？　おう、帰る！　帰るよ。それにしても、おかみ、あんたしけた顔してんな。何？　愛ちゃんがまた家出したんけ。そりゃ大変だ。よりを戻すんけ？　それはない？　しかし未練があるんやろなあ、若いもんはいいよ、なんでもできるがな。しかしこの店もたいへんやなあ、圭ちゃんは？　ああそうかい、圭ちゃんがおるならまだあんたもこの店やっていけるよ、よう仕事もできるし。冨美子？　ああ、おかげさまで裁判も終わってようやくけりがついたがな。あとは静かに見守っていくしかないわ。あの子はあの子なりになんとかやっていけるやろ。それよか問題は理恵子と佐久平や、理恵子のやつ、そう、長女のほうや、あいつ職場の若い男とでけて、孕んでしもうた。どうすんや、結婚せんでも、自分で子供育てる、言いよる！　ばかやろ、この先どうなるんや。子供の将来考えてみい、なんてことだ、あいつは！　それにおかみ、聞いてくれ、次男の佐久平もや！　あいつ、まだ学生のくせして、アパート借りて同棲しとんのや。こっちの方は結婚すんやてよ！　相手はまだ二十歳前の娘っ子ときた！　なんてこった、結婚すべき長女が結婚せんで、結婚なんてとんでもない次男が結婚するんやて？　女房はおろおろするばかり、おかみ、俺家帰りとうないわ、今晩泊めてくれ！

〈おかみ〉
若いもんはいいよ、なんでもできるから、そういったのは誰だよ！　自分の子供は良くないのかよ！　この甘ったれおやじ！　男はどいつもこいつも逃げ口いっぱい持ってるくせに、まるで自分だけが世界で一番不幸せな人間みたいなツラして、泣き言ぬかすんだから。さあ、帰った、帰った！　そこはもう閉めたよ、裏口から出るんだよ。フーッ、やっと追い出した。さて、風呂入って寝るかね、疲れたな、シャワーだけにすべか。今夜も熱帯夜。クーラーつけて寝るか。寝るのが一番、この歳になって寝るのぐらい極楽はないよ。おっと、醤油がなかったな。うちはやっぱり山本さんとこの仕込み醤油やないと。明日圭ちゃんがきたら、頼んでもらお。もう今日はおしまい。やっ！　あのおやじ、メガネ置いたまま帰ったんか。あいつド近眼かな、ま、ちゃんと裏口から出て行ったから、外出てタクシーくらい探せただろよ。あー、もうこっちの方が目がしょぼしょぼしてきた。

第2章　ささやかな結婚式

1、ネパール料理店にて

平成十七年八月十四日の夜、目黒駅前の小さなネパール料理店で佐久平と千鶴がお茶を飲んでいる。外は雨が降っている。二人は昼間、区役所に行って婚姻届を出してきた。二人の指には結婚指輪がはまっている。二人はその手を比べたり、並べてみたりしている。ネパール料理店は、佐久平がかってバイトをしたこともある店で、それ以来マスター夫婦と懇意になって、千鶴とも度々訪れている。絨毯《じゅうたん》を敷き詰めたフロアに、テーブルが三卓ぐらいしかない店で、二人の他に客はいない。マスターが二人の結婚を祝って、この時間から貸切りにしてくれた。テーブルには赤いキャンドルが灯されている。この店も二十周年記念日だということで、入り口奥の狭い厨房ではネパール人が二人のために特別料理を作っている。

〈佐久平〉

マスター、ありがとう。俺たちの結婚祝いと店の二十周年が重なって、ほんとラッキーだな。千鶴、マスターと奥さんは、俺が心から世話になった唯一の人たちだもんな。だからよ、今夜はマスターたちが俺たちの本当の媒酌人みたいなもんさ。そう、ここが俺たちの結婚式会場、披露宴。ありがとう、奥さん、俺、この日のために少し貯めてきたんだ、千鶴、今日はご馳走だぞ。俺たち似合いだって言われたの、ここが初めてだったよな。だから千鶴もここで祝ってもらいたかったんだ。ねえ、マスター、ネパールってどんなとこ？　ヒマラヤ観れるの？　子供みたいなちっさい飛行機で？　千鶴、新婚旅行そのうちネパールで遊覧飛行。いいだろ？　俺いっぱい働いて金貯めるから。えっ、今日は全ておごり？　マスター、それはだめだよ、だって今日は店の記念日なんだから、俺たちもお祝いしなくちゃ、なあ、千鶴。マスター、俺こないだ、初めて自分の手続きで、店に来たロシア人に日本の中古車一台、売り込めたんや。ロシア語？　そんなのわからん、いい加減な単語と身振り手振りで十分、価格はちゃんと紙に書いて交渉するけど。店の社長のウケもいいんよ、俺。だからな、千鶴、もう少し待ってくれよな、二人でヒマラヤ遊覧飛行！　マスター、そん時は色々教えてよ、ネパールのこと。

〈マスター〉

佐久平、千鶴ちゃん、あんたら輝いてるね、いいね、若いもんは。十九歳、なんのその！　若いうち結婚すべきだよ。俺たちも、えっ？　おい、いくつの時だ？　二十代前半だよ、結婚したのは、ヒッピーみたいにカトマンズあたりうろついてたら、やはり一人で旅行に来ていた女房と出会ったんだ。日本から若い娘が一人でネパールだもんな。いや、その気丈夫さに惚れちゃったさ。でもどういうわけか子供には恵まれない。一度流産してそれっきりさ。それまで俺、地方銀行のサラリーマンだったが、子供のおらんサラリーマンの家庭ほど侘しいもんはない。それで女房と二人でこの店始めた。こういう巷の商売に足突っ込むと、女房には迷惑かけちまうけど、美味しい料理を出して、馴染みのお客さんが増えてくると、この店がわしらの子供みたいなもんになってねえ、あっという間に二十年、あんたらまだ生まれていなかった頃始めた店だもんなあ。ここでネパール料理食べてくれる客がいる限り、まだまだ続くんだろうなあ、まあ、今日はどんどんやってくれ。ガネちゃん、そろそろ料理出してくれい。ガネルはネパールの友人が紹介してくれた青年でね、三ヶ月ビザで飛び込んでくれたが、いや、料理は一流だよ。安月給で働いてくれるけど、それでもネパールで働くより何倍ももうかるらしい。こういういい青年がどんどんこっちへ来てくれんことには、日本もこのままだとどうなることかね。ところでお友達はまだ？　佐久平の妹さん来るって言ってたっけ。

2、唯一の招待者たち

やがて店に松葉杖をついた冨美子と花束と贈り物を持った山本一馬が現れる。一馬は昨年初めて満作の家で冨美子と会ったが、今年に入って二度ほど満作の家を訪れ、冨美子と会っている。その折、佐久平とも会っており、佐久平は一馬のことを俺の義兄弟だと呼ぶようになった。冨美子は佐久平が結婚するときはどうしてもお祝いに出かけたいと言っていた。そこで一人で出かけるのはまだ無理な冨美子のため、佐久平から一馬に、一緒に来てもらうよう頼んであった。まだ松葉杖がなれない冨美子には自宅からここまでも難儀な道中だったのか、少し疲労の色がうかがえる。後ろから一馬が心配そうに冨美子の足取りを見つめている。

〈佐久平〉
おう！　来てくれた、一馬、ご苦労さん。冨美子、大丈夫か？　マスター、用意してくれた椅子お願い！　あっ、ありがとう！　冨美子、どうや、座れるか？　ああ、いい按配だ、奥さん、ありがとう。さあ、これでみんな揃った。妹の冨美子です。それと冨美子の友人の山本一馬、自宅は群馬なんやが、今晩は冨美子のボディガードやから、冨美子を実家に送って、実家の俺の部屋に泊まることになってんだ。マスター、ビールで乾杯しよう！　今日だけはみんないいだろ？　お、一馬は初めてだったな、俺の女房、千鶴。千鶴、一馬は兄貴の高校の生徒なんだ。驚いた？　まあ、ややこしい話はどうでもいいや。千鶴、写真、みんなに目せてやれ。ほら、一応二人で衣装借りて、写真屋で撮ってもらったんや。うん、よく撮れてる。でもな、そのうちでっかく本物の式あげたるで。千鶴にもっと豪華なウェディングドレス着せてあげる、ぜったいな。だからそのための大切なスタートなんだ、今夜は。マスター、奥さん、ネパール人のガネちゃん？　そして一馬、冨美子。みんなありがとう。冨美子、足痛くないか？　早う、義足つけられるといいんやが。

〈冨美子〉

千鶴さん、佐久にいちゃん、おめでとう！　これ、お祝いの花束とお皿のセット、私と一馬君から。千鶴さん、このお皿で美味しいお料理いっぱい作って佐久にいちゃんに食べさせてあげてね。あら、二人とも結婚指輪してんだ、お似合いよ、それに千鶴さん、赤いドレス素敵よ、マスター、奥さん、今日はどうもありがとう。足？　足は痛くないけど、こんなに長く松葉杖ついたの初めてだから、腕が痛い、でも大丈夫。それに佐久にいちゃん、あたし、義足はつけないことにしたの。あんなの邪魔。あたしそのうち片足でぴょんぴょん跳ねて歩くんだから。約束したのよね、一馬君と。一馬君、この餃子みたいの美味しい、なんて言う料理なんですか？　モモ？　ガネさんがつくったんですか？　えっ？　このお店も今日が二十周年記念？　わー、おめでとうございます。千鶴さん、佐久にいちゃん、ラッキーだね！　お祝いが重なっちゃって。このジャガイモとピーマンみたいな炒め物も美味しい。あー、ビールもおいしい。あれ、一馬君、真っ赤！　いけない口なのかなあ。千鶴さんはいける口なのよねえ、でもお兄ちゃん、飲みすぎるとわけわからなくなることあるからね、ちゃんと監視してね。千鶴さん、料理作るの得意？　そう、お母さんが煮物や漬物の作り方教えてくれたんだ。いいなあ、お兄ちゃん、今時若い子でそういうもの作る子少ないのよ、みんな出来合いのもの買ってくるんだから、偉いよ、素材から時間をかけてつくるの。大変なんだから。お兄ちゃん、これから千鶴さんのまごころ料理をしっかり食べるのよ。

〈山本一馬〉

うーむ、なんだか顔が火照ってきた。そんなに赤いかよ。しかし今日は大変だったぜ。ここまで来るのに冨美子は何度も転げそうになったんだから。やっぱ義足つけたほうがいい。

バランス取るにも。それでも彼女、どうしても義足つける気はないらしい。かたちんばのヘロヘロだあ、勝手にしろってんだ。それにしても佐久兄貴の嫁さん、べっぴんやなあ。ぐっとくるぜよ、兄貴はいいたま見つけたなあ。あんたらの猪突猛進、気持ちいいなあ。どうして俺の生活はがんじがらめなんだ、俺も高校退学して兄貴の商売手伝いたいなあ。そしたら常磐先生、なんて言うかな。びっくりするだろうな、自分の弟とグルになってたって。それにしても先生はどうなんだ、俺知ってるぞ、英語教師の恵子ちゃんにメロメロだって。だいたい二人が同じ教員室にいる時の雰囲気ですぐわかる。冨美子は俺にちょっかい出すな言ってたが、俺がちょっかい出すまでもないわ、先生、お前どうすんだ？　はい？　あ、俺ですか？　佐久平さんのお兄さんが、ホームルームの担任なんです。いつもお世話になっています。あ、でも今日のことは先生には内緒です。どのみち分かっちまいますけど。え、でもマスターと奥さんはネパールで料理の修業されたんですか？　ひと通りはやったけど、それは本場の料理人をネパールから連れてくる目利きに役立ってる？　なるほど、やっぱりネパール人が作る味ってものがあるんだなあ。

〈佐久平〉

そうや、一馬、マスターと奥さんもネパ料理作れるんやが、やぱ、現地人の味いうもん大事にしとるんや、ねえマスター。いわゆる文化やからな、現地の味は。それよか奥さん、俺が閉店前に来た時にな、酔っ払った俺に鮭茶漬け作ってくれたんだ。うん、日本の茶づけ、それがめっちゃうまくて。奥さんあれ、なんかで出汁とってくれたんのよね。うまかった。千鶴、今度奥さんに教えてもらえよ、何？　昆布も入れるんだ、関西風に？　うん、そのうちな。うーん、だいぶ飲んだな。冨美子、足は？　痛くない、そんなら少し飲めよ。お前、親父に似て飲める口だからな、お袋の方はとんとダメ、兄貴はお袋に似たんだな。うーん、千鶴、冨美子は事故で障害者になっちまったけど、うん、俺たち兄弟の中で一番芯がしっかりしてんのよ。末っ子なのにな。お前もそうだよな。でもこいつ、妹と弟がいっぺんにでけたと言って喜んでるんだ。千鶴が妹、そりゃあ、義理の妹になるんだもんなあ。一馬が弟。これはどういうわけなんだ？　おもろいなあ、でもいいことよ、一馬と俺とはどういうわけか義兄弟だもんな。千鶴、みんなうちうちってわけだ。うん、それが何より。親父はどうでもいいが、お袋には迷惑かけた。千鶴、さっき言った本物の結婚式な、今度はお袋も、お前の両親たちも呼ぶからな、それまで、見てろよ、俺、働いて、働いてお前を幸せにしてやるからな。ロシア人たちにたんと中古を売り込むぜ。もうぎょうさんノウハウも身につけた。これからや千鶴。うん……眠とうなった。大丈夫、マスター、そろそろナンとカレー！

第3章　知念坊と孝雄の往復書簡

1、孝雄から知念坊へ

　ようやく梅雨も明けて、日差しが強く感じられるこの頃です。ご無沙汰してしまいました。知念様にはお変わりありませんでしょうか。お年賀を交換させていただいて以来、改めてお手紙を出そうと思っておりましたところ、半月以上が過ぎてしまいました。おかげ様で冨美子の交通事故に関する裁判も和解により賠償額も確定しました。冨美子は入学以来、大学とは通信教育のような形で自宅での学習が少しは続いていたようですが、途中から通学のための、大学との手続きを自分で進めており、秋までには自力で大学へ行けるようリハビリに励んでいるようです。

　実は例の私の教室の問題児、山本一馬が昨年十一月に私の実家を訪れて冨美子と会って以来、冨美子と親しくなったようで、今年に入ってからも実家を訪れているようです。それがまたどういうわけか冨美子にとっていい影響を与えているようです。その一馬ですが、例のアンケートの学級新聞への公表以来、彼はご承諾いただいた知念様の回答や冨美子の意見などを掲載して学外にも問題を広げていこうとしています。まあ、それでももはやアンケートに注目する生徒や教師たちはいなくなりましたけど。しかしながら一馬は、今度は新聞でもっと厄介な問題を掲載したのです。「イラク戦争をどう評価するか」というタイトルで特集記事を組んだのです。これはまた教師たちや父兄たちに、今まで以上に反感と批判を招くことになりました。何か反戦運動のようなものを校内で起こしかねないのではないかと。しかしそんな意図は全くないのです。我々大人たちでさえ素朴に思う疑問を一馬が話題にしただけなのです。すなわちイラクに大量破壊兵器がなかったことが判明した今、あれだけ大量に兵や兵器を投入してイラク全土を壊滅状態にしたアメリカやイギリスの戦いはなんだったのか。こんなことが許されるのか、という疑問です。こうした子供たちの素朴な疑問に我々教師はどう答えたら良いのか。アメリカは戦争の終結を宣言しましたが、占領政策は一貫性を持たず、イラク国内の治安はますます悪化するばかりです。強国が最新鋭のコンピューター兵器を使ってそれこそ無尽蔵に弱小国を破壊し尽くした結果はどうなったのか。私は担任教師として、ホームルームでこの問題を生徒たちと話し合いました。アメリカなどの先進諸国とイラクが戦った。そうするとやはり国家とはなんなのだろう。現代社会における国家とは、という問題に行き着きます。国家を代表する者たちが、どうしてあの様な戦争を起こすことになったのか。国家を代表するとはどういうことなのか。一馬は盛んにポピュリズム、ポピュリズムだよ、と叫んでいましたが、国家を構成する国民に戦争を肯定させる様々な雰囲気作りがどこでどのように醸成されていくのか。マスコミのあり方も含めて、子供たちは活発に議論したのでした。これは私にとっては教師として初めての新鮮な経験でした。結論は出ませんし、出させようとはしませんでした。疑問が次々と湧いて出て、興味が尽きないままで時間が来てしまったのが良かったのだと思います。でも私は生物の教師でよかったです。私の専門が歴史や政治経済だったら、生徒たちから絞りあげられたことでしょう。生物学的には、戦争は国家の存続をかけた縄張り争いでしょうか。では国家とは何か。生物学的には、人種的にまとまったある人間集団が同胞意識を持ち、集団として自己保存を計りながら発展してきたとしか言えないのですが。知念様はどうお考えですか。

一馬は、私と同期の女性教師のことをいろいろ探ろうとしていたことは、その後なさそうなので変な噂は立たなくなりましたが、最近その彼女から、職場で、常磐先生、先生の生徒さん、ちゃんと指導されているのですか、と言われてしまいました。そうすると、どうやら一馬は彼女が不審に思う何かをやらかしたのかなとも勘ぐりたくなりますが、彼女もそれ以上追及してこなかったので、はい、これからちゃんと指導しますとだけ答えました。なんだか一馬と共犯者みたいですね。その一馬は、今度は富美子に興味津々なのか、息が合ってるのか、私の実家を時々訪れ、その際私の弟、今大学生ですが、そいつとも仲良くなって意気投合しているようです。妹や弟たちがそれで楽しそうにしているので、一馬にとっても良かったのかなと思っています。夏休みは、時間が取れたら、またお寺にお邪魔したいと思っています。しかし今年は、生徒たちを連れて信州の八ヶ岳の山麓に合宿に出かけなければならず、お邪魔できないかもしれません。またご連絡します。

とりとめもない話で恐縮です。これから暑さも本番ですが、お体に十分気をつけてお過ごしください。

常磐孝雄

平成十七年七月十九日

知念坊　様

2、知念坊から孝雄へ

お手紙ありがとうございます。内心、あなたからのお便りを心待ちにしていましたので、楽しく読ませていただきました。冨美ちゃんの件、ようやく裁判が終わったとのこと、本当に良かったですね。これから彼女はきっと自分らしい生活を築きあげていくと思います。それに一馬君、やはり私の思った通り、冨美ちゃんと仲良くなりそうですね。

さて、国家とは何かについて、私がどう考えているかということですが、これまた大きな問題です。なるほど生物学的には、人種や民族、言語でまとまった、自己保存的な集団とも言えましょう。哲学的には、ヘーゲルなどが人間社会の最高の発展段階であると言っていますが。当時はそうであっても、今の世の中、どうもそうとも言えませんね。ヘーゲル自身も国家が永遠のあるべき人間社会であるとまでは言っていません。国家とて弁証法的には、ある望ましき社会形態へと変貌していくものかもしれません。ただ私は、ここでは、国家というものを、私たちの日常生活において、どのように意識されているのかについて考えてみたいと思うのです。私たちを含めて一般の人々は、国家を国家権力、すなわち何かを決める際の最高の決定機関、そこで決まればあまり逆らえない存在として意識しています。また、対外的には、あなたもおっしゃる通り、国家は、同じ文化の中で生活する同胞者意識を形作ってくれる存在でもあります。例えば、オリンピックなどの国同士が争う競技会などで、日本のチームや個人が優秀な成績を収めると、国中が盛り上がり、人々の意識は高揚します。逆に期待通りの成果が得られないとがっかりします。私も同様にそのような感情を共有しています。これも国家意識の日常的な側面です。一部の知識人たちは、そのような感情があたかも自分たちとは関係のない低俗な大衆のものと考えたがるかもしれません。むしろ国家はそのような感情を利用して人々をまとめ、国家主義的な戦略を対外的にとっていくのだと。しかしそのような素朴な高揚意識は誰にでも存在するのです。それはなぜか。この問題に真摯に向き合わない知識人こそ問題だと思うのですが。私たちを含めて大衆全体が現代の政治的、文化的国家間ゲームの中で同胞者意識を持ち、その上に家族や企業や団体を存続させているのです。私たちはこの私たちの意識に入り込んでいる国家観念を無視したり、あるいは見下したりするのなら、現代国家というものの本質を見失うのではないかと思います。

一方で、一部の知識人にとっては、国家は国家権力として、人間の本来の自由を損ないかねない存在であるとし、彼らは国家意識に囚われない、世界市民としての意識の醸成と、国家を超越した世界中の人々との連帯を訴えます。いわゆるコスモポリタンとしての連帯を。特にヨーロッパでは、中世以来王侯貴族達はヨーロッパ中に血縁関係を築いており、国を超えたつながりが発達しており、フリーメイソンや市民革命などの広がりもヨーロッパ中に拡大していきます。そうした歴史的な基盤がEUの誕生にも繋がるのでしょう。しかし、そのEUの中にも、EU統合の推進を拒否し、国家や民族自治としての独立性を保持しようという動きは見られます。まだまだ人々の生活の中には国家が根付いているのです。確かに資本主義の発達が国家を中心にして発展してきたこともあります。すなわち資本のグローバル化は、あくまでも国家という経済単位を前提にしているのです。しかしそのような経済的な観点からのみ国家の、人々に与える意味を考えようとしてはダメです。あくまでも日常的な生活意識を形作る基盤として、私たちの意識深くに影響を与えている国家を問題にしなければなりません。要は我々の日常生活に根を下ろしている国家、それを形だけ拒否するのではなく、その感情の元を追求すること、それこそあなたの言う生物学的な事実がそこに垣間見えるのかもしれない。我々人類が他の生物と同様に、社会を形成し、それを維持していくためのやむを得ない仕組み、私たち一人ひとりの真相に潜む生物学的な意識なのかもしれない。国家や民族から孤立して戦うことの難しさ、世界市民としての現実的な対応の難しさを考えてみただけでもそれが理解できます。そうすると、あなたの教え子一馬君が問いただした例のアンケートの問題にも関連してきます。地球上の国家間ゲームを将来に向けて、なきものにしていくものは一体なんなのか、ということですね。地球外からの生物とか認識主体の対峙は、可能性としてはあるとしても、当面地球内部で我々の日常生活の意識としての国家を乗り越える動きとはなり得ませんよね。では国家を乗り越えるような人間社会をどのように考えていったら良いのか。私にはまだはっきりした展望はありません。はっきりしているのは、我々多くの一般大衆にとって国家は様々な形で日常生活の意識の前提にされているということです。それをわれわれは国家によって抑圧されているとか、国家権力に対して、のほほんとしている大衆意識ではダメだと、おきまりの価値意識丸出しの知識人たちの論理だけでは、国家はいつまでたっても、それこそ、のほほんとこの世に居座り続けることでしょう。

さて我々の寺でもお盆を前に、様々な行事の準備に追われる時期が到来しました。佐知世さん夫婦や志摩さんにも手伝ってもらって、提灯《ちょうちん》や垂れ幕などの飾りつけをやっている最中です。しかし、私たちの友人の来訪はいつでも歓迎します。夏休み、ぜひまた遊びに来てください。楽しみにしています。

知念愚坊

平成十七年八月二日

常磐孝雄　様

3、孝雄から知念坊へ

お盆を過ぎても、暑い日々が続いていますが、時節柄お忙しい日々が続いておられることと存じます。私の方は八月十日から八ヶ岳山麓の信濃境というところで生徒たちとの合宿に入っていまして、そこからお便りさせていただいています。今生徒たちとの反省会を終えて、夜の九時ですが、部屋に戻って書いています。国家に関してのお考え、尤もだと思います。巷では様々な国家論が本になっていますが、どれも政治的、思想的な自分の立場を表明したり、哲学的な概念をご託宣よろしく並べたりしただけのものが多く見られます。知念様の言われるように、私たち一般大衆の日常生活に根ざした意識、あるいは意識下のものとして、国家を捉える作業が必要だと思います。多分そこには、手前味噌ですが、生物学的な集団意識、集団的な本能といったものも蠢《うごめ》いているのではないかと思われます。また直にお話をお伺いしたいところですが、合宿は二十日まで続き、群馬に戻ったら二学期の準備に取り掛からなくてはなりません。残念ですが、お寺にお伺いするのは、またの機会になりそうです。

ところで冨美子から電話があって、私の弟佐久平が結婚式を挙げたとの連絡が入り、びっくりしているところです。弟はまだ大学生ですし、相手は冨美子と同じ十九歳です。母は薄々結婚しかねないことは知っていたようですが、まさか二人だけで籍を入れたとは知らなかったようです。それもどこかの料理店でお祝いをして、招かれた客は、なんと冨美子と一馬の二人だけだったそうです。あの私の生徒の一馬です。さっそく弟に電話をして、何故我々に事前に話さなかったと詰問すると、兄貴すまない、兄貴に話すと親父にまで伝わって、ややこしいことになりかねないので、冨美子と一馬にだけ祝ってもらったというのです。冨美子は、二人は幸せそうだったと言っていますが、佐久平は、気は優しいところもあるのですが、猪突猛進的なところもあって、父とはいつも衝突ばかりしています。もう一人の妹、冨美子の姉理恵子ですが、そいつも親父と衝突ばかりおこしており、母の話では、職場の男性との子供を身ごもったと言います。そんなこんなで父の怒りと母の心労で実家は大変そうですが、意外と冨美子はさっぱりしていて、むしろ佐久平の結婚や理恵子の出産を喜んでいる様子です。本来長男の私がしっかりしなければならないのに、冨美子がいてくれて助かります。それにしても兄弟であっても私は弟や妹たちの心が読めないし、力にもなってやれない、情けない長男です。佐久平や理恵子は幼い頃からいつも父に怒られていますが、私にはない野性味というか行動力があり、本当にこうも違う性格、人間の性格というか、こうも運命づけられたそれぞれの人間の性格とは一体なんなのかと不思議に思います。そしてまたあの一馬が、我々の家庭の一部に溶け込んで、冨美子と共に生き生きとしているということにも、何か運命の巡り合わせというか不思議な縁のようなものを感じます。一馬がこの合宿に参加しなかったのも、富美子と示し合わせて、佐久平の結婚に加担したからだと思うと、なんだか連中にしてやられたという感じもします。富美子は電話で、義足はつけないことにした、自分の一本足でやってみせると言っていました。大丈夫かなと心配ですが。それにしても、この信濃境の夜の静けさはほっとします。さっきちょっと外へ出てみましたが、周囲は真っ暗で、満天の星に圧倒されました。束の間の、学校での喧騒から解放された感じです。

再び国家についてですが、帝国主義とか社会主義、グローバル化した資本主義経済における国家とか言っても、それぞれの領域の言葉で整理して満足しているとしか思えません。やはり知念様が言われるように、我々の社会生活の条件になっているような枠組みとしての国家を、もう少し日常的、感覚的に捉えていく必要があると思います。そうすると、国家はイデオロギーや理念の対象というよりは、もっと深く我々の生活に根づいた何かだということがわかってくるのかもしれません。私も何か生物学的な次元で人間という生き物の約束事としての国家を捉えてみたいのですが。そのためには、まだまだ知念様のご教示を仰がなければと思っています。これからもよろしくご指導ください。それではまた。

平成十七年八月十六日

常磐孝雄

知念坊　様

4、知念坊から孝雄へ

信濃の合宿は、その後如何だったでしょうか。もう今頃は学校に戻られて喧騒の日々が再開されておられることでしょうが、あなたのことですから、しっかりと一つ一つ課題をこなされている事と推察します。私の方はお盆の法要も無事終わり、一段落しているところです。ご家族の皆さんのこと、お父さんからも少し聞いていましたが、みなさんそれぞれの生き方をされているようですね。お母さんがご心配されるのも当然ですが、大丈夫、弟さん、それに妹の理恵子さんも、決して自分を見失っているのではないと思います。冨美ちゃんや一馬君が、こっそりご両親がお認めにならない結婚式に出席したのも、ヒットですね。大丈夫、お若い方々は、我々の知らないようなところで、お互い助け合って、自分たちのしっかりした人生を歩んでくれると思いますよ。それにしても人生の縁と巡り合わせは面白いですね。あなたの生徒の一馬くんがそこまであなたのご兄弟に関わってくるとは。

実は、昨年、お父さんとこの寺で久しぶりに再会した時、人間にとっての縁とは何かについて、話し合ったことがありました。お父さんも今までの人生で様々な縁というものを感じられていたようで、私の過去にもある、そのような縁のつながりをどういう風にとらえたらよいのか、仏教ではどうなのか、お父さんから詰問されましたよ。そのとき私は、仏教の教えに縁というものは深く関わっている。縁というものはある、しかし、その仕組みや人間にはなぜ縁というものがあるのかは分からない、古今の哲学者も説明できていないのではないか、と答えました。お父さんは、過去に出会った人と似た雰囲気を持った人物と、なぜか縁があって出会ってしまうと言っていました。そこで、お父さんが帰った後、ふと思いついたのですが、縁というものの背景には、私たちの心の底に何かを引きつける、という動きというか、力の充当があるのではないか。相思相愛というわけにはいかないが、ある対象を引きつけるという作用というか動き、そして引きつける主体にとっては、自分の過去あるいは自分の生まれる前に、そのような雰囲気の対象を引きつけた事実があったのではないのか。それが縁というものでは、と思ったりしました。つまり、人それぞれに引きつける対象のパタンというものがもともとあって、それに沿って、その人の人生は歩まざるを得ないのではと。そしてそれは人間に特有のものなのか。それとも人間以外の動物たちにも見られるものなのか。ある種の鳥や魚のつがいの出会いと交尾は、雌が単にできるだけ強い、大きい雄を選別するだけなのか。そうではなく動物にも引きつけるパタンの相性があるのではないのか。ただ単に強いものの等優性の法則だけで多くのつがいが子孫を生んでいくということなら、永続的な繁殖のすべての説明にはならないということは、あなたからすでに教わったお話でしたね。縁を人間以外の生き物にまで広げるとは、とどこかからお叱りをうけるかもしれませんが、あなたのご専門の生物学から見たらどうなのでしょうか。つまり人間も動物も、同じような特定の引きつけパタンが遺伝子のようなもので、永遠に受け継がれていくのでしょうか。それとも縁というものは人間に特有の現象なのでしょうか。そうだとしたら、それは人間の意識の広がりとどう関わってくるのでしょうか。人間の時間と空間の意識の広がりとどう関わってくるのでしょうか。哲学者たちは、個人の意識が時空を超えて、個人の外に広がっているのではないかというところまではたどり着いたようにも思えますが、そこまでで、人間の縁とか出会いの、時空を超えた、というか、いわゆる客観的な事象や物質などの因果関係には影響されない、壮大な働きについては、まだ何も解明できていません。相変わらず、大学では過去の有名な哲学者たちの解説と称して、訳のわからない哲学用語を操って、格好をつけているようにも思えます。ほんとうに、今の大学に巣喰う哲学教授たちは何をしているのでしょうね。難しい翻訳物ばかり出版して、身近な生活の言葉で身近な疑問に答えようとしない、というかその必要性を感じないのでしょうか。

国家や民族という単位というか、共同体は、あなたや一馬くんが話題にしたように、やはりまだ地球上の盤面での、境界のはっきりしたコマであることは間違いないと思います。この境界があって、多くの人々の生活基盤があり、そこで悲喜こもごも生活が回転している。世界を飛び回る国際人とて同様です。何度も言うようですが、むしろ国家としての境界があるからこそ、そこでのグローバル化が実現できているのですね。国家権力に反対して戦う人々の存在を無視することはできません。しかし彼らは当分これからも孤立した戦いをせざるを得ない。今や経済面では国家同士は密接につながっています。これを破壊することは、民衆の身近な経済生活も当面破壊することにつながりかねないのです。いつぞや私があなたに述べたかもしれませんが、経済のグローバル化は、それが地球のすべての人々の生活の向上につながるのなら、国家のあり方も変容していくのかもしれません。しかしそれはまだ遠い先の話だと思います。私たちの社会には、あくまでも国家という単位が基礎にあるのです。だから民衆を味方につけない権力闘争は孤立せざるを得ないのです。国家を超えた世界市民の実現にはまだほど遠い現状だと思います。今の所、国家は我々人類がたどり着いた非常に強固な社会的なあり方です。しかし、だからといって、国家は乗り越えるべき存在ではないのだと断言することもできません。うまくまとまりません。これから時間をかけて考えていきましょう。

お父さんはその後お仕事の方はどうですか。新しい会社に移られると聞きましたが、元気にやっておられるでしょうか。

平成十七年九月二日

常磐孝雄　様

知念愚坊

第4章　理恵子と冨美子

1、理恵子の出産

平成十七年八月二十九日午後、長女理恵子が生まれたばかりの赤ん坊を抱え込んで、実家を訪れる。実家には母信子が居る。冨美子はリハビリで不在。

〈常磐信子〉

わっ！　理恵子、どうしたの、もう産まれたの、病院で？　だったらもっと早く言ってよ！　手伝いに行ったのに、この娘ったら！　相手方のご両親は？　誰もこないの？　あんたの彼氏だけ？　一人で産んだの？　病院で！　なんてこった、でも、おおかわいい！　男の子？　名前は？　まだつけてない？　おおお、よく眠ってる。さあ、お布団しいてあげる、あんた、当分うちで休めるの？　一週間？　一週間したらまた会社だって？　なんて会社だ！　産休はそれだけ？　あんた、大丈夫？　おっぱいは出るの？　そう、そんならいいけど。うん、大丈夫よ、お父さんは。もう産まれたんだもの。それよか相手の家庭は？　連絡したの？　式は挙げないの？　そう、佐久平はもう結婚しちゃってたの。冨美子が呼ばれて、レストランで簡単なお祝いしたみたいよ。それもできちゃってるみたいよ。冨美子がそう言ってた。あーあ、私なんか、あんたにも、佐久平にも、そっぽ向かれて、なんてことだろね。いいよ、いいよ、そんな言い訳なんて、ねえ、お坊ちゃん、さあ、お布団で、ねんねしなさいね。あんた、今夜お父さんが帰ってきたら、あんたからちゃんと話してよ、一連のことをね。あたしゃもう家庭内のいざこざはまっぴら、彼氏、うちに連れてこれるの？　お父さん、きっとそうしろと言うわよ。

〈理恵子〉

ヘェ～つ、佐久平のやつ、早々と、やるなあ。うん、私の件は、親父にはちゃんと話すよ。彼とは籍は入れるよ。式はどうするかな。それよか小さな会社だから、そのうち私の方が辞めなきゃならないのよ、今の職場。でも彼の給料だけではね、やっていけない。また、職探しよ。お母さん、それまでこの子、預かってくれないかな。母乳で育てろって？　そりゃ、そうしたいけど。当分、ここの家に置いてくれるならさ。彼？　彼は実家と私のアパートを行ったり来たり、甘ちゃんだから、自分の都合のいいようにやってるわけさ。なんでそんな男と？　そりゃ、そういう風になったんだから、しょうがないさ。私だって、好んでこういう結果を作ったんじゃない。なんかそういう腐れ縁みたいなもんがあったんよ、わたしらには。しょうがないよ。でもこの子は、私が育てるんだ。ねえ、お母さん、この子の名前、お母さんがつけてよ！　ダメ？　親父を差し置いて？　そうじゃなくて、禍根が残るの？　自分が名付け親だなんて？　それなら、どうかしら、冨美子につけてもらったら！　冨美子も断るだろうって？　うん、とにかく聞いてみるさ。ふーっ、あとは親父だ。初孫なんだよな、あいつにとっては。どう反応するか。当分おいてくれるかな、まあ、平日はそうそう顔をあわせることもないし。

2、赤ん坊を抱く冨美子

夕方、リハビリが終わって、病院から冨美子が帰ってくる。冨美子は目を覚ました赤ん坊に近寄って、専用の椅子に座ると、理恵子が立ち上がって赤ん坊を冨美子の両腕にあずけてくれる。

〈冨美子〉

お姉ちゃん、男の子？　そう、かわいいねえ！　はーい、おばちゃんですよお！　あなたのおばちゃまですよお。もうおばちゃんになっちゃった。名前は？　まだなの？　えっ？　冨美子につけてくれって？　そりゃダメだよ、両親かその親たちが考えるべきよ。どうしても冨美子？　うーん、そんなら冨美子の案は考えとくよ。でも一つの案だよ。わかった。重たいね。何グラム？　目元はお姉ちゃんに似てるかも。でもだんだんこれから整ってきて、変わっていくからね。難産だった？　そう、ポロリと生まれたの、面白い。お母さん思いの子なんだね。聞いた？　じつは千鶴さん、そう佐久にいちゃんのお嫁さんもおめでたなのよ。お母さんも一遍に二人の孫ができて、おばあちゃんになっちゃった。大丈夫、お父さんもきっと喜ぶさ。いつまでうちに？　そう、一週間きり？　いろいろ手伝うことあったらさ、私やるから。もう家の中だったらこの椅子使ったりして、立ったり座ったり自由に動き回れるんだから。おお、お目々閉じてきた。また眠くなったかな。さあ、お布団に戻りましょ。

第5章　満作、新しい職場へ

1、満作と多恵子

平成十七年十月三日、満作は、新しい会社に初出勤する。一年契約の特別社員として、会社ビルの守衛スタッフとしての仕事が始まる。部屋は地下駐車場の脇にある。スタッフは満作と同じような年頃の職員三人。その中で満作は一応チーフとして、ビルの管理の責任的な立場に任命される。あとの二人、牧村誠治と樋口修は、この会社で長年管理の仕事をしてきている。

第3話

〈常磐満作〉

ふーっ、とうとう地下に潜ったな、俺様は。外の道路を見下ろすビルで仕事をしていた俺が、今度は窓もない真っ暗な地下でお仕事か。それも部下はたったの二人。いいおじん連中だ。二人とも来年は定年らしい、そうすると俺もうかうかしておられんな。とりあえず二人から仕事を教わらんことには。まあ、ほとんど外部委託やから、そっちの方との交渉とか手続きさえ覚えればええわけや。多分楽なもんや、仕事は。道路の上の連中みたいに、色々と神経使わんでいい。ところで牧村さん、俺ちょっと地上に出て、前の会社の連中に会ってくるけん。すぐ戻るさかい。

うわっ、眩しい！　地上の世界は。なんてえこと！　わしらはもぐらかいな。さてと、花の商品開発部は四階かな？　あった、企画課、多恵はおるかな。エレベーター、いや、階段で行こう。階段で。少し気持ちを整えて。ひさしぶりやのう、多恵子と会えるんやから。何ぞドキドキしてきた。ええ歳して、どういうわけや。前の上司がふらっと訪れたんや、そういう雰囲気でええやないか。地下の落ちぶれ契約社員やが、そんなこと、この際、気にしてどないすんのや。さあ、行け！　なんや、足がすくんで上がらん。どういうわけや、たかが挨拶するだけやのに。うっ、重たい、俺の足が。なんや嫌な気持ちや、胸が締め付けられるような、帰ろか、また出直すか。いやいや、前進あるのみ。なんとも惨めな前進だ。フーッ、着いた。企画課は、と。あ、ここだ。いたいた、多恵が。おう、主任の席に座っとる。優秀だもんな。さてと、ではこの階、もう一回りしてきて、さあ、入るぞ、入った！　よう、どうや、今度の仕事は！　花の商品企画やないか。あっ、課長さんですか、私、元の会社で彼女と一緒だったもんで、ちょっと様子を見に。私？　私は今度ビルの管理部門に配属された常磐と言います。多恵ちゃん、ええやないか、バリバリのみなさんと一緒で。ああ、多恵ちゃんと言ってしまったな。ええんや、ここでは誰もわからん。おう、隣の席空いとる、座ったろ。俺の仕事？　うん、地下にある守衛室みたいな部屋や、そこで三人、一応俺がチーフなんやが、まあ、仕事は楽そうや。もう定年前だしな。あんたの方はどないや。そうやろな。ここの仕事が売り上げに影響してくるからな。それにしても多恵、色気が出てますます綺麗になった。なんてことだ、その多恵から俺はますます離れていく。そのうち食事でも、なんて言うたら、どう答えるかな。ただ笑って、まだ仕事の覚えたてで……というとこだろな。そうすると俺はみんなの前で面目なしいうわけや。なんとも。そいでも俺はまだ多恵と同じビルに入る。さあ、どうする、どう繋いでいくんや。いつまでもこの部屋におるわけいかんぞ。いやどうもお邪魔した。多恵ちゃん頑張ってくれよ。そのうち昼飯でも食いに行こう。課長さんどうも。えーと入り口は？　こっちだったたか。

あー、終わった。終わった。たまらん多恵子、たまらんぞ。昼飯言うたら、軽く頷いたやないか。ああいうとこ、ああいう課はな、きっと多恵にとっては息苦しくなるんや。一目でわかる、あの課の雰囲気、あの課長。多恵、俺はな、まだお前を救う。どうやって？　なんとも惨めな地下のおじんではないか。今の俺は、どうなんだ、こうやって多恵と会うだけでも一苦労やないか。いったい俺は。どうなんだ。多恵はあんなに輝いとるやないか、俺の課の時より、大勢若いシャキッとした連中に囲まれて、輝いとるやないか。なんでお前の出る幕があるんや。おい。

2、居酒屋で、大塚圭吾と

その夜、満作はいつもの飲み屋に現れる。おかみは不在。料理人の大塚圭吾が一人で店をやりくりしている。

〈満作〉
なんや、おかみは？　そう、コンビニまで用足しに行っとるんか。圭ちゃんも大変やな。愛ちゃんが出て行って、どれくらいになるかな。もうこっちには顔見せんのか。おかみも娘取られたようなもんかな。圭ちゃんもどや。寂しいやろ。まんざらでもなかったみたいだからな。そんなことない？　うん、まあここも小さな店やさかい、おかみと圭ちゃんでうまくやっていけると思うけど、けどやな、おかみが圭ちゃんのこと心配しとったぞ、こんな店でいつまでもやってもろたら、圭ちゃんかわいそうやて。なんせ腕はいいからな、圭ちゃん、料理人として。も少し大きい店行くか、そして将来自分の店持つのか。うん、圭ちゃんにも夢があるんやろ？　え？　そんなもんあらへんて？

〈大塚圭吾〉

はあ、俺はこの店手伝わしてもらっていいですわ。旦那みたいに、料理喜んでくれるお客さんもおるし。歳？　はあ、今年でもう四十一ですわ。さびしかないかて、そりゃ一人はですなあ。でも俺若いとき一度結婚しとるとですよ。すぐ別れたですよ。子供はおらんかったから。俺、どうも子供作れんみたいで、で相手がかわいそうで、別れたとですよ。相手？東京におるとですよ。再婚して子供三人。いやよかった。時々メールくれますよ。女？　女に興味はあるんですが、なんや面倒くさくて。はあ、一人が気楽ですわ。はあ、このままで。愛ちゃん？　愛ちゃんはいいですな。でも元の鞘に戻ったみたいですよ。おかみさんは喜んどらんけど、それもいいんと違いますか。夢？　夢ですか。毎日俺なりに料理を工夫して、それでお客さんに喜んで貰えば、それがいつまでも続けば、それが夢ですかね。おかみさんがくたばったら？　そしたらどこか他の店で働かせてもらいます。へい、働けるまで。

〈満作〉

そうかい。そうかい。圭ちゃんはええ、包丁一本、てな感じやね。なに、痛風？　その歳でかい？　いかんなあ、痛いんやろ？　そうかあ、なんやろな、ビールかい？　まあ、痛風は節制すれば治る病気や、うん、わし？　わしは何飲んでも体は痛いことあらへん、体はな、それよかここよ、頭よ、精神がな、ギシギシよ。例の会社の人だって？　あれ、圭ちゃん、聞いとらんようで、聞いとるんやな、わしがおかみに話すノロケ話を。しかし圭ちゃんは、その歳で達観しとるよ、偉いよ、わしなんかまだこの歳で、女に面倒臭くないんよ、それが生きがいやとまだ思うてんのよ、年甲斐もなく。そんなことあらへんて？　いや、面倒臭くなる秘訣教えてくれよ、圭ちゃん、面倒くさくはないが、なんや疲れてきたわ、圭ちゃん、歳なんやな、そうや歳が解決してくれる、俺みたいな男はな。会社ではな、今はもう地下なんや、地下、ビルの地下駐車場の暗い隅の部屋に押し込まれたんよ。それで彼女は明るいビルの四階で、若い連中に囲まれとる。そりゃ歴然としとるがな。同じ人間だからいうて、何ができる。サラリーマンはな、職種が全てや、役職が全てや、それが嫌なら勤めんければいい。圭ちゃん、会社勤めは？　ない？　偉い！　包丁一本いうわけや。うん、偉い。いやほんと。照れるんやないよ。何？　俺の初孫？　ありがとう！　話かわしたな、まあいい。そう、俺のどうしようもない娘の初孫よ。それが名前はそいつの妹がつけよった。そう、交通事故でかたわになった、冨美子が。美津留だってよ！　俺の名前の満？　いや、美しいに、さんずいの津、それに留まるや。冨美子のやつ、音はわしの一字を取りよった。そや、男の子や。ようよう夜泣きする。そいでも女房のやつ、可愛くて仕方がないみたいや。自分は抱いてばかりいるのに、俺にはなかなか渡さん。俺の名前をとったんだぞ。まだ生まれたてやが、こないだこっち向いてにっこり笑いよった。天真爛漫いうやつだ。美津留！　さあこれからどう生きるんだ？　このドロドロした人間の世の中で。おじいちゃんみたいになったらあかんでえ。

第6章　知念坊と孝雄の往復書簡

1、孝雄から知念坊へ

ようやく涼しくなった今日この頃です。今年は暑かったですね。知念坊様はその後お変わりありませんか。妹理恵子に男の子が生まれました。美津留と言います。どういうわけか、冨美子が名付け親になったみたいです。父も自分の名前と関連づけられてまんざらではない様子です。美津留を母と奪い合っています。父は合併した新しい会社で会社ビルの管理の仕事をするみたいです。一年ごとに更新する契約社員なので、なんだか寂しそうですが、まあ定年も近いので、身の回りの整理をするには、暇でいいと言っていましたが。身の回りの整理ってなんなのでしょうね。

人類にとって、国家とは何かということなら、同胞や敵味方の概念で生物学的にも理屈を言うことができると言いましたが、縁となると、どうでしょうか、確かに遺伝形質は縁に近いものがあるのかもしれませんが、私には荷が重すぎます。縁を生物学的に解明するのは。縁の場合は、遺伝のように、過去から現在へと一方通行的な営みというよりも、過去と現在の双方向的な対話のような気もします。そうするとやはり、縁は、人間に特有の現象なのかもしれません。実は最近、そんな機会があったものですから。私の同僚の女の英語教師、あの一馬が一時つきまとった教師ですが、なんと彼女が、私が大学時代に大変お世話になった先生の娘だということが分かったのです。高橋という、どこにでもある名前だったので気がつかなかったのですが、学校の花壇で花の世話をしていた彼女を見かけて、どういうわけか私は咲いていた花の説明をしてしまったのです。そうしたら彼女が自分の父親も大学で生物の先生だったというのです。それで聞いてみると私の尊敬する先生だったのです。いつも彼女にはキツイ顔で見られている自分も、この時だけは笑顔で受け入れられましたよ。ほんとに、面白いものですね。縁とは。

二学期も一ヶ月が過ぎ去りましたが、なんとか私も一馬共々問題を起こさずにやっていきます。二年連続で同じクラスを担当しましたが、生徒たちはいよいよ大学受験の追い込みで、せわしげな毎日です。知念坊様のお寺の方はいかがでしょうか。佐知世おばさんともご無沙汰していますが、皆様お元気でしょうか。とりとめもなく書いてしまいました。また、お便りします。

平成十七年九月三十日

知念坊　様

常磐孝雄

2、知念坊から孝雄へ

妹さんのご出産、おめでとうございます。冨美ちゃんも活躍されてますね。名付け親だなんて。縁の話、生物学的には難しそうですね。わかりました。ご回答ありがとうございます。しかし、生身のあなたの経験として、あなたの同僚の先生、彼女の父親があなたの大学時代の恩師だったことをお話しいただいたことに、私は興味を持ちましたよ。それは奇遇とか、偶然の一致と呼んでも良いのでしょうけど、それをあなたが、縁と意識したことが実は縁そのものの深い意味を表しているのですよ。これからあなたはその道を歩んでいかれるかもしれません。だってただの偶然の一致とは、あなた自身が見ていないのですから。失礼、あなたからは、からかわないでくれ、と言われそうですね。

縁についてだけではなく、私があなたのご専門である生物学について、非常に興味を持っているのは、人間というものの精神の持続も、生物学的な生殖によって支えられている面を無視できないからです。それは男と女が出会って、子孫を残していく、親の資質が遺伝として子に受け継がれていくという事実だけではなく、ある男とある女が出会い、引き付け合う磁力のようなものが、生殖に基づく欲求に支えられているのか、それとも人間の場合は、生殖とは関係のない、魂そのものの持続に関係しているのかどうかという問題なのです。プラトン以来、哲学者たちは、魂の持続に、人間本来のあり方を求めてきました。しかし私にはどうも、人間をも含めた地球規模での、生殖の営みの中に、魂の問題も含めないと、何かが見失われてしまうのではないかと危惧しているのです。哲学者や文化人たちは、言葉を操って、尤もらしい人間賛歌を歌い上げていますが、それもなんだか行き詰まっているような気がします。そう、もっと大きな意味での、動物学的、生物学的な人間探求が求められていいます。例えば多くの動物たちは生殖の欲求がある時期に限られていますが、人間は青春を過ぎるとかなりの期間持続していき、その人間の思想形成に影響を与えます。しかし老化が進み、性的、生殖的な欲求が衰えると、また別の考えが支配してきます。これもまた生殖を中心とした営みに関連しているのではないのかと思ってしまうのです。まあ、早く言えば、私なんか枯れ果ててきているとでもいうのでしょうか。そしてそれに応じた思考の仕方をし始めたにすぎないのではないのかと思ったりしているのです。それは単に生物学的な次元に行き着いたというよりも、もっと悠久なる世界につながるものとしてもそうなのです。そこのところが難しいですね。私もまだそこのところがはっきりしていないのです。魂の問題も、人間の言葉としてはもはや語り尽くされているのではないか、魂について新たな語りがあるとすれば、それはもう人間の次元ではないのではないか。はっきりしているのはもう巷の大学教授やジャーナリスト文化人の発言に、そうした問題の先にあるものを見出すことはできないということ、日常生活の単純な悩みや欲求の中から、未来に資する何かを見出さなければならない時代に来ているということなのです。世界はグローバル化してきても、逆に真実はますます狭いみじかな生活の中に探さなければならないという逆説の時代に突入したかのようです。言葉によって他人より優越感を持とうとする知識人の世界から、単純な欲求に漂う日常生活の次元へと、発想の転換を図りながら真実を探求していきましょう。

ではまたお便りします。お父さんにもよろしく。第二の職場でまだまだ活躍していただきたいですね。

知念愚坊

平成十七年十月十五日

常磐孝雄　様

第7章　佐久平の死

1、佐久平の見たもの

平成十七年十二月十四日、佐久平はたまたま一人で、日本の中古車をロシアへ大量に輸入するロシア人のバイヤーと店で車の値段の交渉をしている。しかし何かいつもとは違う雰囲気が佐久平の周りに漂い始めている。佐久平は冷たい空気を額あたりに感じ取る。とそのとき、覆面をした外国人らしき二人が店に押し入り、高級車三台の鍵をよこせと佐久平を脅す。佐久平が拒否すると、一人がバールのようなもので佐久平の頭を思い切り殴り、レジにあった現金と車一台を盗んで逃亡する。ロシア人のバイヤーも姿を消す。佐久平は転倒したまま、意識が遠のいていく。

〈佐久平〉

俺はどうしたんだ。べっとり血が出ている。殴られたな。ニエット！　ニエットだぞ。あのロシア人、初めての顔だった。だめだぞ、お前たちグルだろ。うっ、ダメだ、クラクラしてきた。だんだんわからなくなってくる。黒い塊がうろうろしている。何か頭みたいなところに目のようなものが輝いて、ダメだ、ダメだ、なんでこんなことで！　死んでたまるか。こんなことで。黒い塊が、あの半月を横にした細い目でニヤニヤ笑っている。どうしよう。ダメだ。このまま動けない。このまま、なんてこった。そんなのあるか！　うっ、おお、なんか喉から頭に上がっていく、力が抜けていく。だめだ、なんということ。なんということなんだ。千鶴！　助けてくれ、千鶴、お前だけ置いていけないよ。どういうことだよ。ちくしょう、ちくしょう、力が抜けていく。俺から全てが離れていく。うわっ！　落ちていく。暗闇に俺が落ちていく！　お袋！　怖いよう！　落ちていくよお！　うう、落ちていく！　すまない、すまない、みんなすまない。千鶴、親父、お袋、兄貴、姉貴、冨美子、すまない、俺は、もう、ああ、おい、みんなあ、力がなくなっていく。ああ、もう、うーむ……。

２、満作と信子

二日後、佐久平の遺体は、実家の近くの葬祭場に安置されている。通夜が終わり、千鶴、孝雄、理恵子、富美子ら親族たちは葬祭場の宿泊施設や実家に戻っている。満作と妻信子だけが、まだ遺体の部屋に残っている。

〈信子〉
私もうなんだか嫌になった。私の子、私が産んだ子が、私より先に行ってしまった。お父さん、この子のために、お遍路さんになりましょうよ、私たち、ね。一年かけて、いろんなとこお参りに行きましょうよ。この子のために。この子を弔うために。なんてこと、千鶴さんと二人で、あの子なりに頑張ろうとしていたのに。お父さん、そうなのよ、二人で。それなのにお腹の子まで残して。千鶴さんがかわいそう。本当にあの子についていってくれたのにねえ。私たち、とうとう何もしてあげられなかった。佐久平、ごめんね、堪忍してね。お母さんは本当にダメね。本当に辛い。

〈満作〉

俺たちより先に行きよって、ばかたれ！　お前を怒鳴り散らしてばかりいたが、生き残った俺の方が、お前よりずっと馬鹿みたいに思えるよ。ああいう法律をかいくぐった商売やから、いずれなんか問題起こすんと違うか心配していたが、先に行くのは酷すぎる。うんと苦労して、うんと楽しんで、人生を全うすべきだったのに。そうだ、俺に今まで通り馬鹿野郎を言わせながら。それがもう、お前はおらん。怒鳴る奴がおらん。寂しやないか。なんや冨美子の事故以来、悪いことが続き過ぎる。それもなんか、俺の生きる執念がお前たちに災いしたような、いや、そんなことがあったらいかん。そんなことはさせんぞ。情けないおやじやった。佐久平、お父さんを許してくれい。

3、墓を訪れる冨美子と一馬

佐久平の遺骨は、実家に置かれていたが、満作は急遽近くの墓地を購入し、年が明けた一月二十六日、完成した墓地に遺骨が納められた。満作の家族全員と千鶴が集まり、佐久平の冥福を祈った。そしてその一ヶ月後、墓に松葉杖をついた冨美子と一馬が現れた。

〈冨美子〉

ここよ、佐久にいちゃんのお墓。お花生けてある、お母さんかな。一馬君、しおれてるのだけ取って。持ってきたのと一緒にして。あそこで水汲んできて。佐久にいちゃん、一馬君と一緒に来たよ。千鶴さん、少しお腹大きくなったよ。予定日は四月だって。楽しみにしててね。一馬君ありがとう、そこにお水をあげてちょうだい。ああ、それでいいわ。


〈一馬〉

兄貴にいろいろ教えてもらって、それこそ学校なんか中退して、店手伝おうかと思ってたのに。残念だよ。冨美子はリハビリしてる時、ちょうど兄貴が死んだ頃に、急に兄貴の悲しい顔がふっと脳裏に浮かんできたって言ってたけど、なんかそんなことあるのかな。そんなことなくとも、俺の心の隅っこに、どこか兄貴のような生き方に近い何かを感じてる。うん、危険と裏腹だけどね。一緒に生きたかったなあ、これからも。しゃあないや。あれ、冨美子が一本足でぴょんぴょん飛んでる？　そういえば兄貴の結婚祝いの時、そんなこと言ってたな。俺と約束したんだって？　そんなこと俺言わないよ。まさか！　一本足？　松葉杖はしてるけど、なんか飛び跳ねてるじゃないか。おい、姉貴、どこでそんな芸当覚えたんだい！

まだ無理だよ！　寒いなあ、もう帰ろうよ。

第4話

第1章　知念坊と孝雄の往復書簡

1、孝雄から知念坊へ

まだまだ朝晩の寒さが続く今日この頃ですが、いかがお過ごしでしょうか。昨年、弟佐久平の突然の死に際しては、お香典と心温まるお手紙をいただき、ありがとうございました。即刻お礼を申し上げなければならなかったところですが、父にお願いしたままになってしまいました。亡くなってから四十九日もあっという間に過ぎ、すでに三ヶ月がたちました。弟の死は、私にはこたえました。無残にも外国のヤクザな連中に殺されたことは、残された家族にとって、特に母や父にとってはなんとも辛いことでした。弟とは幼い頃からよく喧嘩もしましたが、いつも途中から、もうやめたと言って私の方から離れていったものです。それでも私は、悪いのは弟だといつまでも自分の正当性を理屈づけていたように思います。弟が家にいるときは、弟のやつ早くどこかに出かけてくれればいいのにといつも思っていました。

それほど性格の違う二人でしたが、弟にも言い分があるだろうに、と後で思うようなこともありました。いや、弟がいたからこそ私は自分の領域を自分なりに築き上げてきたのかもしれません。弟の、時には災いをもたらすにしても、何事もすぐ行動に移すことができる性格は、私にはないものでした。父からはそれが不良じみた行動とみられ、逆に私は優等生的に見られて、私自身もそれになんとなく乗っかってきた感もありました。私は一浪して大学に入りましたが、そんなことを許されたのも兄弟では私だけです。しかし一人で思い悩むようなことがある時、弟のような性格だったら問題はもっと違った方向で解決できそうだなと思うこともありました。本当に私たち兄弟、末の冨美子や、その上の理恵子も含めて、兄弟であっても、こんなにみんな性格が違うものかと改めて思います。

弟の場合、あのような死に方の危険性はいつもあったと言えます。しかし今となってはそれが羨ましい。それが本当の死に方のようにも思えてきます。それに比べて自分は常に物事を自分に都合のいいように整理してきた、その余裕もあった、しかし弟にはなかった、というか、弟は自分とは違う世界で生きてきたのです。言葉に頼りすぎるような生活ではなく、直感や肌で物事や人々を判断する傾向がありました。自分は弟と違って様々な言葉によって生活を守っている、そんな生活に何の展望が見出せるのだろうか。今はそんな気持ちです。弟がこの世からいなくなって私は初めて弟の存在が自分をある意味で支えていたような気もします。今はそれがなくなって私には何もないような気がします。

弟はたくましく生きてきました。少なくとも生物学的には私よりはずっとマシな生活を送ってきたのではないかと思います。弟は心から千鶴さんという婚約者を愛し、自分の子供を残しました。残された千鶴さんは気の毒です。しかし二人は子供のように屈託無く愛し合い、自分たちの絆の証しを残しました。それに比べて私はどうでしょう。青春という時期を一人孤独な内なる会話で、自分の惨めさを思う存分味わう極悪な時期として過ごしてきたように思えます。そして今もなお、そんな生活から抜け出せていないような気がします。

私の教え子の一馬は今年卒業ですが、東北の大学を受験しました。東京の大学を受けて、冨美子の大学生活を助けてあげるつもりだったようですが、冨美子がそれを拒否したようです。それでも彼がなぜ東北まで行く必要があるのかよくわかりませんが。その彼が例の私の大学時代の先生の娘であることがわかった女性教師について、彼女が私に惚れているのでアタックすべきだと言い残したのです。卒業前の彼の最後の悪ふざけなのでしょうが、人間お互いが好きであっても、それで全てがうまくいくわけでもありません。ましてや私のように融通の利かない男は、相手と一緒になって子孫を残したとしても、本当に相手を幸せにできるかどうか。なんだかそんなことばかり考えてしまいます。兄貴、お前どうなってんだ！と墓の中の弟から叱られそうです。

前回、知念様がお話ししてくださった縁の問題とも関係しますが、生物学的にヒトというものは、それぞれ遺伝子によって性格のようなものも次世代に受け継がれていくのでしょう。どんなに他人から何かを言葉で教え込まれようとも、本来の性格は変えようがないでしょう。そして男女が子孫を残す連れ合いとして本当に相性がいいのかどうかも、深いところで生物学的な要因で決まっていくのではないでしょうか。例えば、相手の仕草だとか、匂いだとか、表情が、ＤＮＡとして相手に受け入れられるかどうか、意外と生物学的な次元で決まっていくように思われます。そういう意味では、私は生物学的には人間としての敗者であり、弟は勝者ではなかったかと思います。知念様からは、生物学的な次元では捉えられない人間の有り様を様々教わってきたつもりですが、今の私には言葉だけで人生の意義をまとめることはできません。

申し訳ありません。勝手に自分の愚痴ばかり書いてしまいました。弟の死と仕事上年度替わりの忙しさで、こんなことばかり書いてしまいました。本当は、こんな手紙よりも直に知念様にお会いしたいと思うばかりです。年度が替わって落ち着いたら是非お寺を再び訪れたいと思っています。

この度は弟の葬儀に過分なものをいただき本当にありがとうございました。佐知世様と志摩様にもお香典をいただきました。よろしくお伝えください。

今年は未だ新種の風邪が流行っているようです。お体には十分お気を付けください。

平成十八年三月十二日

常磐孝雄

知念坊　様

2、知念坊から孝雄へ

お手紙ありがとうございます。この度のご不幸、心からお悔やみ申し上げます。ご家族の皆様の並々ならぬご心痛お察し申し上げます。去る者、残る者、これは生きとし生けるものの宿命です。やがて時とともに、お互いのあるべき姿も落ち着いてきます。静かに温かく見守り見守られる関係へと、弟さんと残されたご家族の関係は時とともに深まっていくことでしょう。

今のあなたは、弟さんがお亡くなりになったことから、あなた自身の否定的な自己評価に沈みきっておられるようです。言葉で以って今のご自分を取り繕うことを潔しとしないのか、あなたのご専門の生物学的な次元で何事も評価してしまうかのようです。しかしこれはあなたが私どもの寺を訪れていただいた時に、あなたご自身から教わったことですが、言葉とて決して生物学的な現象の上に、厄介者として乗っかっているわけではないのですよね。言葉自体が受け継がれたDNAとして、動物の中でも人間本来に備わった、生物学的な規定でもあるということを私はあの時あなたから教わりました。ですから意識や記憶というものに関して、人間の場合は、映像や触覚、味覚などとともに言葉も大きな役割を演じていると思いたくなるのですが。つまり、言葉は意外と言葉以上のものを我々に意識させてくれるものかもしれません。ですから言葉を生物学的な次元から切り離して考えるべきではないし、あなたもそう思っておられる。それにもかかわらず、言葉での表現を今のあなたは厄介者扱いされている。それは、あなたと違って積極的に行動することができた弟さんとの比較からきているようです。

しかし、あなたがそういう風に自分とは違う弟さんの人格を評価できるということは、あなた自身、弟さんと共通の生命の海のようなものに漂っているからではないか、と考えてみたいのですが。生物学的に、そういう大きな生命の海や流れを象徴的に捉えることはあるのでしょうか。DNAとして受け継がれた個々の生命体ではなく、そういう個々を包み込み、流れている、あるいはうごめいている大海のようなものを捉える生物学的な概念はあるのでしょうか。生物学的には、オスとメスの染色体が合体して、新たなＤＮＡの世界へと子孫によって受け継がれていく姿が、そのようなイメージかもしれません。しかしあなたはいつか私にそんな進化とも一般に言われているものが本当に意味のあるものなのか、ヒトの寿命は遺伝子的に限定されているので生きてもたかが百歳かそこらに過ぎない。そんな寿命で何が進化といえるのだろうと教えてくれましたね。そこで私は考えました。ヒトの精神とか魂と呼ばれるものは、決して遺伝子的な生物学的結合で流れを作り、進化という概念だけで共通にくくられているようなものではないのではないのか。ヒトはもともと個々の身体的な境界や寿命の限界を乗り越えて太古から存在してきた精神の海のようなものに漂っているのではないのだろうか。そうした精神の大海原は、個々のヒトの意識や、知覚、あるいは記憶とどのように関わってくるのか。知覚や記憶というものが決して個々人の脳という局所的な境界に閉じ込められているのではなく、このような精神の共通の流れや海に漂っているのだとしたら、私たちはヒトの進化について別の視点から考えていく必要があるのではないか。もちろんあなたから教わったことがきっかけとなってのことですが、そんなことを考えています。

お父さんから、様々に出会う特定の人格の縁というものについて質問をいただいたことについては、すでにお話しましたが、それに対してもう少し違った角度から答えられそうな気もしてきました。お父さんは、今まで様々な人と縁のようなものでつながっているとしか思えない現象に出会っているようでした。そして私に質問されたのです。縁として繋がっているからといってお互いの意思の疎通がうまくいっているとは限らない、考え方のすれ違いや意図することの一方通行が当たり前だ。それはなぜなのかと。そこで今考えてみたのですが、どうも我々は個々人の閉ざされた心を起点に物事を考えすぎているのではないのか。そうではなく、個人というモナドは透き通るように共通の海に漂っているのではないのか。一方通行的な対他関係とは違った、お互いの精神の入り混じった世界がそこにはあるのではないか、と思うようになったのです。そうしないと、縁がある出会いなのに、お互いが理解し合えないまま別れてしまうような事態をうまく説明することはできないような気がしてきたのでした。いや、お父さんには、縁というものはある、しかし仏教の教えではあるとしか言えない、それ以上は言えないというか、説明できないと答えて、お父さんもそんなもんじゃろと答えてくださったので、お父さんとの件は一応一件落着といったところなのですが、今そのときのことを思い出して、意外と今まであなたと議論してきた問題と繋がりがあるのかなと思ったのでした。

ただ、だからといって、今の私が縁というものについて、うまく表現し尽くしたとは思っていません。ただ個々の対立的な関係からは説明できない何か、個々の心の境界を取っ払った大きな流れが、いやそれは時間的な流れなのか、空間的な一体性なのか、それもよくわかりませんが、そんなものの存在を前提とすることで、何か全てがすっきり説明がつくというか、我々がお互い了解し合える地平が広がっていくような気がしてきたのです。これからもあなたから生物学的な問題を教わりながら、こうした考えを推し進めていけたらなと思っています。

おっしゃる通りまだまだ寒い日が続いていますね。二上山の私どもの麓は、大阪側と比べて二度ほど低いのですよ。朝晩は特にしびれます。一馬君は東北ですか。でも遠く離れても冨美ちゃんと彼は、いい友達関係を築いていくことでしょう。冨美ちゃんは、今大学に一人で通えるようになって、自立していく世界を作り上げている最中で、きっと近くに友人がいなくとも大丈夫なのでしょう。あなたも様々な出来事が重なって心身共お疲れでしょうが、どうかお体に気をつけてお仕事にも励んでください。

知念愚坊

平成十八年三月二十五日

常磐孝雄　様

第2章　満作の自宅にて

1、賑やかな孫たち

自宅には数日前から長女理恵子が、生まれて八ヶ月の男の子、美津留を連れて里帰りしている。そこに、亡くなった佐久平の妻千鶴が今年一月に生まれたばかりの女の子を連れてくる。家には満作、妻の信子、次女富美子もいる。理恵子も含めて、総出で千鶴を出迎える。

〈常磐信子〉
あらあら、千鶴さん、お一人？　産後も間もないのに、タクシーで？　さあさ、上がって！　まあ可愛い！　女の子よね、名前は？　清美。へえ、千鶴さんのお爺さんがつけたの？　よかったじゃない。ほら、お父さん、そこどいて、お布団ひくんだから、あんたの従兄弟、美津留も二階でお布団ひいてお昼寝してるわよ。そういえば二人とも美しいって字があるのね。

偶然ね。二人ともきっと将来は美男美女だわよ。どうだったの？　難産だった？　そうでもなかった？　よかったわ、お母さんがついていてくださったのね。ご両親はお喜び？　そうねえ、こんな状況ではねえ。わたしも千鶴さんから電話で生まれたって教えてもらった時、ご両親にご挨拶にお伺いしようかと思ったけど、千鶴さんがもう少し待ってくれって言ったのよね。千鶴さんの気持ちもわかる。でもご両親、こんなに可愛い子だもの、きっと心のうちでは喜んでくれていると思うわ。ね、お父さん、見てごらんよ。生まれたばかりなのに目元ぱっちり、鼻も結構高そうよ、うちの家系じゃなさそう、ね、美人さん。

〈冨美子〉
可愛いねえ、でも目元のとこ、ちょっとお兄ちゃんにも似てる。そうよね、千鶴さんもそう思う？　あっ、ちょっと笑ったよ！　笑うんだね、もう清美ちゃん。えっ？　時々連れてきてもいいかって？　もちろんよ。本当はここに住まわせてもらいたいって？　だってご両親は？

本当に。お兄ちゃんが生きていたら親子三人でがんばっていけたのになあ。でもまだ千鶴さん若い。清美ちゃんのためにもそのうち新しい家庭築いて頑張るさ。お兄ちゃんダメだとは言わないさ。それまで、冨美子、お前が少しは千鶴と清美の面倒見てくれよなって、お兄ちゃんに言われそうだな。うん大丈夫だよ、冨美子こんな具合で家にいることも多いし、それに美津留の面倒も時々見なきゃならないし、私も忙しくなるぞ。

千鶴さん、もう少ししたらアパート借りて働くの？　すごいなあ、頑張り屋！　けど当分無理しないでね、いつでもうちに連れてきてよ、清美ちゃん。私お姉さんの子も時折面倒見てるの。あたしの甥っ子と姪っ子だもの。あたし？　大丈夫よ。ほら、こうやってこの椅子使ってひざまずくこともできるんだから。面倒見るのへいちゃら。でもいつまでもこっそり来るわけいかないわよね。ねえ、お父さん、千鶴さんのご両親に会って、これからのこと相談してきてよ。

〈信子〉

そうよ、お父さん、このままじゃあ、千鶴さんもかわいそうよ。ご両親に会ってきてよ。何相談するんだって？　そんなの自分で考えなさいよ。千鶴さんがこれから安心して清美ちゃんを育てていけるような環境作りを話し合うのよ。ご両親だって千鶴さんの幸せを願う気持ちは私たちと同じよ。ご両親と一緒に住むのが一番いいし、それが叶わないなら、私たちで千鶴さんのためにできることはないのか、相談してくるのよ。冨美子が言うように、勝手に我々のいいようにことを運ぶわけにはいかないでしょうよ。だから何を話すんだって？

お父さんはいつもこうなんだから。家族のことなんか面倒がっていつもこうなんだから。なによ、そっぽ向いて。ご両親は佐久平が強引に籍を入れたのが気にくわないようだって？　えっ？　ほら、千鶴さんも言っているじゃない。これは私たち二人が決めたことで、佐久平が強引に決めたのではない。二人で一生懸命働いて幸せな家庭を作るって約束しあったから結婚したんだって、言ってるじゃない。ああ、本当に涙が出てくる。千鶴さん、ごめんなさいね。本当に。うちのお父さん、いつもこうなんだから。ね、いいわね、お父さん。あ、理恵子、なんだか二階で美津留がぐずってるみたい。もう起きたのかな。

〈満作〉

おう、わかったよ、そのうち出かけるよ。千鶴ちゃん、お父さんは土日はおるんかな。そんなら明日職場で予定表みて土日の出勤のない日確認するから。いやなに会社の管理の仕事なんで、たまに祝日にも駆り出されるんよ。それからお互い日取りを調整しよう。

ちぇっ、女房のやつ、格好つけやがって。それにしても佐久平の葬式に来なかった千鶴の親父の家に何で俺がノコノコでかけにゃならんのだ。佐久平と千鶴二人で決めたことやないか。結婚は親が決めんといかん、そういう封建的な家いうこっちゃ。それを女房のやつ、「いつもお父さんこうなんだから」を連発しやがる。行ってどうなるとでもいうんだよ。せいぜい玄関口で怒鳴りあって帰ってくるのが関の山かもしれんぞ。お前たち女親同士で穏便に話し合ったほうがよかろうものが。ちょっ、めんどうしいことはみんな俺の出番になる。断ればおきまりの「お父さんはいつもこうなんだから」が飛び込んでくる。

なんだ、理恵子、美津留は起きてきたんか。ぎゃーぎゃー泣きやがって寝起き悪いなあ。おう、千鶴の赤ん坊もつられて泣きよる。わうわう、大合唱やんか。おーい、おーい、べろべろばあ。二人ともまた泣き出しよった。なに、俺の顔が怖いんやて？　いいよいいよ、向こうの部屋行くよ。

2、理恵子と冨美子

千鶴が赤ん坊を連れて実家へと帰った後、二階で理恵子と冨美子が、再び眠りこけてきた美津留を布団に寝かして、話し合っている。

〈理恵子〉

この子誰に似たんだろ。寝起きも悪いし夜中も二度くらい起きて泣き叫ぶんよ。うん、それでもなんとかこの子と二人でやっていくよ。亭主？　亭主はもういないよ。実家に甘えてもうこっちには帰ってこないよ、給料もよこさないしね、事実上の離婚だわよ。それでもうすっきりした。あんな男が近くにいるとかえって厄介。男なんてほんとつまらん生き物さ。甘えと欲求と、ありもしない、実現できない期待を胸にいっぱい抱いてそれだけで生きてる。男ってそんなもんよ。まあ、子供産むには男の種は必要だが、もうそれだけで結構、あとはこの世の中は女の世界よ。だって実際子供を産んで育てるのは女なんだから。女だから、母親だから、夜起こされても無意識にオムツ替えたりしてんのよ。母親てえのは結構やるべきことはやれるもんよ。それでも富美子、あんたがいてくれるおかげで、時折こうして実家にあずけられるもんだから、大助かり。感謝してるよ。託児所？　安いからろくなとこじゃあないけど、遅くまで預けられるからまあましかな。最近仕事も遅くなること多いから。ここから通えないかって？　そりゃあそのほうが楽だし。あんたに美津留の保育料払ってもさ。だがうちの親父、うんとは言わないよ。なんだ、千鶴ちゃんの父親ボロクソ言うくせに、自分だって頭ガチガチじゃないか。私の中途半端な結婚が許せないって？　そんな親父に頭なんか下げるもんか。あんたのおかげで楽できるだけでも十分さ。それよかあんた、大学のほう、どうなんだ？　そう、松葉杖で歩けるルート見つけたん？　そうだね、手すり使って二階にも上がれるんだからね、たまげたよ。大学も、たまには通わんと卒業出来んのやろ？　ところであんた、義兄弟、なんて言ってたっけ、一馬？　あいつ東北の大学行くんやて？　あいつが逃げたのか、冨美子があいつを振ったのか。だってあいつお前の面倒見るために東京の大学受ける言ってたじゃないか。二人で話し合って決めた？　それならいいけど。まあ、永遠の別れじゃあないみたいだし。

しかし、あの一馬というやつ、ちょくちょくこの家に来て、たまたま私と顔をあわせることがあったけど、ガキのくせにあの目つき、私を特別の目で見ていた。冨美子はそれを知ってるのだろうか。おそらく知ってる。かわいそうな冨美子。でもあたしゃあんなクソがき、へとも思ってやしないよ。大丈夫、あんたとあんたの義兄弟、ちゃんと見守ってやるから。当分つらいだろうけどね。なんでまたあんたがいつもつらい目に。あんたがいるからこの家もなんとかみんなで集まれる場所なのにさ。みんな、冨美子に感謝しなければいかんのにさ。ああ、なんだか眠くなってきた。大丈夫？　階段降りるときのほうが意外と難しいかも。

〈冨美子〉

お姉ちゃん、疲れたのかな、美津留を寝かしつけて自分もうとうとしてるみたい。すごいなあ、逞しいなあ、お姉ちゃん。一人で美津留を育てながら、朝早くから夜遅くまで働いているんだから、えらいなあ。でも旦那さんがいなくてもいいなんて、まあ、お姉ちゃんらしいけど。そんなものなのかなあ。男は精子だけよこせばいい、あとは女手だけで子供を育てててみせる？　生物学やってた孝兄ちゃんだったらなんて答えるかな。ハハ、面白い。でも美津留が大きくなって、父親のこと聞かれたらどうするのかな。父親はいません、あんたはマリア様みたいにお母さんの体から処女懐胎。そういうわけにもいくまいに。まあ、なんとかなるさ。そのうち、ちゃんと離婚手続きが済んだら、お父さんだって、この家にお姉ちゃんを置いてくれるよ、あたしからもお父さんに頼むからさ。そしたら昼間は私が美津留を独り占め。美津留と、それからそうだ、当分千鶴さんの赤ちゃん、なんてたっけ、清美ちゃん、清美ちゃんもあたしたっぷり見てあげる。そうだ、美津留と清美は仲良しの兄弟で、あたしが代理のお母さん？　うーん、でも清美ちゃんはいつまでもそういうわけにはいかないよね。

　お姉ちゃんはあたしと一馬君とのこと心配してたけど、これもねえ、あたしがこんな体だから、いつまでも一馬君を独り占めするわけにはいかないのよ。一馬君には一馬君の将来がある。それにお姉ちゃんも気づいているはずだけど、一馬君、年上のお姉ちゃんに一目惚れなのよ。それも仕方がない。お姉ちゃんみたいにスタイルが良くて魅力的だと、男はみんなお姉ちゃんによってたかる。お姉ちゃんはもう精子をもらって美津留を産んじゃったから男には用はないと思ってもね。でもやっぱりお姉ちゃんが羨ましい。あたしも、あたしに寄ってくる真摯な男性に抱かれてみたい。でもそれはもう無理なのよね。無理だけど、もしかしたらこんな私でもという期待はある。期待があるということが、私が生きているということ。でも期待なんかに溺れてはいないよ。冨美子には冨美子だけに与えられた人生があるんだから。なんだかほら、お父さんのお友達の友達のおじさん、あのホモのおじさんがそんなこと言ってた。そうだよ、お姉ちゃん、女は強いのよね、男なしでも生きていけるのかも。あたし、これからお姉ちゃんの生き方見習うよ、やっぱお姉ちゃんだよ。女として生きようね。年度が替わって大学も当分は選択学科の内容が理解できるまで、キャンパスに通わなければならない。そして甥っ子、姪っ子たちの面倒も。さあ、忙しくなる。

第3章　居酒屋にて

1、あるサラリーマンとの対話

いつもの居酒屋で満作が一人酒を飲んでいる。おかみは用足しに出ていて不在。夜も更けてきて、店には、店員の大塚圭吾の他は、四十代のサラリーマンが満作と一つ隔てたカウンターの席で飲んでいるだけである。サラリーマンの男はこの酒場の常連で満作とも顔馴染みの間柄である。まだ独身で、どういうわけか三十ほども年の離れたおかみを惚れ慕って足繁く通っている。

〈サラリーマン〉
圭ちゃん、おかみさんまだ帰らんのけ。夜中に買い出しに出かけるなんてコンビニくらいやんか。遅いなあ。どっか寄り道してんのかな。ねえ、常磐さん、どこほっつき歩いてんのか、おかみちゃんは。あ、失礼、そうですよね、わからんですよね。こんな時間に。いや僕も時折常磐さんとおかみさんがしんみりお話してるの見て嫉妬するんですよ。いや、お二人さんはまあ僕よりも年が離れていないから、離れてる？　そう十以上もね。でも僕かあ、倍以上ですよ。だからそうプラトニックな、なんていうかお袋みたいな感覚ですよ。おかみちゃんに対する愛情は、この切ない気持ちは、うん。そんなもんかい、ですって？　大将！　突っ込みますな。

〈満作〉

突っ込むどころか図星やないか。あんたがその年になってまだ独身なんも、あの婆さんに惚れてるさかいやないか。人間おもろいもんやな、こう年が離れた婆さんにもラブコールするちゅうわけか。それでお前どうすんのや、もしおかみが自分の連れ合いになって一緒にこの店手伝ってくれ言うたら。え？　大歓迎？　ふーっ、大した男やな、あんたも。で、夜のお勤めはどないすんのや、褥《しとね》を共にすんのかいな。わっ、それも大歓迎？　なんてこった、しわくちゃ婆さんの上にのっかって。うむ、お前やっぱ変態とちがうか、なあ、圭ちゃんも笑ろとるやないか。いやそんなこたあない、おかみはペタペタおっぱいに自分の顔を埋めさせてくれるって？　うわー、やっぱ、この変態野郎、なんだニタニタ笑いやがって。

〈サラリーマン〉

常磐さん、常磐さん、やっと本題に入りましたね。いや、変態かもしれんが僕真面目ですよ。少し酔ってはいるが真面目ですよ。というか僕みたいに気の弱い人間はこれくらい酔ったほうが本当のこと言えるんです。組織と上司に苦しめられるサラリーマン。上司は人事を掌握している人間とそうでない人間のどっちかですよ。我々部下も、人事を掌握している人間に気に入られている人間とそうではない人間のどっちかってわけで。同僚で自殺したのもいますよ。自分より遅く入って先に係長になったのがいたりしてね。そんなことで不眠症になって、もう生きるのが嫌になるんでしょうかねえ。いや、もうひどいもんですよ。ここだけが私の天国なんですよ。そうですよ、残業で一人冷たいアパートに帰ってコンビニの弁当食らって寝てしまいますけどね、眠れんときはそりゃあもうおかみさんの懐に入ってる場面想像するんですよ、常磐さんのおっしゃるように、シワシワぶよぶよ、ダラーんとした身体でしょうよ、ああ、でもそのぶわぶわしたゴムのような身体に締め付けられるのはたまらんですよ。そうして僕は満足して眠りにつくわけですよ。おかみさんは僕が生きている証しなんだ。おかみさん、僕はおかみさんがこの世にいる限り生きていける。そんなら結婚すればって？　もち、おかみさんさえ承諾してくれれば。そしたら常磐さん、仲人やってくださいよ、僕たちの。わっ、むせかえったのですか、圭ちゃん、常磐さんに水！

〈満作〉

なんてこった、こういう哀れな男もいるもんだ。だがな、もしかしたら俺が多恵を思うとるのと変わらんかもしれんな。人間、男いうもんはそれぞれ持って生まれた変態マンかもしれへんで。それに彼の言う職場の実態は俺の方が身にしみてわかっとる。組合運動やって、あいつ生意気な男やと。そういうわけで俺もお前とどっこいどっこいいうわけか、なあ僕ちゃん！　いやなんでもない。おう、やったろぜ、おかみが承諾すんならな、お前の仲人！しかしまあ九九％無理やろなあ。そうやろ？　お前何べんも今までプロポーズしたんやろからな。その都度、ビターンと断られよった、な？　どうしても一緒になりたかったら圭ちゃんみたいに板前修業して、この店で雇ってもらえるか、一千万円くらい、ドーンとおかみの前に揃えるか、どっちかやな、いやそれとておかみは突っ返すかもしれん。突っ返されてもいい、やってみる？　何年かけてや、圭ちゃん、この男板前甘く見とるぞ。うん？　おかみ帰ってきたかな。

2、ヤクザの侵入

店に飛び込んできたのは、おかみではなく年の頃三十代のヤクザ風の男だった。がっしりとした体格のいい男で、無言で店の中を見回すと、おかみはいるかと切り出した。大塚圭吾が出かけていると答えると、待たしてもらうといってカウンターの端に座った。サラリーマンや満作にも目を移す。満作は目を合わせるのはまずいと、とっさに顔をそらした。しかしサラリーマンが目を合わせたので、なんか用かと、男が詰め寄ってくる。

〈サラリーマン〉

おかみさんもうじき戻ると思うんですが。いやなに、私はおかみさんとは懇意にしてもらっている馴染みの客というか、それだけですが……なんでガンつけたのかって？　ワッ、なにもそんなつもりは。（ヤクザな男はカウンターのテーブルを強く叩いて、ここの店が数百万のみかじめ料を滞納していると嘯《うそぶ》く。）みかじめ料？　そ、そんな、法律上はどうなんですか？（男は立ち上がってサラリーマンの隣の椅子を蹴り返す。）いや、わたしゃただ事実を……そこらあたりは穏便に話し合って……。

3、おかみの帰還

男は、サラリーマンの胸ぐらをつかみ、穏便に話し合えるのなら、ここまで苦労はせんわいと叫ぶ。ちょうどそのときおかみが帰ってくる。そしてサラリーマンが捕まえられているのを見ると、大声で男に掴みかかる。

〈おかみ〉

うちの客に何すんだよ！　このろくでなし！　なんでお客になんか手え出すんだよ！　関係ねえじゃねえか！（この言葉に逆上した男は、なにおーっ！　と叫んで、近くにあった分厚い電話帳を持って、おかみの顔を思い切り叩く。おかみの鼻から血がほとばしり出て顔を真っ赤に染める。おかみは悲鳴を上げて寄り添ってくるサラリーマンをはねのけて、男に立ち向かう。）

へえ、そんなもんかい。女を素手で殴れんから、電話帳か。そんな脅しがいつまでも続くと思ってんのかい、こっちは体を張って商売してんだよ、毎度のことだがまた警察呼ぶからね。圭ちゃん、電話して！　いたちごっこだがしゃあない。警察も頼りにならんが、あんたらのいいなりになるわけにもいかん。さあ、殴るんなら私と圭ちゃんを殴れ！　お客さんに手え出すんじゃないよ！　それこそ警察もんだよ！（男は一瞬酒場を見回したが、おかみに覚えておけ、これでケリがついたわけじゃないぞ、と言って出て行く。サラリーマンが再度おかみに近寄って、近くにあった手ぬぐいでおかみの顔を拭こうとする。）

余計なことすんじゃないよ、救急車？　バカ、たかが鼻血じゃないか、お前ら男と違って女はこれしきの血、お馴染みなんだよ。あんた！　なんかあのチンピラにちょっかい出したのと違うか？　やめとき、黙って酒飲んどけばいいのに。いや今日はもうこんな姿じゃ店じまい。警察？　圭ちゃん電話なんかしないよ、するフリだけだよ、いつもの示し合わせだよ、また来るかもしれんが弱みを見せたらおしまいさ。ああいうヤクザはつけこんでくるだけさ。満ちゃん、ようわかったろう、ああいう人間でもないような連中。ああいう連中はね、粋がるためにだけ生まれてきたかわいそうな連中さ、見た目はごついけどね、子供を産んだことのある母親から見れば、連中はみんな短命なのさ。どういうわけか長生きできないんだよ。身の危険なヤクザだからということではなく、なんていうか生き物として生理的に長生きできんのさ、それが直感的に女にはわかるんよ。かわいそうだけど一時の粋がりのために生きている動物、あんな連中になんで私が従わなければならんのよ。圭ちゃんと私はもう慣れとる。（再びサラリーマンが心配そうに近づいてくる。）おい、もう近寄らんどいて！　あんた、ああいう連中見たら黙って酒ノンどけばいいんよ。わかった？　さあ、今日は店じまい。帰った、帰った！　満ちゃん、ごめんね、あんたにもとばっちり。また出直してきてよ。

第4章　満作の職場

1、満作と多恵子

翌朝、いつもの通り、地下の守衛管理室に出勤した満作は、昨夜、酒場でヤクザに立ち向かったおかみの潔い、かつ冷静な行動を思い出している。あのサラリーマンの言うような何か奥深いものをおかみに感じる。それはどこにでもある人間として自分を守る生命の営みとでも言おうか、そんなありふれた行いであるにしても、自分はそういうありふれた行為を躊躇しながら今まで生きてきたのではないかと思う。また、あのときおかみをかばってヤクザに応対したサラリーマンも人間としてのやむにやまれない行為ではないか。自分はどうなんだ。そうだもうここですべて決着をつけるしかない。

満作は朝方電話で多恵子に昼飯を一緒にと申し出る。意外と多恵子は承諾する。会社から近いレストランに満作は早めに出かけて多恵子を待つ。昼過ぎ一〇分ほどして多恵子が現れる。

〈満作〉

やあ、すまんな。忙しいところ呼び出したりして。別に用事いうわけやないんやけん、こないだも話した通り、久しぶりに昼飯一緒にと思ってな。うん、仕事はまあまあや。守衛室で二人のご老人と茶飲み話に明け暮れとるよ。で、多恵ちゃんの方は？　そうかい、時折残業も続くんかい。たいへんやなあ、花の企画課といってもあんなとこで花のあんたがいつまでも働きずくめなんはつらいなあ、いや、俺にとっては。もうこんなもんだって？　そんなこたあない、あんたには幸せになってもらわんことには。そうだな、上司だった俺が情けないんや。あんたを幸せにしてくれる男を探してやらなんだからな。といって、この職場にはそんなやつおらん。だから多恵ちゃんが不憫でならん。許してくれよな。

〈多恵子〉

御一緒に食事と思ったら、そんなお話ですか？　ご心配はありがたいのですが、こんなものでも、わたしは今の生活に満足していますよ。課のみなさんはみな良い人だし、仕事も女性ゆえの発想から建物の室内のレイアウトなどを提案させてもらい、やりがいがあります。おこがましい言い方かもしれませんが、周囲のみなさんにもそれなりに評価していただいていますし、わたしなりに人生を謳歌してます。常磐さんこそどうなんですか。お仕事の方は楽になった分、お仕事以外での生活も充実していらっしゃるのではないですか。あ、ごめんなさい、ご家族にご不幸がおありになったばかりで、まだたいへんな時期ですよね。

〈満作〉

ああ、息子が亡くなったときは香典ありがとう。いやもう家族の不幸はなんというか、俺の影の部分を娘や息子に背負わせたような気がしてな、自分が情けない限りや。娘の事故のときも、あんたら課の職員にもいろいろと迷惑かけたな。娘？　片足やが、なんとか大学にも一人で通えるようになったわ。うん、松葉杖で。ほんま、俺なんかよりたくましいわ。俺のこれから？　お遍路さんいうわけやないが、全国の寺巡りでもしょうか思てんのや、俺の大学時代からの友人に大阪の寺の住職がいてな、そいつにいろいろご指導いただいてな。すばらしい？　そんなもんじゃないが。そんなもんじゃない。そんなもんじゃないよ。多恵ちゃん、おれ、そんなことよりやっぱ、多恵ちゃんのことが一番なんや。あんたこの会社いても幸せになれん。あんたの周りはつまらん連中ばかりや。やっぱ、あんた、いい連れ合い探して、家庭持たんことには、いつまでも独身じゃあ、あかんがな。あかんがな。あんたのこと一番思とるのは、俺なんや。こんな俺でも一緒になってくれんか。あんたを幸せにしたい。

おお、とうとう言うてしもた！　なんてことや、言うてしもた！　この気分、この気分！　なんてことだ、俺は全然冷静やないか。なんて無責任な、なんという調子のいい演技力！　俺は泣き落としで仕掛けて、多恵が乗ってくれれば儲けもんだと思とる。多恵子と二人の大人のお遊びを楽しもうとしている。独り身の生活に飽きた多恵が、それに乗っかってくるのではないかと期待しとる。お互い共犯者になれるんやないかと。なんてことだ、吐き気のする俺だ、なんてことだ、俺というやつは！　昨夜の酒場のサラリーマンの方がずっとまともやないか。三十も年の離れとるおかみに惚れ込んだあいつの方がずっとまともやないか。この冷静に自分を見ている俺という男、うつむくしかない、多恵を見つめてはダメだ、なんてことを俺はしゃべってしまったんだ。おお、多恵が泣いとる。

〈多恵子〉

あたしが、あたしが、何もわかってないと思ってらっしゃるのですか？　あなたがどういう気持ちを私に抱いていたかぐらい分かってます。あなたが会社の他の職員とは違って純粋な方だということも分かってます。だから課長さんとしてあたしはあなたを尊敬していましたし、課長さんの下で仕事ができたことは楽しい一時期でした。ある条件が揃えば、課長さんに私生活の面でもついて行きたいと思ったことがあります。でもだからといってどうなるのでしょう。あなたの顔には素晴らしい奥さんやお子さんとの生活があると書いてあるのですよ。崩れかかった家庭ではないと書いてあるのですよ。そんな人があたしとどこまで生活していけるのですか。あたしは寂しい。確かに今の生活にはぽっかり穴が開いた空白がある。でもそれだからどうなんですか。それをあなたが知って穴埋めできるとでも思っていらっしゃるんですか。男はみんな甘いのね。女には様々な生き方ができるんですよ。家庭の奥さん、私のようなオールドミス、それぞれにどこかに空白を背負って生きてるんですよ、女というものは。常磐さんのように、過去の私にしがみついて、過去の私への想いにしがみついて、そんなところで生きてるんではないのですよ。私の今は確かに殺風景と言っておきましょう。私と一緒になったら、常磐さんがっかりしますわ。昔の私のイメージにすがりついてらっしゃい、きっと痛いしっぺがえしがあることよ。あなたにはまだまだ余裕がある。あなたの顔にそう書いてある。すでに築いてきた豊かな人生がある。で、私には何があるんですか。一人ぼっちで毎日勤めるしかない生活ですよ。それがあなたでどう変わるんですか。私は私なりに今の生活をなんとか維持しているのですよ。もちろんいい人がいたら結婚も考えます。そのことにあなたがどんな貢献ができるとでもいうのでしょう。もうこれ以上私と会おうとするのはよしてください。縁がなかったのです。諦めてください。これ以上私を苦しめないでください。ほほほ、なぜうなだれてるんです？　もうどんな言葉を探しても無駄ですよ。

〈満作〉

うっ、なんて顔だ、仮面のような多恵の顔。おーっ、これは俺の多恵の顔ではない。どうしたことだ、うっ、何も言えん。婆さんの顔だ。しわくちゃだ、いや、違う、またもとの多恵だ、また俺の多恵だ、でも、あっ、近寄れん、いや、俺はついていく、俺は多恵しかおらん、わっ、また毒々しい顔、どういうわけなんだ、多恵、俺の多恵！　やっぱお前が必要だ！　どこにいる、俺の多恵は……。

あっ、多恵ちゃん、そんな！　俺が呼んだんやから、俺が払う。金置いていかんかて！　置いていきよった、二人分の食事代を！　あーあ、なんてことだ、俺という男は！

2、満作と同僚たち

満作は、多恵子とのレストランでの対話が終わると、放心状態で職場へと戻る。守衛室に入る前に地下の駐車場のトイレの鏡で自分の顔を見る。

〈満作〉

おお、なんてえ顔だ、これが俺の顔か！　おい、ジジイだぞ、この顔は、白髪とシワだらけの顔、なんてえことだ、多恵が欲しいばかりに調子よく仕掛けてしまった、このいやらしいおじんが俺だよ！　それと知ってて多恵を釣ろうとしたいやらしいおじんだよ、俺は！この欲望の塊！　この何もできん男というゲテモノ。おかみや多恵の方がよっぽどまともやないか。男どもは何しとる。男どもの代表！　はい、それはわたしです！　へっへへ、このスケベ親父がわたしです。ドスケベビッチ・ゼツリンコフ！　誰かそんな呼び名言ってたな。ゼツリンやないんやな、もう。もうしなび切ったおじんなんや、ドスケベビッチ・トマリンコフ！　はい、わたしがそうです。もうとまったぞ、俺の時間は止まったぞ。これ以上進まん。生きてても進まん。先に見えるのは老化と死だけだ。他に何がある、俺の顔に、何が書いてある。多恵、俺の顔になんて書いてあるって言ってたっけ？（満作はトイレを済ますと守衛室に戻る。守衛室には同僚の退職間際の二人、牧村誠治と樋口修が雑談している。）やあ、遅くなってスンマセン。お二人は、今日は弁当でしたか。

〈牧村誠治〉

はあ、もう外出て食っても、食い切らんですよ。婆さんがムスビ二つと煮しめ入れてくれるので十分ですわ。なあ、樋口さん、樋口さんとこは奥さんが早うなくなったもんやから、娘さんが作ってくれる弁当や。いつもうまそうや、若いもんはええのう。いやなんでまた、老人めいたことというとるって？　はあ、来年定年だというても常磐さんとはひとつくらいしか違わんし、まだまだこれからなのかもしれんが、毎日この地下室におるとのう、なんや十歳くらい歳とったように思うんよ。なあ、樋口さん。

〈樋口修〉

そうですなあ、うち帰ると時折娘からも認知症やないか言われるんですよ。このごろ物忘れがひどうていかんです。それになんか忘れる。朝出かける前に定期忘れる。この前は銀行でカバン忘れる。それになんかしでかす。些細なことで転んでしまう。この前は部屋で転んでコタツの机の角で、ほら、おでこに大きいこぶ作ったんですわ。これでほんま、認知症にでもなったら、娘にすまんな思います。娘ももう四十近くやけん、まだ独り者でわたしと二人だけの生活ですよ、これ以上娘に迷惑かけるわけにはいかん思とるけど、これぱっかりはなあ、朝起きたと思たら、なにしていいかわからんなった、会社にも来れんなった、会社に毎日行くことも忘れた、いやそうなったらどうしますか、常磐さん。

〈満作〉

そやなあ、そうなったらどないすんのやろ、わしも気いつけんことにはなあ、と言ってどうしたらええんや、毎日パズルでもやって頭使わんといかん？　馬鹿馬鹿しい、そんな頭の体操なんてたかがしれてますわな。なるようにしかならん。ああ、しかしそうなったら家族には迷惑かかりますなあ。いや、これはどうにも。

おう、ここの照明、えろうくらいのう、地下やからもっと明かるうせんといかんのに俺の前の二人が亡霊みたいに見える。そうか、俺も亡霊か、亡霊だが、まだ多恵のこと忘れられん亡霊。人間てえものは欲求の塊でこれはどうしようもない。どうしようもないことにこだわって、結局たどり着くのは老化と死だけだ。多恵を諦めたにしても生きている限り、今までのいい思い出と、万が一多恵がまた俺と一緒になるようなことがあったらという甘い期待に生きている。これが俺の人生だ。これが俺の虚しい残りの人生の時というものだ。しかしそれもやがて老いと死が解決してくれる。やれやれ、まだ生きるんかい。こういう連中と一緒に。

えっ、どうしたんかな、樋口さん、壁のシミが何に見えるって？　腰のくびれたいい女？

あはは、樋口さん、まだなんだねえ、若いねえ。

へえ、こいつらどういう欲望お持ちなんだ。どっこいどっこい、俺もそんなもんだ、多恵にふられても、多恵以外の女の体になんの興味もないわい。もう多恵とは会えん。多恵はどうなるか、一生独身かそのうち結婚するのか。今となってはどうでもいい。それでも多恵はいつでも俺の心の中で俺を奮い立たせる。しゃあない、男はそういうもんさ、墓場まで俺は心の中の多恵と離れられんいうわけや、ええやないかそれで。もうこの職場ともあと一年かそこらの辛抱だな。女房がいいよった。佐久平の弔いに全国を行脚しようと。おおそれもええな。そやけどあいつ俺とホテル泊まるの嫌がる。いびきがすごいとか、臭いが嫌だとか、今更なんや！　そんならビジネスホテルで別々の部屋に泊まればええやないか。二人で四国の山ん中あたり歩くかな。八十八ヶ所なんて無理だが。ぼちぼちでええやないか。

第5章　知念坊と孝雄の往復書簡

1、孝雄から知念坊へ

お手紙ありがとうございました。知念様はじめ皆様おかわりないでしょうか。私の方は新学期が始まりましたが、ホームルーム担任は一年生で、すこしはらくになりました、というかもう自分なりの教師としてのパタンが落ち着いてきたようです。

知念様は、お手紙の中で人間を含めた個々の生物の、個体を離れた大きな海のような、生命体のうねりのようなものは、生物学の概念として何かないのかというお話だったと思うのですが、残念ながら私にはそういうものは思いつきません。生命個体の原初的な姿は単細胞なのでしょう。この細胞の境界、細胞膜で囲まれた区切りというものが個体の最初なのでしょう。それらが細胞分裂を繰り返し、多細胞の世界、生殖細胞の世界、形態的にはオスとメスによるＤＮＡの合体による生殖細胞と体細胞の分離へと個体は進化してきたと言っていいと思います。ですからそのような分裂や合体を繰り返す細胞の空間あるいは場所として原初の海は存在したと思います。もちろん海には大小様々な細胞体が浮遊していますが、海自体に例えばエーテルのような、個々の生命体の橋渡しとか大きな流れをもたらす実体は、象徴的な表現としてはあり得るとしても、生命体はやはり個々の細胞によって形成されていると しか言いようがありません。ですから人間の精神とか魂のようなものの太古からの流れがあるとしたら、それはひとつには女性の卵巣に男性の精子が合体することによってある種の人間の精神的な資質がＤＮＡとして受け継がれていくということ。もうひとつはそのような精神とも関係しますが、人間が言葉を持ち、歴史的に言葉が保存され、後世にそれが受け継がれていき、その言葉を解釈したり、理解できる人間もまた生まれ続けてきたということなのでしょう。この、生殖細胞の流れと言葉の保持、これが生物学的にみた人間精神の持続とか流れではないかと言えば言えるのでしょう。その流れの中で知念様と私のこうしたやりとりも成り立っているわけですから。

しかしお話の縁という問題になると、私には分かりかねる問題です。縁があった、縁がなかったという言葉は、まあ、運が良かったとか、諦めなさいとか、そうした人間生活上の道徳的な知恵としてくらいにしか考えたことはありませんから。強いて生物学的に考えるのなら、前回も書かせていただいたように、人間の性格や人格というものは遺伝的に決まっている、もっとわかりやすく言えば、好き嫌いだとか、これは勝手が違う、なんとなく苦手だ、これはなんとなく自分にはやりやすいだとか、こんな気分は嫌だ、こんな雰囲気は好きだ、とか様々な五感で動く人間のパタンは意外と、個々人にとって遺伝的に決まっているのではないかと思うのですが。ですからこれも一部知念様もお認めになっておられることですが、そのような個々人の遺伝的な好き嫌いなどが、それぞれ個々人が偶然出会った時、反発し合うのか、引き合うのかが決まる大きな要因だと捉えることができれば、そういった要因が縁というものを形成するのでは、と考えるしかないのですが。特に男女にとってはそこで新たな生命を誕生させるかどうかが決まるわけですから、大きな要素になるのではないかと思うのですがどうでしょうか。人間の行動のすべてを生物学的に、あるいは遺伝的に決めつけることはできないにしても、意外と人々の出会いの縁は、人間以外の動物と同様にそうした遺伝的な好き嫌いや気分の傾向に支えられているというのは間違いではないと思います。もちろん男女の関係はそんな単純なものではなく、もっと複雑ではないかという議論もあるでしょうが、遺伝的な好き嫌いがどこでうまく合体するかにかかっているような気がするのですが。いや、それしかないと考えたほうが今の私にはいいような気がします。

　魂の問題も私は単純に人間が他の多くの動物と違って、性的な欲求が一定期間しか現れないというような、いわゆる発情期というものがないこと、つまり思春期以降は、性的な欲求が常に持続することとも関係してくるのではないかとさえ思っています。このことについては以前のお手紙で知念様もお話になっていましたね。動物たちは生殖の欲求がある時期に限られてるが、人間は青春を過ぎるとかなりの期間持続していき、その人間の思想形成に影響を与えるとおっしゃっていました。私も同感です。そしてそれが人間の青年期の悲惨さをも招来するものだと思うのですが。ある外国の作家が、青春が美しいものだとは絶対言わせないと、どこかで言っていたように記憶していますが、私もその通りだと思います。このどうしようもない青春の時期を経るということ、それが人間に哲学や文学を産ませてしまった、とさえ思うのですが。

またもやつまらないことを書いてしまいました。これも何か思い切って吐露すれば、知念様にうまく指導していただけるという、ていのいい甘さがあるからかもしれません。どうも今の私はまともなことが考えられません。それでもこうしてお手紙を書かせていただいています。どうかこの私を叱咤するようなお手紙をお待ちしています。

平成十八年四月十六日

常磐孝雄

知念坊　様

2、知念坊から孝雄へ

お手紙ありがたく読ませていただきました。私が提起させていただいた、個体を離れた意識や精神の流れについて、生物学的、遺伝的な次元で、十分すぎるほどお答えいただいてとても感謝しています。また私たちの好き嫌いや気分的な傾向が遺伝によっても形成されている、だから出会いの縁というものも、そうした傾向の合致や反発が無視できない要素としてあるというお考えも理解できます。ありがとうございました。

意識とか、知覚あるいは記憶といった精神的な現象をどう捉えていけばよいのかは、とても難しい問題です。生物学的には、脳の一部分にそうした機能が与えられているということでしょうか。視床下部だとか、大脳辺縁系だとか、私もうろ覚えでそうした局所的な考えを生物学の授業で学んだ記憶がありますが、どうなんでしょうか。確かに機能としては、脳がそのような操作を行う場所なのでしょう。しかし意識とか知覚や記憶は本当に我々一人ひとりの脳に、閉じ込められて機能しているのでしょうか。あるいはそれらが脳から発信されるとしても、何か未だ我々の知らない電波のようなものとして、個々人の脳を離れて互いに侵入しあい、影響し合っているという推測は不可能でしょうか。個々人の様々な意識の間で交流が各瞬間におこりうるのではないのか。そうした交流が実際に起きているとすれば、それが個々人の間で生じあう縁のようなものと関係があるのではないのか。そしてそれは、時空を超えたような何か大いなる海のような振幅や流れとつながっているのではないか、そのように考えてみるのですが。しかしこれはまあ私が仏教徒なので、仏経典に出てくるような言い回しを思い出しているだけなのかもしれません。

青春が純粋で美しいわけでもないということは、私もそう思います。特に恋愛の感情が芽生える頃の、はけ口を求めていく欲望のどうしようもない気分は、恥辱と自己嫌悪と人間不信に満ちたものです。これは青春どころか壮年になっても変わらぬ気分でしょう。そういう恥辱は、生物学的に男と女が存在してしまったから、それでもって遺伝子の組み合わせが多様化して、人間が生物として生き残っていくことができたこととの代償なのかもしれませんね。しかしもっと影の部分を語らせてもらうと、人間の場合、恋愛感情は異性同士だけではなく、同性同士でもありうるのだということです。これは人間以外の動物では考えられないことでしょうか。魚類などでは、雌雄の比率が極端になれば、メスがオスに変わったり、逆になったりすることもあるようですが。しかし人間だけが、遺伝的に一部の人々に同性同士の恋愛感情があるのではないでしょうか。そうするとそれは生物学的にはどう解釈できるのでしょうか。遺伝的な突然変異なのでしょうか。いや、フロイトが説いたように、少年期や大人になっても我々誰にでも同性への特別な感情は少なからず存在します。しかし同性愛者は、少なくとも一般的ではない、特異な事例として捉えられてしまいます。一般的なものが人間社会を安定させるとしたら、彼らの存在はそういうものでもない。むしろ特定の宗教では、そうした人々の存在そのものを否定的に考えている。しかし、それが異性同士の場合と違って子孫を残すという生物学的な営みを伴わないことが、逆に人間としての真の恋愛感情を純化させているのではないかとも思うのですが。実はこれは志摩さんから教わった考えなのです。

志摩さんは、ご存知の通り、有名なコピーライターとしてテレビなどで活躍された方です。しかし突如日本を脱出してインドへ旅立ったのでした。いつもメディアに追いかけられる生活が嫌になったことも事実ですが、実は好きな男性がいてその彼との関係が破局に向かっていたのです。それを振り切るために日本を遠く離れたのです。インドではヒンズー教の寺院で修行されたのですが、インドで彼は新たな恋人を見出すことができました。彼はまだその恋人の写真を持っていて私に見せてくれました。惚れ惚れするほど美しい青年男子です。志摩さんよりずっと若い。その青年とも終局を迎えたようですが、彼は南インドのヒンズー教の施設で、素晴らしいグルと出会います。そこで修行することで彼は多くのことを学んだのでした。

彼らの関係が恋愛として純粋だと言っても肉体関係がないということではありません。我々異性同士の恋愛と同じように強烈な肉体関係がそこには存在するでしょう。それでもそこには我々にはわからない深い恋愛感情があるようです。それはもちろん我々にとっては人間関係の多様性ということで理解できる部分もあります。しかし社会一般から見ると、異質な面があるわけですし、そのために彼らは若い時からどれほど悩み、苦しんだことか、それは大変なものがあります。志摩さんのコピーや彼の話し方そのものが我々を楽しませて心豊かにしてくれますが、彼の目の輝きの奥にはわれわれが知りえない、量り知れない苦悩が宿っているのです。青春とは決して美しいものではない。この言葉は我々以上に志摩さんの心に響いていることでしょう。彼はその苦悩と孤独の中から、インドで多くのことを学びました。そして、日本に戻ってからは、我々仏教徒の端くれにも、古代仏教の原点でもあるヴェーダの教えについて様々なことを教えてくれているのです。余談でしたが、ちょっと思いついたので志摩さんのことを書いてみました。お父さんや冨美ちゃんは彼に会ってますが、寺においでの際は、是非彼に会ってみてください。きっとあなたに心の安らぎをもたらしてくれることでしょう。私の方こそ、まとまりのない書き方になってしまいました。また改めてお便りさせてください。

平成十八年四月二十一日

常磐孝雄　様

知念愚坊

3、孝雄から知念坊へ

お便りありがとうございます。知念坊様は、なんだか私の心の内部で渦巻いている非生産的な気分をお見通しで、あのような内容を書いてくださった様な気がします。志摩さんという方、父から知念様の大切なお友達だということは伺っていました。また、お見舞いいただいた冨美子も、志摩さんのことはいつも話題にしています。本当に私もそのうち志摩様にお会いして、お前の苦しみなんか屁の河童だよ、と言われて心を鍛えなおさなければと思っています。ぜひそのうちお会いさせてください。

佐久平が亡くなってからまだ半年も経ちませんが、なんだか佐久平がようやく私の心の隅に落ち着いてくれたような気がしています。教え子の一馬も東北の大学に入学しました。あまり勉強しない子でしたが、ここ数ヶ月集中的に勉強して国立大学に受かり、周囲をあっと言わせました。どういうわけか、私と同じ生物学関係の学部に入学するらしいのです。何かわからないことがあったら先生とこ、お邪魔するから、と言って笑ってましたが、教師が生物学だったからと、なんだかいい加減に決めたようです。しかしまあ、問題児が風のように去って行きました。それでぽっかり穴が開いたようなところへ、以前お話しした、私の大学時代にお世話になった先生の娘が居座ったというわけです。まあ、そう書いてしまえば、知念様はもうお見通しでしょう。私の青春のなんともバカバカしいよどみが、二十代半ばを過ぎてもまだ私の心の中で疼いているのですから。今の私は彼女のことで生活の全てが囚われています。彼女には、私が来る以前から、つき合っている教師がいます。深い関係ではなさそうですが、彼からすれば、新参者の私は煙たい存在でしょう。困ったことには、彼女は彼と私の両方の関係とも大切にしたいと思っているようなのです。いわゆる三角関係です。どっちにも転べるのです。彼女は。だからお前が惚れているのなら、彼女をどこかへさらっていけ、彼女と何処かへ飛んで行けと言う声が私の内部からも聞こえてきます。しかしそれはできない。三角関係でも、彼女は今の生活を守ろうとする。女性は自分で思っている以上に社会体制的な動物なのです。この教師社会という体制の中で、うまく立ち回って相手を説き伏せて、私をものにしなさい。そう突きつけられているようで、でも私にはとてもそんな芸当はできそうもありません。それでも相手に奪われてしまうのも忍びない。男とはなんと哀れな存在なのでしょう。それはあたかも何千万、何億という数の精子が、そのうち一匹しか卵巣にたどり着けないのに、虚しくたどり着こうと、必死で泳いでいるようなものです。そこでDNAが合体して新たな生命を作るために？　そのために費やすこのズタズタにされた精神の代償はなんなのでしょう。ただ子孫を残すため？　人類が滅びないため？　女性という存在が自分の体を使って新たな社会的存在を生産し続けるのです。社会的存在ですよ、人間の社会性の秘密は女性がにぎっているのです。女性が人間の社会体制を維持するために、多くの男性の精子を呼び寄せるに過ぎないのです。それでも私はそんな図式を打ちやぶって、彼女を連れて飛び立ちたい。しかしそれができない。いったい自分はなんなのだ。社会的動物としての人間でしかない存在。人間の場合は動物と同じようにオスは力の強いものがメスを獲得するのでしょうか。人間以外の動物の場合、強いオスがハーレムを形成してメスを独り占めにするのでしょうか。そんなことはない。繰り返すようですが、そういう優性的な発想は、生物の社会性を無視しています。オスもたんといれば、メスもたんといます。強いもののおこぼれはいっぱいいるのです。社会的な総体として強いものも弱いものもオスとメスは合体して子孫を残すことができるのです。雌雄の持って生まれた遺伝的な強弱や好き嫌いは全て社会的な安定度に向かって収斂されていくのでしょう。種としての社会的な安定性と将来に向けての社会的集合体の保持、これが生きとし生けるものの一番の目的なのでしょうか。この社会性の規制力は我々人間にとっても、我々が思っているより遥かに強いのではないのでしょうか。またメスは無意識的にそのような社会性をどれほど求めていることか。どうやらここまでが生物学的な追究の限界なのかもしれません。逆にそれがオスにとっては精神への入り口なのでしょうか。それはもう知識と経験を兼ね備えた知念様の御領域なのでしょう。ただ、知念様がおっしゃっていた人間のみが同性愛的な要素が特定の人々に遺伝的に受け継がれていくということについては、生物学的にもはっきりしているわけではないようです。遺伝なのかどうかは別として、鳥などの小動物の間では、オス同士が交尾の仕草をしたりしているのが観察されています。それが異性でのやり取りの予行練習なのか、人間と同じように狂おしくも他者を求めるような仕草なのかはよくわかりませんが。今の私はもうこうした他者のことで悩まない普通の静かな生活を送りたいだけです。

そう思うと、なんだか父満作のような生き方もありなのかなと思ってしまいます。父は、学生時代は知念様と一緒に学生運動を戦った仲だと聞いております。しかし、卒業してからは、結局建設会社で彼らしい屈託のない生活を今まで送ってきたように思います。私には民間企業なんかに入るもんじゃないと言い続けてきましたが。もちろん父には私たち家族の知らない苦労やしがらみがあることでしょう、しかし父はある意味で、そうした社会の中で自由に生きてきたように思います。私なんぞのように言葉にがんじがらめになることなく、自分の欲求の赴くところへすんなりと入って行ける人生を送ってきたのではないかと思うのです。そうした、普通のサラリーマンの父のように粋がることなく、人間は普通の社会人として自然体で生きるべきなのでしょう。

我々ヒトの寿命は、歴史上の最高齢者が百二十歳くらいですが、生物学的にもそんなところだろうとされています。体細胞の分裂はそんなところで終焉を迎えるようになっているのです。ネオテニーという、歳を取っても幼児期の要素を残したまま生きていけるという人類特有の生存が可能だとしても、たかだか百二十年ほどで個人の歴史は消滅してしまうのです。それ以上、老化が進む中で生きていってどうなることでしょう。他の動物と同じように子孫を残すことができた連中は、さっさとこの世からおさらばしてもいいような気もします。言葉で以って様々な文化的な記述を残していっても、それが何になるのでしょう。知念様もおっしゃっていたように、今日まで哲学者たちは何も新たなことは解明できていないということではないですか。人間が長生きすることにどういう意味があるのでしょうか。

またまた愚痴のようなことばかり書いてきました。それでもあなたはあなたなりに生きている。知念様からはそう言われそうですね。いや、そう言われることを期待して、こうして書いているずるい男です、私は。大丈夫です。私なりにこうしてお手紙を書かせていただいていると、心が落ち着いてきます。

私と彼女とのことは、どうなるかわかりません。おそらくだめでしょう。そうであっても、そのことをひとつ乗り越えてもう少し強くならなければならない。そういう日々です。家族の者たちもようやく落ち着きを取り戻してきました。先日帰省すると、佐久平の奥さんが生まれたばかりの佐久平の娘を連れてきていました。彼女は冨美子と同い年くらいで二人は意気投合、冨美子は赤ん坊をまるで自分の子のように可愛がっています。冨美子の姉も男の子を産んで一人で育てており、こうして孫がいっぺんに増えたものですから母もだいぶ笑顔を取り戻してきました。冨美子は何かあると二上山のことをみんなに話しかけており、我々家族だけではなく、冨美子の友人、もちろん一馬も含めて、一緒に登れる日を楽しみにしているようです。というか、他のみんなは、冨美子が松葉杖を使って登れる日を楽しみに待っているようです。母までが孫たちを抱きながら、あんたらが少し大きくなって、冨美子おばちゃんと一緒に登れる頃合いがちょうどいい時期だよ、とか言ってますが、冨美子は、そんな、もう少し早く登るぞと口を尖らせています。まあ、いつになるかわかりませんが、その折には是非知念様だけではなく岩切様ご夫妻や志摩様もご一緒していただければと思っています。

年度始めの仕事が一段落したら、今度は絶対玉泉寺に再度お邪魔して、そんな将来に向けての打ち合わせも楽しくさせていただけたらと思っています。

平成十八年四月三十日
知念坊　様

常磐孝雄

4、知念坊から孝雄へ

お手紙ありがたく読ませていただきました。あなたがあそこまでご自分の心境を私に語っていただいたことに、深く感謝します。私なんぞ大した坊主ではないのですが、あなたのような方から、あのような真摯な手紙を頂戴すると、ああ、中途半端なことは書けないぞと、自分を少しは戒めて書かなければと思ってしまいます。こうしてあなたに返事を書かせていただく機会を得られたのも、自分にとってありがたいことだと思います。また、私が勝手に思い込んでいた、人間の同性同士の特別な関係も、あなたから人間以外の動物にも見られるというご指摘を受けて、個体とは、他者とは、そして社会とは何かを考える上で、ここでも生物学的な次元での広がりと深さを考慮しなければならないと改めて感じ入った次第です。

ありがとうございました。

お父さんは巷で揉まれて感覚的にいろんなことがお分かりになっている。ちっとも平凡なサラリーマンではないですよ。もちろんあなたは愛情を込めてそうおっしゃっているのでしょうけど。一方、私のように寺に引きこもっていると、どうしてもお経のような言葉とにらめっこしている時間が多くなります。それは世間から遠くなることでもあるし、逆に言葉の世界に深く入っていける機会に接しているわけです。といって私がどこまでそうした世界を深く理解しているかは別問題ですが。人間が、生きていくうえで、あるいは社会を形成していくうえでの様々な生物学的な制約については、あなたから私はたくさんのことを学びました。それに対して私の世界からお答えできることは極めて貧しいものです。わからないことが多すぎるからです。しかしだからといってわからないこと自体が、我々が生きているということに意味が持てないということではなさそうです。

例えば、言葉は我々の記憶や意識、知覚と密接に関連し合っています。では、記憶や意識はどこでどういう風に生まれて機能しているのでしょうか。前回の手紙でも書きましたが、大脳生理学的には大脳の一部に記憶野や意識野があって、そこに蓄えられたり、そこで機能したりしているというのかもしれません。会話や記憶を呼び出そうとするときの脳波の動きから、そういうことも分かっているのでしょうが、もしそれだけだとしたら、前回も申し上げたとおり、人間は生物的な個体として脳や身体という境界線で区切られた孤独な個体であって、個体の外を占める共通の流れや空間は、あなたのいうような遺伝や言葉としての情報の連続性とは別に、あらためて検証されるべきものだと言わなければなりません。その検証の一つになるかどうかはわかりませんが、個々人の身体的な境界を越えた心的現象は、多々見られます。例えば、ある人を急に懐かしく思っていたら、その人から手紙が来る。ある人に想いを込めていると、突然思いも寄らぬ場所で出会ってしまう。あるいは死ぬ間際に、遠くにいる身内のものになんらかの別れの合図を送ってくる、といった現象は仏教界のみならず、一般にも多くの事例が報告されています。私のような宗教家はそのようなことを縁とか以心伝心とか言った言葉を使って、当たり前のように話すのですが、しかし一般の人から見るとそれは迷信だよとか、たまたま偶然だよと言われてしまいます。それはそれで良いのです。そういうことで社会は維持されているわけですから。縁や以心伝心で物事の多くが動いていけば、この世の約束事など吹っ飛んでしまうかもしれませんからね。意識や記憶はどこにあるのかと聞かれて、脳の外だと言っても、そんなことは誰も信用しないでしょう。そうしたことが理解できるような世界には我々はいないからです。しかしあなたのいう生物学的な世界でも、動物の五感は人間よりも発達していて、個体とその外の環境とは区別がつきにくい中で生きているのではないでしょうか。あるいは人間だって、俊敏なアフリカの人々の中には、個体というか身体は、もっと密接に周囲の環境との関わりの中で生きているようにも思えます。

このような問題は、お寺の中だけの問題としても良いでしょう。ただここではあなたのいう生物学的な世界を踏まえた上で、人間特有の問題として、すなわち身体的な機能や身体内の因果関係で説明し尽くしてもなお残る問題として、精神や知覚の問題を考えてみたいのです。

少しお話ししたかもしれませんが、私はこの寺の住職を仰せつかる前、大阪である建設会社に勤めていました。そこである女性と出会い、婚約までしてしまいました。ところがその会社の社長がその後彼女を料亭に連れ出し、夜を共にする事態が生じ、彼女は私との婚約を破棄して実家に戻ってしまいました。私は何度も彼女の実家を訪れて、また私のところへ戻ってほしいと訴えました。料亭のおかみに後で聞くと、社長は料亭で自殺を試みるため、薬を飲んで倒れ、彼女が一時介抱していたが、特別肉体的な関係はなかったようだと話してくれました。私は信用できず、苦しみに悶えました。なぜ社長に囲われたのに介抱なんかしたのか、いつまでも苦しみ続けました。それでも彼女を許してまた再び一緒になりたかったのです。ところがどういうわけか、私の心の内部で、彼女と再び一緒になったら大変なことになる、という声ならぬ声が聞こえてきたのです。一緒になったら大変なことになる。それはものすごい恐怖を伴う声でした。それが数週間の間に三度も私に訴えかけてきたのです。訴えかけたというよりも命令でした。もうダメだぞという強い否定の命令でした。彼女が私にもはやふさわしくないというような、道徳的な否定では全くないのです。私自身のその後の好悪の感情や気分でもない。明らかに私の心の中で、私ではないあるものが、ダメだという強い否定の声を発してきたのです。一緒になったらお前自身の存在がなくなるというほど力強い確信を持った、なんともいえない恐怖を伴う声でした。あれはなんだったのか。今もってわかりません。あれ以来私は彼女に会っていませんが、今もって私は彼女を愛しています。もう私と同様に歳はとっていますが、それでも私は会いたいと思う時があります。しかし会うことはない。会うことはありえません。あの時の三度の恐怖を伴う内なる声はなんだったのか。それが私を決定づけた。ある人の話では彼女は未だ独身であり続けているようです。これからもおそらくそうでしょう。なぜ私は彼女を連れ戻せなかったのか。私ではないある否定の力が、どこからともなく強く、私にもはや彼女と一緒になってはいけないと語りかけていたのです。何度も言うようですが、それは私自身の判断による結果ではない、私の道徳的な見解や気分では全くないのです。それでもその三回も続いた恐怖の否定が私のその後の道筋を決定付けたのです。そのような確信が確かにあります。あの内なる声が今の私を生かしているのです。

まさしく縁がなかったという縁です。この縁の命令は私に向かって現れ、私のその後の生活を導いているのです。彼女と一緒になれないということは非常な苦しみでしたし、そのことでのたうちまわりました。それでもやがてあの三度の恐怖の命令が、自分に与えられた道筋を明らかにしてくれたのだと、はっきり確信できるようになったのです。これはなんなのか。この恐怖と苦しみとその後それを抜け出たと思う気分はなんなのか。何かが一人の人間の生と死を導いている。何かが私に試練と苦役を与える。そしてそれを抜け出たところのある確信に満ちた充実感も。それは何なのか。どこかから私を導いているあるものが存在している。それは何か。でもそれ以上のことはわからない。縁はある、しかしすれ違う縁もある、それはなんなのだろう。どんなに生物学的、科学的に分析できても、縁という問題、縁に関わりながらも、ある時は、本人の意図とは別に本人の内部に否定の力が湧き上がり、そしてそこから真摯な克己の時間が始まる。そのことを私ははっきりと体験したのです。人生は苦しいものでもあるということ、耐えなければならないものでもあるということ、しかしそこから自ずと見えてくる自らの道筋というものもあるということ。そのような道筋は決して自分自身の力で築き上げてきたものではない。自分をじっと見つめている何かが私を導いている。そう思っているのです。

以上は、まさしく坊主としての、宗教的な見方なのかもしれません。が、私のこのような惨めな経験から、大いなる精神の海がある、仕切りのない永遠の流れがある、生物学的な次元の上にか、あるいは底にかもしれませんが、人々の意識の底にある共通の流れのようなものがあるように思えてきたのでした。では、私の道筋を決定付けたあの三度の声は、私という特定の人間だからこそ出現するような現象なのでしょうか。それが何か特別の選ばれし者のみに現れる現象だというのなら、そんなことはありません。そんな選ばれし者に現れるようなものとは、私は無縁な存在です。それにもかかわらず私という人間に現れた。私という特定の人間を通じて現れるしかないのは、私は私という制約の中でしか私の前に現れている世界というものを認識できないからです。私という限定があるからこそ、私はわたしの世界を持つ、そしてそれを可能にしているのは、逆説的な言い方ですが、わたし以外の大きな存在というか、流れがわたしを貫き通しているからだと思うのです。わたしを貫く大いなる流れがあるからこそ、わたしはわたしの運命を、わたしの生と死を保持し、その大いなる流れに支えられて存在している。そして私以外の人々も同様に同様の流れに支えられている。しかしながら、人々は普段は、個々人として、各自の世界から他者を見つめるか、あるいは他者に対峙するしかないのです。

志摩さんの言うには、ヴェーダの教えでは、この世は生成を繰り返しているが、いつかは一挙に無となって滅びる、そしてまた新たに無から生成が始まるということですが、それも魂の、どこにも仕切りのない流れがあるからこそなのかもしれません。人間というものは個人として個々に仕切られているが、そのような流れを感ずることはできる。感じた人間は仕切りが取れない矛盾に大いに嘆く。しかしそれは仕方がないことだと志摩さんは言います。我々は仕切られて生きるしかない。それがあなたのいう社会体制を築く人間のあり方なのかもしれません。しかしながら、一時ではあっても、人々が共通の感情で、ある場所に立つことはあるのではないか。そのような出来事を私はかって佐知世おばさんたちと二上山で経験したことがあります。それは、たまたま共通に見た幻想であったかもしれません。しかし、そのとき、そこで私たちは決して一人一人孤立して生きているわけではないという強い感情を得ることができたのでした。

他方で、矛盾した言い方ですが、あなたが言うように、思いを込めた人間を完全に自分のものにすることはできません。というのは人間一人ひとり異なった世界が与えられているからです。狂おしくも他者を求め続けたにしても、一時的な接近で我慢するしかない場合もあるということ、それが、我々が生きているということなのですから。しかしそのことは逆に我々が共通の何かに向かっているということを否定するものでもないのです。志摩さんから教わった、ヴェーダの教えは言います。「我々はいつも心に感じなければならない。すべての人々は一体であり、すべての人々に愛をいきわたらせなければならないことを。しかしカルマにおいては、行動においては、めいめいが異なっている」と。あなたと彼女は古来の知覚の海に漂っているのです。それは言葉だけで表現できる世界でもない。この知覚の海を、それぞれが独自に切り取っているに過ぎない。そして彼女のことで苦しむからこそ、あなたはいつかそのような巨大な知覚の海が存在するということを体で感ずることができるのかもしれません。このことを今日はお伝えしたかったのですが。もちろん手紙では言い尽くせません。是非我が寺へおいでください。こちらでゆっくり過ごしてください。冨美ちゃんはまだ無理かな、二上山登山はまだ先のことだとしても、冨美ちゃんもよかったらそのうち連れてきてくださいよ。志摩さんもまた会いたいと言っていました。もう山の下の方ではサツキが咲き始めました。みなさんと再び出会える日を心からお待ちしています。

平成十八年五月十日

知念愚坊

常磐孝雄　様

第6章　冨美子と一馬、満作

1、冨美子と一馬の対話

平成十八年七月二十七日の夕方、東北の大学に通っている一馬から、冨美子に電話がかかってくる。

〈冨美子〉
元気？　一馬君、そう、夏休みだもんね、北海道まで旅行するの？　一人で？　野宿しながら？　今時やるねえ、お金がなくなったら、そこでバイト探して、蓄えて、また旅行、いいなあ、北海道、いちばんいい季節だもんね、こっち帰ってこないの？　お母さんも待ってるでしょうに。お母さんがこの間仙台に来た？　そうかそういう手があるんだ、親子水入らずでね。よかった。お兄ちゃん？　お兄ちゃんは今ね、お父さんの友達のお坊さんとこ、行

ってるよ。大阪の方よ。私？　うん、もう松葉杖で、どこでもバンバンよ！　一馬君と今度会ったらびっくりするからね、

〈山本一馬〉

おいおい、無茶するなよ、常磐先生も言ってたぞ、この前は肩の骨が外れかかって大変だったんだって？　まだまだ松葉杖が自分の体に合ってないんだから。生物学？　いやまだ教養学部だから、大した授業やってないよ。そんなに取り立てて生物学にこだわってなんかいないよ。おれ、勉強よりもやっぱ、どんどん外に出て自分を試してみたい。佐久平兄貴みたいに、自分で何かこれといった体に感じるものを掴んでみたい。まだそんなものが見つからない。北海道もそんなもん見い出すための旅行だよ、もしそこで何か見つかれば、大学なんて退学しちゃってもいい。


〈富美子〉

あんたはいつもそういきがってばかりなのよね。かっこいいことばかり考えている。まあ、どっかで働いて惨めな気持ちになるのもいい勉強かもしれんよ。佐久にいちゃんだってねえ、自動車整備工場で夜遅くまでしごかれて、ずいぶんへこたれてたよ、大変だよ、いろんな人

の言うこと聞いて我慢しなければならんこともあるんだから。あんたにそれができるのかいな、お坊ちゃん。あ、怒った？　そうね、私も箱入り娘同然だもんね、さあ、どっちが今までよりしっかりもんになれるかな。一馬君？　それとも私の方が早い？

〈一馬〉

おれ達二人とも駄々っ子さあ、おれは一人っ子だし、姉貴は末っ子だからな、よう、もう休戦条約結ぼうよ。ダメだって？　なんでえ、せっかく電話してやったのに！　今度仲直りに姉貴んちに寄ってやっからよう。なに？　おめあては別のところだって？　へへ、だって理恵子姉さんは、すげえよ、ほら誰だっけ、あの最近はやりの、あの女優、そうそう彼女によく似てる、そう言われるだろう、みんなに。だからおれ、ファンなんだよ、あんたの姉さんの。えっ？　とんでもない、おれなんか小童は全然相手にされんよ。姉貴と同じだよ、おめえ、もう少し娑婆でまずい飯食らってこいってね。へっへ、なんか俺たちお互いこれからだよなあ、うん、先生にもそのうち会いたいな、北海道の土産持っていくよ、すぐ行けなかったら送るよ、なに？　なんだろう？　バター飴？　そんなもんじゃあダメだって？　ところで先生その後どうしてる？　彼女とのこと。

〈冨美子〉

どうなんだろう、この間帰ってきたけど。今度は担任は一年生で楽だと言ってたけど、うん、なんだか元気なさそうだったわよ、うまくいってないのかもね。孝にいちゃん、あんたと違って生真面目だからね、ま、成るように成るさ、お兄ちゃん失恋したことあるのかなあ、それもいいんじゃない？　それよかあんた、今度旅行は西に向かいなさいよ、私を連れて大阪行ってくれる？　うん、今孝にいちゃんが行ってるとこ。私にもご招待があるの、もち、すぐいうわけではないの。あんたにも話したっけ？　そのお寺の近くに山があってすごく見晴らしがいいんだって。そこにみんなで登ろうって約束しちゃったの。まだ無理？　もち、もうチョイ、リハビリせんことには。だから登れる自信ついたら、あんたは私の付け人として私と一緒に行くのよ。いいわね、それまでしっかり大学で勉強するのよ。女って厚かましい？　行くの？　行かないの？　行くに決まってるでしょ？

2、冨美子と満作

平成十八年七月二十九日土曜日の午後、満作と冨美子は一階の座敷で庭を向いて話しあっている。満作は畳にあぐらをかいているが、冨美子は専用の椅子に座っている。妻信子は、買い物に出かけて留守。満作が冨美子に千鶴の実家を訪ねた結果を報告している

〈満作〉

さっきお母さんにも話したが、この前、会社早く出て千鶴ちゃんとこ行ってきたよ。何度も連絡とったんやが、やっと会ってくれたよ。両親は、そりゃあいい顔してなかったが、千鶴ちゃんもいてくれて助かったよ、千鶴ちゃんが自分で働いて子供を育てることは、まあこちらの援助も期待してるのかもしれんが、認めたようだ。そやけどアパートに住まわすわけにはいかん、自宅から通わす、言うとった。なんや奥さんの具合が悪そうでな、リウマチみたいで、昼間千鶴の赤ん坊の世話をすることは出来んらしい、それで昼間は託児所みたいなとこあずけんといかんそうやが。わしも言い方が難しうて、千鶴ちゃんは、子供と二人で自活していく言うけど、そやかてまだ若い、いろんな将来への選択肢がある、それはもう娘さんの将来を考えて、また新しい人生を歩んで欲しい、言うたんやが、千鶴ちゃん本人は、常磐家に嫁いだんやから姓も変えん言うし、困ったもんや。それにもう一人は理恵子の方や。ほんま、わしは孕ませてしまった方の親でもあり、孕まされてしまった方の親でもある。厄介なもんや。理恵子はな、まだ手続きは終わっとらんがなんとか離婚できるらしい。もう示

談金だとかそんなもんはいらん、あいつと別れるだけで清々《せいせい》する言うとった。ほんまに。まあ、そういうことであれば、この家から通えばいい、言うてやったよ。どいつもこいつも自分だけで育てようとする。女はたくましいもんよ。

〈冨美子〉

お父さんありがとう、姉ちゃん喜ぶよ、私も時々美津留の面倒見れるし。それに千鶴ちゃんから電話あってね、この近くにアパート借りることは出来なくなったけど、託児所はこの近くに見つかったたって。だから時折、清美ちゃんうちに連れてきていいかって、だから言ったの、ご両親には内緒で時折うちに連れてきたっていいのよ、わたし、面倒みれるからって。そんな受けあい、いいんかって？　大丈夫、冨美子だいたい学科の内容がわかれば、うちで勉強すればいいこと多いから。だから美津留と清美を育てる臨時ボランティアママなんよ。二人とも仲良しになれるよ。お父さん、この家。これから賑やかになるよ。

〈満作〉

うっ、来年あたり退職したら、家でゆっくり過ごそう思たが、そういうわけいかんか。というか、俺は隅っこで粗大ゴミになりそうやな、うん、いやなに、お父さんも来年あたりは定年でな、その後どないするかまだ分からん。会社？　前の会社潰れたも同然の合併やから、退職後のあてもなあ、はい、さよなら、やろなあ。どのみち会社おかしてもろても二、三年いうとこかな。

〈冨美子〉

今までご苦労さんでした。これからはお母さんと二人で旅行に行ったりして楽しんで。でも二、三年後でもまだ六十そこそこでしょ、お父さん、まだまだこれからじゃん、どうすんのよ、そんなあてどもない言い方。稼ぐのはもういいよ。わたしら大丈夫だから。それよかなんかやらなきゃあ、私いない時は、お母さんと二人で孫たちの面倒みてよ。でも、それ以外にもなんかやらなきゃだめでしょ。お父さん、隣のおじさんから自治会の役員引き受けてって話もあったでしょ？　そんなんでもいいじゃない。ダメ？

〈満作〉

ほんま俺はサラリーマン以外に何がやれるんや。俺は多恵子のことばかり考えて生きてきた。それが俺なんや。他には何もできんサラリーマン。そのサラリーマンにもうじきおさらばときておる。多恵も終わった。終わったが俺の心の中から多恵は消えん。死ぬまで多恵を思い出して生きるんやろなあ。まあ、なんともしがない男よ。あとはどうする、自治会長か？　おい、冨美子、俺そういうの苦手やなあ、まとめるの苦手やなあ、区役所行ってなんかそこいらの清掃ボランティアでも探すかなあ。うん、ぼけんようになんかやるさ。お前たちにも迷惑かけんように。お母さんと二人で頑張るさ。

〈冨美子〉

お父さん、お父さんはなんだかサラリーマン人生がすべてだったような言い方してるけど、そうではないでしょ。佐久にいちゃんは先にいっちゃったけど、お父さんは私たちを大きく育ててくれたのよ。へへえ、知らない間に大きくなった？　そんなことない。私たちみんなお父さんの背中見て育ってきたのよ。サラリーマンだけじゃないお父さんも。私たちと遊んでくれた、私たちを叱ってくれた、私たちにいろんなことを教えてくれた。そんなお父さんはねえ、まだまだこれからいろんなことができるお父さんなんだよ。まだまだ私たちを見守ってくれる。うん？　聞いとるのかい？

〈満作〉

おう、聞いとるよ。うん、まだまだこれからさ。お母さんに粗大ごみ扱いされたくもないからなあ。そうだなあ、意外とこれからは、別の戦いが始まるかもしれん。お母さんからたんと叱られる世界がな。今のうちからなんか考えんことには、自治会は別として……、えっ？ プログラミング勉強してる？ なんやそれ。インターネットでホームページ？ お前が作れるようになるんか？ そしたら俺に何か書けって？ インターネットに？ 自分の人生を綴ってみろって？ やだよ、そんな自分の人生なんて、見え透いたこと。孝雄かなんかに頼めよ、あいつ文章が上手いからな。俺はダメだよ。自分のことを書くなんて、俺にはありえない。俺の人生なんて、俺の生きた時間なんて、なんてことないさ、お父さんはダメだよ、そんなの。お父さんは、公園の環境ボランティア、天気のいい日に、じいさん、ばあさんたちと一緒に、無心に草むしり、うん、それが一番、どうだ冨美子、笑ってるな、でもそれもいいかも？ おう、冨美子に承認されれば、なんでも鬼に金棒さ。まあ、ちょい先のことやが、うん、お父さんは、見栄や格好にこだわるような人生送ってきたんやないぞ、本当にやりたいことをやる！ ええやないか、手弁当の草むしり！ やるぞお！

〈冨美子〉

あれ、お父さん、なんでこんなにいきがってんだろ。最近少し痩せたようだけど。職場でなんかあったのかな。お父さん会社辞めたらなんか寂しくなるのかなあ。会社辞めて、家にいるお父さんはなんとなくかわいそうだなあ、お母さんからいつも怒られそうだ。お母さんも大変かも。でもこの二人、持ちつ持たれつ今までやってきた、そう思うよ。孝にいちゃんも言ってた、この二人、お互いの弱点が痛いほどわかっていても、それにあまり触らないようにやってきた、それがすごいことだって。う－ん、よくわからないけど、それぞれの世界があって、なんとなくそれぞれを認め合っているという感じなのかなあ。それが夫婦の秘訣かもしれないな。結局お父さんとお母さんは仲良しなんだ。お父さん、なんでお母さんと一緒になったの？

〈満作〉

うん？　なんでまたそんなこと。そんなの覚えてるわけないだろ。なるようになった、気がついたら結婚しとったよ。良くも悪くも、いや、良くも悪くもないから、なるようになったんや。それだけだよ。そういえば、おかみのやつ、うん、お父さんがよく行く酒場のおかみだがね、満ちゃん、それが一番やないか、言うとった。いやもう七十前後の婆さんなんやけど、一人で店を切り盛りするすごい度胸のあるオバンや。お父さんも色々嫌なことあったらよくオバンに相談したよ。お前の事故の時も親身になって心配してくれてなあ。あんたの娘さん、えらいよ、あんたよりしっかりしとる、大丈夫だよ、言うてくれた。あん時は本当に助かった。佐久平の時も。えっ？　そのうち連れていけって？　おう、いいよ、今度連れていくよ。お前、孝雄と違っていけるクチだからなあ。おかみも喜ぶよ。

〈富美子〉

ありがとう、楽しみだなあ、美味しいものあるの？　板前に腕のある人がいる、その人煮物でもおでんでもなんでも作れるって？　おでんはいいなあ。でも夏でもやってるの？　夏は焼き鳥かあ、お母さんも連れて行こうよ！　ダメ？

そうかあ、娘はいいけど、お母さんはダメかあ、そうだなあ、男はそういうもんなんだなあ、女をいっぱい自分の周囲に侍らせておいて、でも彼女たちがお互い親しくなるのは嫌がる。といって特定の女性を完全に支配できるわけではないのに。性懲りも無く、楽しい夢を見続けている。お父さんもそんなとこなのかなあ。でもおかみさん、そのおばさんに会いたいなあ。それからおとうさんのお友達、お寺のお坊さんにも会いたい。あのホモのおじさんにも、また会いたい。松葉杖でもっと長く、早く歩くのあと一キロ長く、あと十秒早くならなきゃなあ、そしたらもう抜群よ、みんなと同じ速さで歩くんだから。

ほら、お父さん見て、鳩が寄ってきてスズメを蹴散らしてる。お母さんが朝せっかく餌をまいたのに、ほとんど鳩が横取りしてる。お父さん追い払ってよ。うん、それでいいの。それくらいで、人間も見張ってるってこと教えてあげなきゃあ。そうすりゃあ、少しくらい横取りしてもかまわないのよ。

〈満作〉

イテテ、急に立ち上がると、左足をひねったかな。立ち上がっただけで鳩は逃げていったやないか。人間様をご理解だあ。連中は、連中より機敏でもない人間様を……。おう、隣の家の屋根のひさしにスズメがそれこそ鈴なりだ。さあ、降りてきた、今度はおまえらの食事時か。おい、それよりお母さんはまだ帰らんのか。刺身買ってきてくれるかな。

あとがき

この小説は、独白を中心に展開されていきます。ト書きは最小限にして、独白の中で対話などの状況が確認できるようになっています。また、所々に往復書簡が挿入されているので、少し読みにくい嫌いがありますが、書簡もそれぞれの独白及び物語の流れを形作る要素だと思って読んでいただければ幸いです。

常磐満作は、私が経験したと同様の平凡なサラリーマンです。昨今では六十歳前後はまだまだ働き盛りだと言われるようになりましたが、今から二十年ほど前のこの物語が展開する頃までは、老境へ向かう一つの区切りの年齢だと思われていました。この主人公のように平凡なサラリーマンにとっては尚更のことでした。だがその平凡さゆえに、我々の誰もが日々囚われている大きな問題に彼は誠実に対応しようとしています。実際、彼の問題に答えようとする周囲の人々は、彼との対話の中だけではなく、彼と離れた場所でも問題を深めようとします。そこでも常にどこかの隅に満作はちょこんと居座っているのです。彼の友人のお坊さんは、満作は決して平凡な人間じゃないよと、満作の息子に語っています。平凡で惨めない満作に、我知らずそれぞれの哲学を心の中で語ることになるのでした。それはやがて終盤のお坊さんと満作の息子の往復書簡に至って、将来我々誰もが考えても良いような問題へと集約されていきます。すなわち、人間は誰でも運命的な出会いというものがあります。一人一人がそれぞれに異なる仕方で出会いに対応しながら、それぞれの人生に取り組んでいく、そこに孤独な戦いと同時に人々の不可思議なつながりがあるように思われます。それをありきたりに見える平凡な人々の独白の中で考えていこうとしました。ありきたりですが登場人物のほとんどは穏やかな心の持ち主です。そこでそれぞれが出会った相手との関係の中で、満作と同じように考え、語っていこうとしています。

最後に、本書の出版に懇切丁寧に対応していただいた小野英一編集部長やスタッフの皆様にお礼を申しあげます。小野さんはバッハなどの古典音楽やドイツ文学に造詣が深く、新宿の事務所にお邪魔した折には、遅くまでバッハやブルックナー、トーマス・マンなどについて楽しく語り合うことができました。

〈著者紹介〉

大木邦夫（おおき くにお）

昭和 23 年（1948 年）宮崎県児湯郡高鍋町で生まれる
昭和 41 年（1966 年）宮崎県立大宮高校卒
昭和 49 年（1974 年）東京大学経済学部卒
昭和 49 年（1974 年）千葉県庁就職
平成 21 年（2009 年）インド哲学を学ぶため南インド旅行
平成 22 年（2010 年）千葉県庁退職
以降、Website「タラの芽庵便り」により、南インドとの文化交流に携わる。

サラリーマン
常磐満作の時間

定価（本体 1200円+税）

乱丁・落丁はお取り替えします。

2021年 3月 6日初版第1刷印刷
2021年 3月12日初版第1刷発行
著　者　大木邦夫
発行者　百瀬精一
発行所　鳥影社（www.choeisha.com）
〒160-0023　東京都新宿区西新宿3-5-12トーカン新宿7F
電話　03（5948）6470, FAX 03（5948）6471
〒392-0012　長野県諏訪市四賀 229-1（本社・編集室）
電話 0266（53）2903, FAX 0266（58）6771
印刷・製本　モリモト印刷

ISBN978-4-86265-855-5　C0093